Die Straßen von Rosenheim

Nachdem er als Amateurboxer, Volleyballtrainer, Jetpilot, Kommandeur im Kampfgeschwader und Direktor in der Industrie tätig gewesen war, widmete sich Hannsdieter Loy einer Leidenschaft, die ihn schon immer begleitet hatte: dem Schreiben. Neben den zehn im Emons Verlag erschienenen Kriminalromanen hat er sein Leben als Starfighterpilot in »Jahre des Donners« eindringlich beschrieben. HDL lebt dort, wo es regelmäßig Bluttaten gibt: im angesagten Rosenheim-Cops-Land. Er ist Mitglied im Syndikat, der Vereinigung deutschsprachiger Kriminalautoren. Schon arbeitet er am nächsten Verbrechen, denn: Kein Jahr ohne Mord!
www.oberbayern-krimi.de
www.starfighter-der-roman.de

HANNSDIETER LOY

Die Straßen von Rosenheim

OBERBAYERN KRIMI

emons:

Bibliografische Information der Deutschen Nationalbibliothek
Die Deutsche Nationalbibliothek verzeichnet diese Publikation in der Deutschen Nationalbibliografie; detaillierte bibliografische Daten sind im Internet über http://dnb.d-nb.de abrufbar.

Umschlagmotiv: shutterstock.com/FooTToo
Umschlaggestaltung: Tobias Doetsch
Gestaltung Innenteil: César Satz & Grafik GmbH, Köln
Lektorat: Hilla Czinczoll
Druck und Bindung: CPI – Clausen & Bosse, Leck
Printed in Germany 2015
ISBN 978-3-95451-741-1
Oberbayern Krimi
Originalausgabe

Der Abdruck des Stadtplans auf Seite 6 erfolgt mit freundlicher Genehmigung des Kartografischen Verlags Huber & Steuerer, Kiefersfelden.

Für GK und den weißen Labradorhund

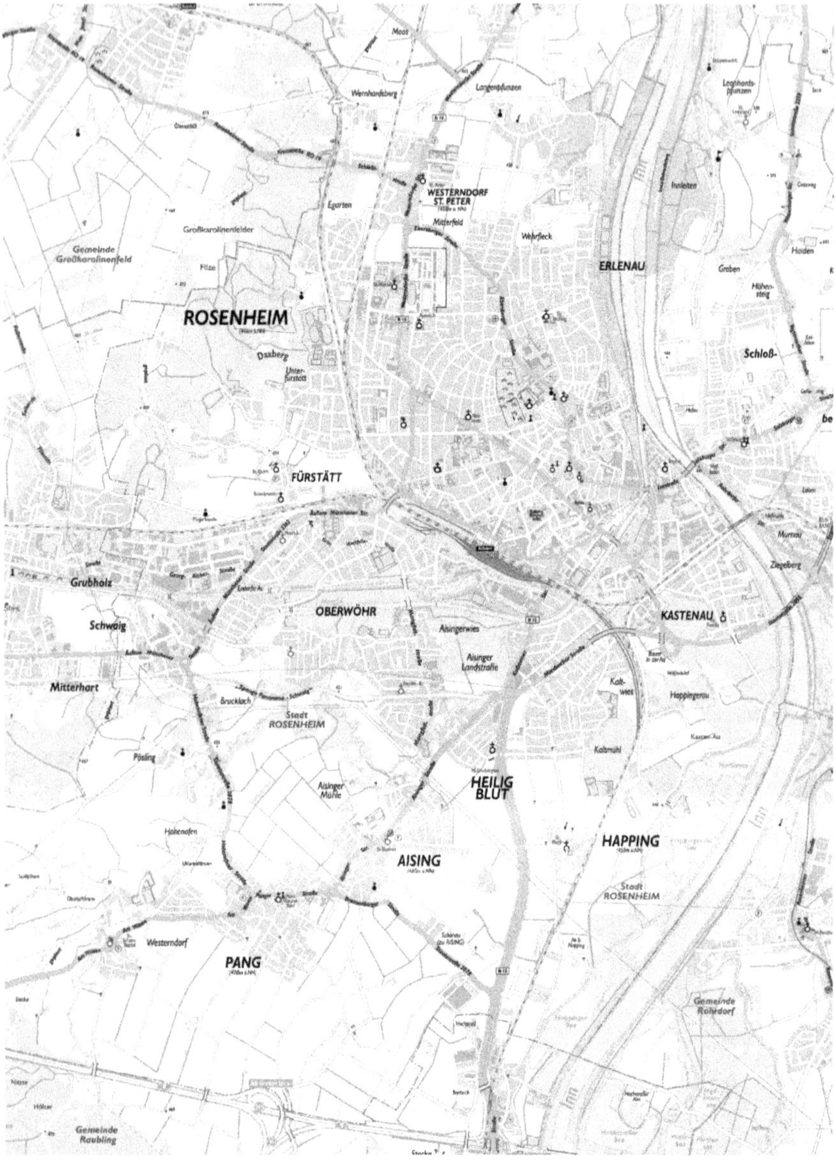

Moos
Wernhardsberg
Langenpfunzen
Leonhardspfunzen
WESTERNDORF
ST. PETER
Egarten
Mitterfeld
Wehrfleck
Innleiten
Großkarolinenfelder
Gemeinde
Großkarolinenfeld
Filze
ERLENAU
Graben
Hohensteig
Haiden
ROSENHEIM
Daxberg
Unterfürstätt
Schloß-
FÜRSTÄTT
Murnau
Ziegelberg
Grubholz
Schwaig
OBERWÖHR
Aisingerwies
Aisinger Landstraße
KASTENAU
Happingerau
Mitterhart
Brucklach
Stadt
ROSENHEIM
Kaltwies
Pösling
Kalmühl
Aisinger Mühle
HEILIG
BLUT
Hohenofen
AISING
HAPPING
Stadt
ROSENHEIM
Westerndorf
PANG
Gemeinde
Rohrdorf
Gemeinde
Raubling
Höltzer

1

Rico Stahls Arme, Brust und Rücken zierten ein paar hässliche Narben, die vom Kampfsport und seinen früheren Einsätzen herrührten. Auch im Mundwinkel hatte er eine Narbe, was sein Lächeln etwas schief geraten ließ. Der Unterkiefer war breit und knochig, sein Kinn ein scharf vorspringendes V unter dem ausdrucksvolleren W seines Mundes. Grob gesagt sah er aus wie ein ganz umgänglicher Satan.

Der Kriminalrat war um die vierzig, groß, dunkel und athletisch. Über seinen Vater, einen einflussreichen Rechtsanwalt, war er an diese Wohnung am Ende des Max-Josefs-Platzes mitten in der Altstadt von Rosenheim, der Stadt am Alpenrand, gekommen. Er wohnte pompös auf hundertdreißig Quadratmetern im dritten Stock des Hauses Nummer 23, in dem sich unten ein Juwelier befand. Das Haus war uralt, es war ursprünglich Mitte des 17. Jahrhunderts – mitten im Dreißigjährigen Krieg – von einer Familie Eitzenberger erbaut worden, einmal abgebrannt und danach mit Verzögerung wieder neu errichtet worden.

Der Blick aus den Fenstern des Eitzenberger-Hauses nach Südwesten war – gelinde ausgedrückt – umwerfend. Hinreißend. Beneidenswert. Auf zauberhafte Weise schwebten die blauen Schatten der Berge – Breitenstein, Wendelstein, Heuberg – über dem lang gestreckten Rechteck des Platzes vor dem Haus, ein bisschen verwischt, flimmernd. Die Konturen der historischen Bürgerhäuser im Inn-Salzach-Stil mit ihren eleganten Laubengängen hatten sich davorgeschoben. Einst, vor dem großen Brand von 1641, hatten hier schmale, karge Holzhäuser gestanden, die man dann ein, zwei Jahrhunderte später zu stattlichen Patrizierhäusern mit prächtigen Fassaden zusammengefasst und aufgestockt hatte.

Drüben vor dem Bergmeister-Haus waren werktags die Obst- und Gemüsestände aufgebaut. Heute flanierten dort die ersten Spaziergänger. Dahinter prangte der Brunnen mit der Statue des heiligen Nepomuk, des Schutzpatrons der Schiffsleute, die bis vor hundert Jahren ihre Holzschiffe mit Rössern innaufwärts gezogen hatten.

Die Biergärten der Gasthäuser »Stockhammer« auf der rechten Seite und »Zum Santa« links begannen sich langsam zu füllen. Herrlich, bei diesem Wetter draußen zu sitzen. Um halb zehn, halb elf wurde das erste Weißbier getrunken. Rico Stahl konnte von seinem Fenster aus auch sein Lieblingslokal sehen.

Der gesamte Platz war vor dreißig Jahren zur Fußgängerzone erklärt und mit Kopfstein gepflastert worden. Seither wusste er nichts mehr von Asphalt und Gestank und Straßenlärm. Er war sozusagen zur »guten Stube« der Stadt herangewachsen.

Wenn er einmal die Zeit und die Muße dafür hatte, genoss Rico Stahl den Blick aus seinen Fenstern. So wie heute Früh. Leicht nach vorn gebeugt und mit den Händen auf die Fensterbank gestützt, stand er an den vorhanglosen Fenstern und schaute hinaus. Noch trug er kurze Hosen und ein abgewetztes T-Shirt. Doch bald, nach dem Duschen und Rasieren, würde er die leichte Kleidung gegen den Anzug über einem pastellfarbenen Hemd tauschen. Wie er so dastand, schweigend, entspannt und doch absolut anwesend, hätte niemand ihn für das gehalten, was er war: der Chef der Mordkommission Rosenheim.

Sein korrekter Name war Dr. Heinrich von Stahl junior. Er war bei den Eltern im Chiemgau aufgewachsen und sollte selbstverständlich Rechtsanwalt wie sein prominenter Vater werden. Doch wie um den Vater zu ärgern, bewarb er sich bei der Polizei und schaffte den Sprung. Später wurde er als einer der ganz wenigen Fallanalytiker beim Bundeskriminalamt in Berlin, danach in einer operativen Einheit des LKA in München eingesetzt. Schließlich und zunächst widerstrebend wurde er zum Chef bei den Rosenheimern berufen und zum Kriminalrat befördert.

Rico Stahl freute sich auf den freien Tag. Von hier nach München, nach Salzburg und nach Innsbruck war's etwa gleich weit, man benötigte mit dem Auto eine gute Stunde. Gut die Hälfte dieser Zeit dauerte es, um an den Chiemsee oder die Alpen zu kommen. Chiemsee und Alpen, dort gingen die meisten Menschen, die hier lebten, ihren Hobbys nach. Ein Tag auf dem Segelboot war für die einen das Größte, ein paar Stunden wandern in den Bergen, egal bei welchem Wetter, für die anderen. In der warmen Jahreszeit waren der See und die Berge am Wochenende für viele ihr unverrückbarer Horizont.

Am Fenster seiner Wohnung stehend, strich sich Rico Stahl mit der flachen Hand über die Stirn. Es war einer jener angenehm heißen Tage, die in diesem verregneten Sommer so selten waren. Selbst das Licht fühlte sich träge an. Himmel und Berge, der Horizont und die Stadt bildeten eine Einheit, wie ein Künstler sie nicht prächtiger hätte porträtieren können.

Trotz der drückenden Hitze war die Luft sommerlich leicht. Sie trug diese bestimmte, schwer zu beschreibende Frische von Osten herüber, als läge der Chiemsee mit seiner Riesenhorde geblähter weißer Segel gleich nebenan. Die Sonne malte lustige, flirrende Muster auf das Kopfsteinpflaster des Platzes dort unten. Sie hoben und senkten sich, um dann gemächlich die Heilig-Geist-Straße hinunterzuwandern.

Das war bemerkenswert, denn noch gestern Abend drohte die Welt unterzugehen. Schwere, finstere und bedrohlich schwarze, nahezu über den Dächern hängende Wolkenmonster waren über die Stadt gefegt und hatten es unter Sturm und auch Hagel wieder und wieder sintflutartig regnen lassen.

Doch gestern war gestern. Rico Stahl von der Mordkommission Rosenheim ging zurück in die Küche, warf den Wasserkocher an und füllte Tee in den Filter. Das Wasser war fertig, als er aus dem Bad kam. Wenig später nahm er den Filter aus der Teekanne, holte eine der sechs roten Porzellantassen samt Untersetzer aus dem Hängeschrank, warf einen halben

Löffel Zucker in die Tasse und marschierte mit seinem Getränk zurück zum Fenster. Den Tee trank er in kleinen Schlucken.

Er erinnerte sich, auf einem Dachfirst in der Nähe einen Vogel singen gehört zu haben. Jetzt äugte eine vorbeispazierende fuchsrote Katze zu ihm herauf. Rico Stahl fühlte sich wunschlos glücklich. Er hatte seinen ersten Morgentee gehabt, ein bisschen Obst gegessen und erwartete einen Sonntag, der alles andere als ein Tag zum Arbeiten werden sollte. Doch plötzlich, wie aus heiterem Himmel, kroch ihm ein geradezu physisches Unbehagen in die Glieder. Er wusste nur nicht, warum. Dieses Zeichen kannte er. Es war sein ganz persönliches ungutes Gefühl.

Seit der Eröffnung des Rosenheimer Lokschuppens 1988 mit der Ausstellung »Die Bajuwaren« war Rico Stahl jedes einzelne Mal dabei gewesen. »Das keltische Jahrtausend«, »Die Römer«, »Dinosaurier«, »Tiefsee«, »Indianer« bis hin zur letzten Ausstellung über die »Inka« – seine Interessen waren breit gestreut. Auch die, die heute Premiere hatte, wollte er selbstverständlich besuchen, bis sie im Spätherbst endete.

Aber nicht heute. Eine Einladung zur Eröffnung der Ausstellung »Sakralbauten in Europa« um elf Uhr hatte er zwar erhalten. Doch steif mit einer Hand in der Hosentasche herumzustehen, zu lächeln und alberne Worte über die Lippen zu bringen, das war nicht sein Ding. Freilich sah er die Oberbürgermeisterin immer wieder gern, und auch ein paar andere Leute waren ihm willkommen. Doch die Minuten zogen sich bei solchen Vernissagen regelmäßig mit Ansprachen, Begrüßungen und Lobhudeleien auf alles Mögliche in die Länge.

Nein, nein, nein zu solch überflüssigen Events war sein Credo und sein letzter Gedanke, bevor ihn die penetrante Titelmelodie seines Mobiltelefons – die Klavierversion des »Mexican Hat Dance« – aufschreckte. Er musste es erst suchen, bevor er es von dem Weißlack-Sideboard im Entree der großen Wohnung angelte.

Als er die Nummer auf dem Display erkannte, schüttelte er vor Erstaunen den Kopf. Chili! Seine Kollegin Chili Toledo pflegte sonntags immer lange zu schlafen, »um die wöchentlichen Strapazen einer Kriminalbeamtin abzuschütteln«, wie sie sich ausdrückte. Wenn sie also um diese Zeit anrief, musste das irgendeinen besonderen Grund haben.

Chili Toledo war gut mit Joe Ottakring bekannt, Rico Stahls Vorgänger, der zurzeit mit seiner Frau Lola auf einer Norwegen-Kreuzfahrt weilte. Chili, die eigentlich Sabrina hieß, war die Tochter von Ottakrings früh verstorbenem Freund Torsten Toledo, der bis zu seinem Tod Chef der Flensburger Hafenpolizei gewesen war. Sie war so etwas wie Ottakrings Patenkind. Solche Details waren Rico Stahl vertraut, wie ihm auch manches andere von Chili Toledo vertraut war.

Sie war Mitte dreißig und hatte einen ausgesprochenen Hang zu Ehrgeiz, Perfektion und Eigenwilligkeit. Und eine Zyste an einer Niere, ob an der linken oder rechten, wollte er sich nicht merken. Auch von derlei intimen Kleinigkeiten aus Chilis Leben hatte Rico Stahl Kenntnis. Er sagte es nur nicht laut.

»Guten Morgen, Chili. So früh schon auf?«

Leises Kichern. »Lenk nicht ab«, sagte sie mit ihrer immer etwas angerauten Stimme. »Du hast den Termin verschwitzt.«

Kurzes Schweigen. »Welchen Termin?«

»Wo bleibst du? Alle anderen sind schon da. Die OB wird jede Sekunde kommen. Wir warten auf dich.«

Ja mei. Ausstellungseröffnung. Das Ding, wo er nicht hinwollte. Hatte er etwa zugesagt?

»Hab ich denn überhaupt zugesagt?«

»Keine Antwort werten sie als Zusage. Ja, damit hast du zugesagt. Komm, husch, husch in die Gänge. Auf zum Lokschuppen.« Damit huschte sie aus dem Gespräch.

***

Das Rosenheimer Ausstellungszentrum, der Lokschuppen, war ein halbrunder Bau aus rotem Klinker mit flachem Pultdach, der Mitte des 19. Jahrhunderts als Lokomotivstation der neu gebauten Eisenbahn errichtet worden war. Auf der weiten Fläche davor hatte sich eine Drehscheibe für die Loks befunden und gegenüber der Bahnhof mit dem Gleisstrang. Dieser imposante Bau mit seinen Flügelbauten war aufwendig und repräsentativ mit Mauerwerk aus Sichtziegeln und Gliederungsbändern aus Naturstein gestaltet worden. Das heute denkmalgeschützte Bahnhofsgebäude diente seit 1878 als Rathaus der Stadt Rosenheim.

Die Rosenheimer waren stolz auf ihr traditionsreiches Rathaus – in der Fernsehserie »Die Rosenheim-Cops« agierte es als Polizeipräsidium – und ihr Ausstellungszentrum, das sich inzwischen in jedem Kulturreiseführer fand und regelmäßig Besucher von weit her anzog.

Selbstverständlich war Rico Stahl dies alles nicht fremd. Er hatte nur eine Blockade gegenüber allem, was mit öffentlichem Auftreten und Menschenansammlungen zu tun hatte. Sich mit mehr als vier, fünf Menschen zur selben Zeit am selben Ort aufzuhalten, empfand er als Tortur. Trotzdem fasste er sich ein Herz, zog in Minutenschnelle einen dunklen Anzug an und ging.

Es war wirklich ein Tag wie aus dem Bilderbuch, bestimmt zehn Grad wärmer als am Tag zuvor. Die Sonne spiegelte sich in den Fenstern und in den restlichen Pfützen des großen Regens. Schon nach hundert Metern musste Rico Stahl die Knöpfe des Sakkos öffnen und die Krawatte lockern. Der Türke vom Bistro Café Lok stand mit in die Hüften gestützten Armen vor seinem Lokal neben einer gotischen Kirche, die er aufgebaut hatte und die höher war als er. Rico Stahl hob im Vorübergehen die Hand. Die Glastür zum Foyer des Lokschuppens stand weit offen.

Drinnen begrüßte gerade der Kulturreferent die Oberbürgermeisterin. Die trug eine elegante tannengrüne Trachtenjacke mit roten Kragenspiegeln über einem burgunderfarben geblümten Kleid und lächelte. Als Rico Stahl zurückhaltend, fast scheu den Innenraum betrat, wandte sie den Kopf und nickte ihm zu. Sie stand etwa drei Meter von ihm entfernt und spielte mit den Fingern an den Knöpfen ihrer Jacke.

Der Referent beendete seine Begrüßung: »… wir die Oberbürgermeisterin der Stadt Rosenheim, Gabriele Bauer.«

Wie immer sprach die Bürgermeisterin vollkommen frei und wie unvorbereitet, doch rhetorisch perfekt, wie Rico Stahl fand. Ab und zu wendete sie den Blick nach oben, als wolle sie ihn zum Himmel richten. Vielleicht will sie die vielen Menschen auch nicht immer sehen, dachte Rico Stahl.

Drüben von der entgegengesetzten Seite her winkte ihm Chili zu. Mit einem Blick hatte er ihre Erscheinung erfasst. Sie trug hautenge stonewashed Jeans, einen breiten Gürtel mit Silberschnalle und ein türkisfarbenes Top mit grün schillernden Pailletten um den Ausschnitt. Die obligatorische Ray-Ban-Sonnenbrille hatte sie über ihr tizianfarbenes Haar gestülpt, das sich üppig über die Schultern ergoss. Von ihren großen, dunklen Augen ging eine Eindringlichkeit aus, die jeden faszinieren musste, der mit ihr zu tun hatte. Chilis Lieblingswaffen, handtellergroße goldfarbene Piratenohrringe, setzten ihn immer wieder in Erstaunen.

Zwischen den beiden Frauen, denen Rico Stahl seine Aufmerksamkeit widmete, zwischen Kasse und Souvenirshop, hatte sich die Menge der Besucher dieser Sonderführung breitgemacht. Einige lungerten wie uninteressiert am Rand herum, schauten in Glasvitrinen, unterhielten sich mit der Frau am Kassenfenster oder rauchten draußen eine letzte Zigarette, bevor es losging. Alle hatten Empfänger und Kopfhörer für die Führung umgehängt.

»Liebe Besucher, ich wünsche Ihnen viel Genuss und Freude«, schloss die Oberbürgermeisterin ihre kurze Rede.

Die Tür ins Dunkel ging auf, die Menschen strömten ins Innere, vornweg die Führerin mit Mikro vor dem Mund. Keiner ahnte, dass sie in weniger als zwei oder drei Minuten einen Aufschrei loslassen sollte, der die Trommelfelle der Besucher zum Vibrieren brachte. Und dass damit Rico Stahls und Chili Toledos Sonntag total versaut war.

2

Schwarze Schatten zeichneten sich gegen die hellen Wände ab. Es waren die Konturen und Silhouetten fast mannshoher Kathedralen, Basiliken, Kaiserdome, Klöster, gewöhnlicher Kirchen, die geheimnisvoll beleuchtet waren. Die Kathedralen von Chartres, Burgos und León. Der Kölner Dom und der Wiener Stephansdom. Der Petersdom zu Rom. Das Ulmer Münster, die Basilika von Santiago de Compostela und die von Vierzehnheiligen. Die Kaiserdome zu Mainz, Speyer und Worms. Erstaunlich, wie viele bewundernswerte Sakralbauten es in Europa gab.

Außer der beinahe flüsternden Stimme der Führerin war alles still. Aus einer anderen Abteilung war eine gedämpfte Lautsprecherstimme zu hören. Der Trupp folgte der Führerin schweigend, die Oberbürgermeisterin, der Referent, die anderen Prominenten. Chili Toledo und Rico Stahl hielten sich bewusst am Ende auf. Im Schlepptau der anderen hatten sie einen Punkt erreicht, wo ein Steg über einen Graben führte. Eine geschickt kopierte Laune der Landschaft. Irgendetwas stimmte nicht. In der Regelmäßigkeit der Abstände zwischen den Sakralbauten war ein Bruch zu spüren.

Ein Mordermittler ist immer im Dienst. Immerfort hellwach. Wortlos sahen sie sich an, Chili Toledo und Rico Stahl. Sie kniffen die Augen zusammen, um in der diffusen Düsternis Einzelheiten zu erkennen. Keiner der beiden hätte sagen können, weshalb sie diese plötzliche Spannung verspürten. Doch sie war da, wie ein sechster Sinn.

Rico Stahl blickte nach oben. In vier oder fünf Metern Höhe Stahlträger, die das Dach hielten. Seitlich darunter schmale Glasbänder, die das Tageslicht einließen. Unter seinen Füßen dunkel marmorierter, glatter Holzboden, der sich zur nächsten Abteilung hin hell öffnete.

Ich sehe Gespenster, sagte sich der Kriminalrat. Alles ist normal. Alles an seinem Platz. Du hast diese Ausstellung noch nie gesehen. Eine Veränderung vermagst du also gar nicht zu erkennen. Deine Augen sind schlechter geworden, sonst nichts. Du wirst halt älter, Alter. Trotzdem ging sein Atem hastiger. Auf der linken Seite drückte er sich im vergeblichen Versuch, nicht zu drängeln und niemanden zu stören, nach vorn durch.

Chili Toledo sah ihm erstaunt hinterher, folgte ihm aber nicht.

Es kann nicht sein, dachte Rico Stahl. Wenn ich es nicht besser wüsste, würde ich glauben, dass dort vorn ein Kirchturm fehlt. In demselben Augenblick, als er diesen Gedanken hatte, ertönte der Schrei. Die Führerin über ihr Mikro. Es schrillte im Kopfhörer, dass die Ohren schmerzten.

Rico Stahl warf einen kurzen Blick zurück zu Chili. Ihre Augen waren weit aufgerissen. Sie versuchte, sich nach vorn durchzuwühlen.

»Neiiin! Neiiiiin Neiiiiiiiin!« Die Ausstellungsführerin.

Schlagartig verstand er den Grund für ihr Entsetzen.

Auf dem Boden lag ein Mann. Vollkommen unnatürlich. Die Gestalt lag in der Form eines asymmetrischen Halbkreises mit abgewinkelten Armen und merkwürdig verrenkten Beinen da. Die offenen Augen starrten zur Decke. Und der Kopf war nicht mehr ganz, die obere Hälfte – nein, sie fehlte nicht. Vielmehr war sie ins Gehirn gequetscht, als hätte eine gewaltige Kraft sie wie eine Orangenhälfte in die Fruchtpresse gedrückt.

Der Mann sah sehr tot aus.

Rico Stahl hatte sich ganz nach vorn gedrängt. Die Blutlache kam ihm außergewöhnlich groß vor. Vom Kopf aus hatte sie sich ungleichmäßig ausgebreitet, den marginalen Unebenheiten des Fußbodens folgend.

Atemlose Ruhe hatte sich für ein, zwei Augenblicke breitgemacht. In die Stille hinein flüsterte jemand halblaut mit tonloser Stimme: »Mein Gott, das ist ja Gusakh!«

Diesen Namen hatte Rico Stahl noch nie gehört. Er schaute

über die Schulter hin zu Chili. Sie sah mit einem Blick zurück, den er wie so oft nicht zu deuten wusste. Dann zuckte sie mit den Achseln und hob die Augenbrauen. Auch sie hatte sich durch die Menge gedrängt und ihr Mobiltelefon gezückt.

Rico Stahl wendete sich wieder ab und dem Toten zu. Dessen linke Hand war zur Faust geballt, die rechte lag auf dem Oberkörper. Ganz offensichtlich hatte er weitere Wunden an der Schulter, am Hals.

»Spusi und Notarzt sind verständigt.« Chili kniete plötzlich auf Tuchfühlung neben ihm. »Die Spusi alarmiert auch die Rechtsmedizin, hab ich mit ihnen ausgemacht.«

»Tatsächlich. Das ist Henry Gusakh.« Die Oberbürgermeisterin war hinzugetreten. Sie stand zwei Meter hinter Rico Stahl. Als sie seinen fragenden Blick wahrnahm, runzelte sie die Stirn.

»Sie kennen ihn nicht? G-u-s-a-k-h«, buchstabierte sie. »Seltsame Schreibweise, ich weiß.« Sie war noch blasser als vorhin. Der Schreck war ihr lebhaft anzusehen. »Wer hat den Mann so übel zugerichtet? Wer tut so was? Und warum?«

Ja, wenn man das schon wüsste, dachte Rico Stahl. Er stand auf.

»Da. Die Tatwaffe!«, zischte Chili leise. Sie wies auf einen etwas entfernt am Boden liegenden Gegenstand. Er glich einem Kirchenbau.

Chaotisches Gemurmel hatte eingesetzt. Die Besucher teilten einander ihre Bestürzung mit. Das Entsetzen stand allen ins Gesicht geschrieben. Einige hielten sich die Hand vor den Mund, andere hatten die Augen weit aufgerissen, einige wenige konnten sich ihrer Tränen nicht erwehren.

Die Führerin war Chilis Hinweis mit den Augen gefolgt. »Unser Freiburger Münster«, rief sie aus. Es klang eher ehrfürchtig als erschreckt oder betroffen. »Der Dom mit dem schönsten gotischen Turm der Christenheit.«

Dieser Turm war allerdings vom übrigen Bauwerk getrennt. Die Hallenkirche mit dem Langhaus lag auf der Seite. Es sah aus wie ein totes Tier mit geöffnetem Leib, das die Beine von sich streckte. Der hohe Turm stand im rechten Winkel zum Langhaus. Er war gebrochen, das war klar zu erkennen. Auf den zweiten Blick bemerkte Rico Stahl das frische Blut am durchbrochenen Turmhelm, das bis hinüber aufs Kirchendach gespritzt war. Von zahlreichen Wasserspeiern war Blut herabgetropft und hatte sich am Boden ausgebreitet.

Bilder, bizarr und doch wieder wohlgeordnet, gingen Rico Stahl durch den Kopf. Der Täter – oder waren es mehrere? – hatte den Mann mit dieser Kirche erschlagen! Es hätte einfachere Methoden gegeben, ihn umzubringen. Eine enorme Portion Kraft gehörte dazu, dieses Holzmodell hochzuheben und auf den Körper niedersausen zu lassen. Hatte das Opfer sich gewehrt? Er meinte sogar, einen Hilferuf zu hören, einen Schrei des um sein Leben ringenden Mannes.

Er setzte an, hinzugehen und das Modell anzuheben, um das Gewicht zu prüfen, ließ es aber. Erst musste die Spurensicherung ans Werk gehen. Warum, verdammt, hatte der Täter ausgerechnet ein Kirchenmodell benutzt, um die Person zu töten? Umständlicher ging es nicht.

Er sah um sich.

Chili hatte sich entfernt. Sie verharrte am Ausgang und ließ niemanden durch. »Bitte bleiben Sie für erste Ermittlungen hier. Zumindest bis unsere Spurensicherung eingetroffen ist. Das wird recht bald erfolgen.« Nach kurzer Pause endete sie wie mit einer Warnung: »Es gilt offensichtlich, einen Mord aufzuklären.«

Die erste Unruhe in der Besuchergruppe hatte sich etwas gelegt. Ein Mord in einem Ausstellungszentrum, in dem man ein, zwei interessante Stunden hatte verbringen wollen. Eine Exklusivführung, die es in sich hatte. Die Leute ergaben sich ihrem Schicksal.

Rico Stahl schlich sehr langsam um die Leiche und um das lädierte Kirchenmodell herum. Er hielt die Augen offen. Er fand nichts. Ein wenig ungelenk holte er sein kleines Diktiergerät aus der Tasche und sprach leise hinein. Früher hatte er einfach ein Notizheft benutzt. Das mit dem Diktiergerät hatte er sich abgeschaut.

»Herr Stahl.« Die Oberbürgermeisterin war an ihn herangetreten. Sie wirkte gefasst. »Sie kennen ihn also nicht?« Sie deutete auf den gekrümmt Daliegenden. Ohne eine Antwort abzuwarten, fuhr sie fort: »Henry Gusakh. Er leitet das Ausstellungsprojekt. Organisatorische Vorbereitung, Durchführung, Verhandlungen, Sicherheit. Sozusagen das Mädchen für alles außerhalb der wissenschaftlichen Seite.«

Rico Stahl nickte wie abwesend. Er warf einen letzten Blick auf Henry Gusakh. Auf den toten Henry Gusakh, davon war auszugehen. Der Mann war um die sechzig, hochgewachsen und schlank. Ein kurz geschnittener weißer Schnurrbart zierte seine Oberlippe. Auch darin waren dünne Blutspritzer zu erkennen. Ein Rinnsal lief vom Hirn zum Kinn. Bald würde Gewissheit über Leben und Tod herrschen, draußen war bereits Sirenengeheul zu hören.

Im Minutenabstand kamen sie durch die schwarze Tür hereingeeilt, der Notarzt und die Spurensicherung. Bruni, deren Chef, war mit drei Leuten angerückt. Schweigend schlichen sie neben ihm her, als ahnten sie, dass er sich Gedanken über seinen Ruhestand machte. Als auch noch die Rechtsmedizinerin mit ihrem Köfferchen eintraf, stellte sich Rico Stahl neben Chili Toledo an den Eingang.

»Griaß di, Stahl«, brummelte die Doktorin in seine Richtung. Es klang nicht unfreundlich.

»Jetzt gehört der Tatort den Profis. Machen Sie bitte den Weg frei«, schloss er die Besichtigungstour.

»Ist das wirklich ein Mord?« Unter der Tür wandte sich die Oberbürgermeisterin an Chili Toledo.

»Es sieht ganz danach aus. Oder?«, gab Chili ohne Ironie zurück.

»Dann werden Sie den Mörder bestimmt bald fassen«, sagte die Oberbürgermeisterin zu Rico Stahl. Sie stellte keine Frage, sie stellte fest.

Der Kriminalrat zuckte die Achseln. »Fassen werden wir ihn. Bestimmt. Aber wann? Da müssen wir uns erst ein genaueres Bild machen.«

Im Kopf hatte er sich schon einen Plan zurechtgezimmert, und zuallererst würden sie sich ein Bild von dem Toten machen.

Wer war Henry Gusakh?

3

In Rosenheim wurde mit schöner Regelmäßigkeit jemand umgebracht. Immer dienstags ereignete sich eine Bluttat, der Mörder war jedes Mal ein anderer. Die Einwohner hatten sich also an diesen Zustand gewöhnt. Sollte man meinen.

In Wirklichkeit sollte sich der bizarre Mord an Henry Gusakh und die Art, wie er verübt wurde, als Schock für die Bevölkerung erweisen. Denn regelmäßig floss das Blut nicht in der Realität, sondern in der TV-Vorabendserie am Dienstag. Nicht nur in Rosenheim, in ganz Deutschland saß man vor dem Fernseher, wenn »Die Rosenheim-Cops« lief. Und wenn Joseph Hannesschläger – »Korbinian Hofer« –, Marisa Burger – »die Frau Stockl« – und Max Müller – »der Michi« – wieder einmal im Färberviertel oder in der Innstraße drehten, erregte das kein allzu großes Aufsehen mehr. Man schaute amüsiert und immer ein bissl stolz zu.

Aber jetzt wurde es ernst. Blutiger Ernst. Wie ein Lauffeuer sprach sich die Nachricht herum.

Chili Toledo und Rico Stahl waren dabei, als beide schwarzen Türen zum Ausstellungsraum abgesperrt und versiegelt wurden, die Spurensicherung hatte ihre Arbeit getan. Sie standen im Foyer des Lokschuppens und unterhielten sich über die ersten Ermittlungsschritte.

»Ich kümmere mich um die Vita des Toten«, bemerkte Rico Stahl. »Wo und wie hat er gelebt, was war sein Job hier im Lokschuppen und so weiter.« Er legte eine Hand auf Chilis Unterarm. »Und du rekonstruierst bitte den gestrigen und heutigen Tag. Was hat er gemacht, wo war er wann, wer hat ihn zuletzt gesehen? Wer hat ihn angerufen, wen hat er angerufen?«

Sie nickte und sah ihm in die Augen. »Ja, mach ich. Alles klar. Ich kümmere mich. Klärst du dann die Frage, wie der

Täter es schaffen konnte, am Wochenende und vor unserer Führung unbemerkt in den Ausstellungssaal zu kommen?«

Penetrant ertönte der »Mexican Hat Dance« vom Mobiltelefon des Kriminalrats. Genervt kramte er es aus seiner Hosentasche. Seine Stirn zog sich in Falten, als er die Nummer auf dem Display sah. Eine Rosenheimer Festnetznummer, die ihm bekannt vorkam. Eigentlich ging er nur dran, um das störende Geräusch loszuwerden.

Es war Adele. »Ja, ich ruf von zu Hause aus an«, sagte sie. Entgegen ihrer sonstigen Art wirkte sie sonderbar aufgeregt. »Ich hab von meiner Nachbarin gehört, was bei euch passiert ist.« Nach einer kurzen Pause fuhr sie fort: »Brauchen Sie mich?«

Das war typisch für Adele Foster. Sonntag, kein Dienst, und sie fragte, ob sie gebraucht werde. Adele war sozusagen das Mädchen für alles im Präsidium und von einer durch nichts zu erschütternden Zielstrebigkeit und Zuverlässigkeit. Nichts war ihr unmöglich, sie schaffte so gut wie alles, was man ihr auftrug. Gut aussehend war sie, mit wachen Augen, in denen eine durchaus eigensinnige Intelligenz funkelte.

Adele war für alle Mitglieder der Mordkommission – insbesondere für Rico Stahl, den Chef – unentbehrlich, nicht zuletzt wegen ihrer schier unendlichen lokalen und regionalen Kenntnisse. Vor fünf Jahrzehnten in Rosenheim geboren und aufgewachsen, hatte sie im Inntal gelebt und war am Chiemsee zu Hause. In ihrem Kopf waren Berge und Flüsse, Straßen und Gassen wie auf einer Landkarte eingezeichnet, sie kannte viele Menschen und war selbst in der Stadt bekannt wie ein bunter Hund. Eine großartige Netzwerkerin – sozusagen die Mensch gewordene Stockl-Figur aus den »Rosenheim Cops«.

»Nein, Adele, momentan ist das noch nicht notwendig«, kam Rico Stahl auf Adeles Angebot zurück. »Wir sehen uns morgen im Präsidium.«

»Wer ist denn ermordet worden?«

»Ach so, das wissen Sie nicht?«

»Nein, ich hab nur gehört, dass jemand in der Stadt enthauptet worden ist.«

Rico Stahl hatte auf Mithören geschaltet. Chili sah ihn mit erstauntem, gleichzeitig umwerfendem Blick an und hob die Schultern.

»Enthauptet?«, fragte Rico Stahl zurück. »Wer hat Ihnen denn das erzählt?«

»So heißt's in der Stadt.«

Er reichte den Hörer an Chili weiter und machte ihr ein Zeichen. In kurzen Worten schilderte Chili, was passiert war, und erwähnte zum Schluss den Namen des Ermordeten. Henry Gusakh.

»Gusak? Gusak?«, fragte Adele zurück.

»Ja, mit ›h‹ am Ende.«

Wieder kurze Pause. »Soll ich nicht doch lieber reinkommen? Sie werden jetzt sicher auch nicht die Hände in den Schoß legen.«

Ja, das war Adele Foster, wie sie leibte und lebte.

Als sie aus dem Foyer nach draußen traten, war der Himmel klar und weit. Von Wolken und Eintrübungen, die für die Nacht angekündigt worden waren, noch keine Spur.

»Die spürt schon wieder was, die Adele«, sagte Rico Stahl. Wie zufällig berührte sein Arm beim Hinausgehen Chilis Hüfte. »Ich glaub, morgen zu Dienstbeginn werden wir genau wissen, wer dieser Henry Gusakh war.«

Chili lachte glucksend. »Da wette ich nicht dagegen. Ich werd mich aber trotzdem schon mal um die Sache kümmern.«

Im Süden blinkten zwischen den Alleebäumen der Rathausstraße sogar die Bergketten hindurch. Rico Stahl war sich sicher, dass dieses Hoch noch für weitere zwei, drei Tage stabil bleiben würde.

***

Gusakh? »Alpenweg 9«, lautete die Antwort aus der Zentrale auf Chili Toledos Anfrage. Eine Eigentumswohnung im ersten Stock eines Sechsfamilienhauses.

Chili, die in der Innenstadt wohnte, nahm den Motorroller. Die Lambretta hieß Erika, war weiß und rot lackiert und sehr alt. Älter als eine Katze mit zweiundzwanzig oder ein Hund mit siebzehn. Sie fuhr am Riedergarten vorbei, die Rathausstraße hinunter, passierte das Eisstadion und folgte der Kufsteiner Straße, bis sie einen Kilometer weiter beim Honda-Händler links in den Alpenweg einbog. Ihre Gedanken waren die ganze Fahrt über bei dem Toten.

Sie wollte sich umhören. Sie hatte sich erkundigt und erfahren, dass dieser Gusakh seit Jahren schon die Ausstellungsprojekte im Lokschuppen leitete. Er war bei Kolleginnen und Kollegen und bei denen, für die er arbeitete, angesehen und geschätzt, etwa bei der blonden Oberbürgermeisterin. »Herr Gusakh ist ein Organisationsgenie, zurückhaltend im Umgang und zuverlässig in allem, was er anpackt«, hatte sie ausgesagt. »Manchmal ein bisschen komisch.«

Als Chili mit derlei Gedanken beschäftigt gegen sechzehn Uhr über die Mangfallbrücke fuhr, schellte ihr Autotelefon. Ohne auf das Display zu schauen, wusste sie, dass es Rico Stahl war. »Grüß dich«, sagte sie mit weicher Stimme.

Er fiel gleich mit der Tür ins Haus. »Bruni hat mich verständigt«, sagte er etwas atemlos. »Du hattest recht mit deiner Vermutung. Diese Modellkirche war tatsächlich sozusagen die Tatwaffe. Warum stemmt ein Mensch ein unhandliches Fünfzehn-Kilo-Modell, wenn er mit einem einfachen Hammer oder einem Prügel den gleichen Effekt erzielen kann?«

Ja, das fragte sich Chili auch. Inzwischen war sie im Alpenweg angekommen und fuhr langsam bis zur Nummer 9 auf der linken Straßenseite. Sie hielt gegenüber.

»Und stell dir vor«, fuhr Rico Stahl fort. »Der Mann hatte eine Prothese, und wir haben das nicht bemerkt. Eine Prothese am rechten Bein vom Knie abwärts. Auch haben sie einen

Gehstock mit Silberknauf sichergestellt. Eindeutig von ihm. Er lag versteckt an der Längswand. Wo bist du jetzt?«

Sie schilderte es ihm.

»Im Moment versucht Bruni mit seiner Truppe, nachzuvollziehen, wie der Täter vor uns in die Ausstellung kam und wann. Gar nicht so einfach.« Er hustete kurz. »Ich lass dich wieder in Ruhe, Chili. Viel Erfolg bei deinen Befragungen!«

Die Nummer 9 war kein Neubau, doch gut erhalten, eine Fahrschule und ein Designstudio im Erdgeschoss. Die Haustür lag auf der Ostseite des Gebäudes. Sechs Briefkästen, sechs Klingeln, sechs Namensschilder. Dem Klingelschild entnahm Chili, dass Gusakh die Wohnung zur Straßenseite bewohnt hatte. Großer brauner Holzbalkon, Grünpflanzen, rote Geranien. Die Balkontür war gekippt.

An der Haustür tauchte neben Gusakh der Name Feiersinger auf der ersten Etage auf. Die Haustür, eine braun lackierte Tür mit Metallrahmen und bruchsicherem Glas, war nicht schön, aber sicher. Sie war nur angelehnt.

Im Hausflur roch es merkwürdig. Wie eine Mischung aus etwas Abgestandenem, längst Vergangenem, dazu ein paar Tropfen verschwindend leichtes Duftöl und ein frisch gewässerter Hund. Es passte gar nicht zu dem Geschrei der Kinder, das herunterdrang. Ach ja: Und es roch nach frischer Farbe. Nach frischem Anstrich mit hellem Ocker, um genau zu sein.

Am Boden Naturstein im Marmorlook, zwei Treppen mit Handlauf nach oben, und sie stand vor Henry Gusakhs Wohnungstür. Es war eine Tür aus dunklem Holz, vielleicht Eiche, mit altmodisch wirkendem Messingblatt und einem Spion in Augenhöhe. Dunkelgrüner Abstreifer mit verwaschener »Welcome«-Aufschrift. Nichts, was Chili momentan weiterhelfen konnte. Tageslicht flutete durch ein breites Fenster oben im Treppenhaus herein.

Langsam drehte sie sich um und wendete sich der Tür auf der gegenüberliegenden Seite des Treppenpodests zu. Kindergeschrei hinter der Tür. Feiersinger. Kein Klingelkopf. Sie klopfte energisch. Die Reaktion war ein heftiges Trappeln im Inneren der Wohnung. Die Tür flog auf. Ein kniehoher Knirps stand in der Tür.

»Hallo«, sagte Chili. »Ist deine Mama …«

Im selben Moment kam ein hüfthoher Hund in der Feiersinger-Wohnung um die Ecke gefetzt. Er flog regelrecht auf die Kommissarin zu, warf zuerst das Kind um, stürzte sich dann auf Chili und riss sie zu Boden. Knurrend und mit gefletschten Zähnen stand der Hund über ihr, die Vorderpfoten auf ihren Oberarmen abgestellt.

Aber hallo, dachte Chili. »Aber hallo«, sagte sie halblaut und lächelte den Hund an. Sie bewegte sich nicht und hatte keine Angst. Sein Gebiss war keine zwanzig Zentimeter von ihrem Hals und Gesicht entfernt. Übler als die überlangen Zähne war der faulige Geruch, der aus dem Maul flammte. Der Hund war stark, er presste sie gegen den Boden. Chili machte auch keinen Befreiungsversuch. Sie redete auf ihn ein.

Irgendwann musste doch ein Erziehungsberechtigter aus der verdammten Wohnung kommen. »Braver Hund, guter Hund. Fein machst du das.« Dann gab sie ihrer Stimme einen noch sanfteren Anstrich. »Und lass mich bloß in Ruh, du verdammtes Scheusal, sonst reiß ich dir die Eier aus dem Leib.« Sie sagte es freundlich und mit lächelnder Miene. Noch Tage später hätte sie eine detaillierte Täterbeschreibung abgeben können: zimtbraun-weiß gefleckter Chow-Chow-Mischling, geschätzte zweiunddreißig Kilo schwer, buschige Rute, massiger, auffallend keilförmiger Kopf, glatte weiße Gesichtsmaske, kleine, dicke Ohren, dunkelbraune Augen, blaue Vorderzunge, blaue Lefzen, im linken Oberkiefer fehlte ein Zahn, ein weiterer war halb abgebrochen.

»Bruno, aus!«, rief eine weibliche Stimme aus dem Off.

Bruno knurrte ein letztes Mal, zeigte Chili das fehlerhafte Gebiss, dann richtete er sich auf, drehte sich langsam um und ließ von ihr ab.

Chili schüttelte sich und erhob sich unerwartet schnell.

Sie stand einer Frau gegenüber, die sichtlich kleiner war als sie selbst. Das Auffallende an ihr waren nicht so sehr das enge T-Shirt mit einem schrillen Schriftzug und die knappen Hotpants, die sie trug. Nein, die Frau war ein lebendes Piercing-Denkmal. Gepierct im Nasenflügel, in der Nasenwurzel, im Augenlid, in der Zunge, im Mundwinkel, in den Ohrläppchen – es hörte nicht auf. Ringe und Stäbchen im Körper der Frau, wohin der Blick schweifte. Sie hatte eine brennende Zigarette im Mund und ein nacktes Kind auf dem Arm, ein Mädchen.

»Magst du zum alten Gusakh?«, fragte sie Chili.

Chili Toledo war überwältigt von diesem Empfang. Das passierte nicht alle Tage. Offenbar wusste die Frau noch nichts von Gusakhs Schicksal. Sie wies sich mit ihrem Polizeidienstausweis aus. »Sind Sie Frau Feiersinger?«

Die Frau machte große Augen und einen Schritt zurück. Das Baby legte den Kopf an ihre Schulter und begann zu plärren. Bruno kuschelte sich an die Beine der Frau und blickte aus treuen Augen zu Chili auf. Sein Frauchen schwieg.

Chili überlegte, wie sie weiter vorgehen wollte. Die Frau schien nicht gerade polizeifreundlich gesinnt zu sein. Sie entschloss sich, den direkten Weg zu wählen. »Herr Gusakh wird nicht mehr zurückkommen. Wir ermitteln in dieser Todessache. Noch einmal: Wohnen Sie hier und sind somit seine Nachbarin Frau Feiersinger?«

In der Wohnung zischte etwas. Das Geräusch übertönte den laufenden Fernseher. »Mei, mein Teewasser«, erklärte die Frau. Mit dem freien Arm machte sie Schwimmbewegungen und eilte hinein. Die Kleine auf dem anderen Arm plärrte noch lauter.

Chili folgte ihr vorsichtig. Sie musste aufpassen, nicht den Boden unter den Füßen zu verlieren. Die Wohnung schien über unendlich viele Zimmer zu verfügen, denn aus jedem schossen plötzlich Kinder hervor. Größenmäßig wie die Orgelpfeifen stürmten sie hinter der Frau her, vermutlich ihrer Mutter. Alle waren tätowiert und nervtötende Schreihälse und Sprücheklopfer.

Als die Frau endlich ihren Tee aufgesetzt hatte, hatte auch Chili Toledo neben den vier Kindern mit Hund einen Platz in der Küche gefunden. »Also, Frau Feiersinger, erzählen Sie mir von Henry Gusakh«, forderte sie sie auf. Schade, dass dieses hübsche Gesicht so verhunzt ist, ging es ihr durch den Kopf. »Wie war er? Was war er für ein Mensch?«

Die Frau war nicht im Geringsten überrascht, dass Chili neben ihr aufgetaucht war. Ihre Antwort ließ nicht lange auf sich warten. »Das größte Arschloch von Rosenheim. Ein noch größeres als mein Ex. Die Menschen haben ihre Kinder, Katzen und Hunde reingeholt, wenn der auf der Straße war. Schon wenn sie das Arschloch von Weitem gesehen haben, sind sie geflüchtet.« Sie ließ das Baby auf die Resopal-Arbeitsfläche sinken. »Amorphis«, sagte sie leichthin.

»Was ist mit Amorphis?«, fragte Chili.

»So heiße ich. Amorphis. Mein Vorname. Nach mir ist eine finnische Metal-Band benannt.«

Chili schluckte. »Gut, Amorphis. Würdest du mir dann bitte schildern, warum Herr Gusakh ein Arschloch war?«

Das kleine Kind strampelte vergnügt auf der Arbeitsplatte. Es hatte sich beruhigt. Aus einem der Zimmer plärrte plötzlich der Fernseher los. »Macht den Fernseher leiser!«, brüllte Amorphis. Breitbeinig lehnte sie sich gegen die Platte, eine Hand um ein Bein des Babys gewickelt.

»Der Kerl hat uns alle behandelt wie Dreck. Als ob wir aus der Gosse kämen. Nie hat er gegrüßt, wir waren ihm zu laut, zu hässlich auch, er hat Haare vom Bruno in seiner Wohnung gefunden, einmal hat er Jonathan die Treppe hinuntergestoßen.«

»Genau!«, rief Jonathan aus der Küchenecke, gleich neben dem Durchlauferhitzer, einen Lolly im Mund, tätowiert und Irokesenschnitt. Er war vielleicht sechs Jahre alt.

»Ihr sollt den verdammten Fernseher leiser machen, hab ich gesagt«, brüllte Amorphis. Der Fernseher verstummte.

»Ich hab die Polizei verständigt, aber nichts ist passiert«, sagte Amorphis. »Klar, der Gusakh war ein besserer Herr, verstehst?« Sie klang so vertraut, als würden Chili und sie sich schon lange kennen.

»Einmal hab ich ihn erwischt, da ist er hier auf der Treppe gesessen.« Ihr Arm wies auf den obersten Treppenabsatz. »Und er hat die Julia auf dem Schoß gehabt.« Mit dem Hinterkopf deutete sie nach drinnen. »Mit der einen Hand hat er sie festgehalten, mit der anderen hat er sie gestreichelt. Du glaubst nicht, wie schnell ich den Bruno auf ihn gehetzt hab. Und in null Komma nix hat er die Julia losgelassen und ist durch seine offene Tür vor dem Hund geflüchtet.«

Amorphis war vor lauter Aufregung ins Schnaufen gekommen. »Ich glaub wirklich, der Kerl ist ein Pädavieler.« Aus großen Augen sah sie Chili an und verbesserte: »Gut, der war einer. Ist einer gewesen. Auch recht.«

In dem eher gestoßenen als gesprochenen Nachsatz lag eine tiefe Gekränktheit, ein Affektzustand, den sie, so wirkte es auf Chili, zunächst mit Mühe zurückgehalten hatte und der sich nun Bahn brach.

»Und noch was, magst noch was hören?«

Chili wollte. Sie nickte, sagte aber nichts.

»Als der Max noch hier gewohnt hat …«

»Dein Ex?«

»Ja, genau, mein Ex. Okay, den hast schon damals in der Pfeife rauchen können. Der war so ein Arschloch, der und der Gusakh hätten zusammenziehen können, die hätten geil zusammengepasst. Aber den hat der Gusakh komischerweise nie leiden können. Wenn der Max in der Früh zum Amt gefahren ist, um seine Stütze abzuholen, da ging drüben die Tür auf. Als ob der Typ hinter der Tür gewartet hätte. Hat er bestimmt auch …«

So ging es noch ein paar Minuten weiter. Die Kinder und der Hund tobten im Inneren der Feiersinger-Wohnung durch den Flur von einem Zimmer ins andere, begleitet von Gelächter, Gebell, Gekreische und bitteren Tränen. Chili hatte Informationen gesammelt – ob sie wertvoll waren, würde sich zeigen, zumindest aber waren sie auf den ersten Blick erstaunlich. Zwei letzte Fragen wollte sie noch stellen.

»Wo warst du heute Nacht? In der Nacht von Samstag auf Sonntag?«

Mit einem Schwung holte sich Amorphis das nackte Baby wieder auf den Arm. Sie wirkte keinesfalls betroffen. »Wieso? Soll ich vielleicht mit Gusakhs Tod was zu tun haben?«

»Nein, beruhig dich. Nur so. Reine Routine.«

Amorphis streichelte dem Kind über den Kopf. »Wo soll ich in der Nacht schon gewesen sein mit vier Krampen und dem Hund im Haus? Denkst du vielleicht, ich treib mich in der Nacht rum?«

Das leuchtete ein. Chili hatte nichts anderes erwartet. »Neigt der Max zur Gewalttätigkeit? Traust du ihm zu, dass er einen Menschen umbringt? Wenn er gereizt ist, zum Beispiel?«

Nachdenkliches Schweigen. Dann lockerte sich der Gesichtsausdruck. »Nein, glaub ich nicht. Wie kommst du darauf? Wenn das so wär, hätt er mich schon hundert Mal umbringen müssen.« Sie legte einen Zeigefinger an die Nase. Im Hintergrund brüllte der Fernseher wieder los.

»Aber wenn ich's recht überlege: Eigentlich schon, wenn er gereizt ist. Fragt sich nur, wen. Ich zum Beispiel könnt dich auch langsam umbringen, wenn du mich jetzt nicht bald in Ruh lässt. Du siehst doch, ich hab zu tun. Aber Beamte haben vom richtigen Leben sowieso keine Ahnung.«

Die Untersuchung von Gusakhs Wohnung würde sie zunächst Bruni mit seinen Leuten überlassen. Zügig stieg Chili die Treppe zum oberen Stockwerk empor. Hier war der Hausflur sauber und hell, und er roch gut. Es gab hier zwei weitere Mietparteien, von denen jeweils die Frauen anwesend waren. Beide teilten die Meinung von Amorphis: Henry Gusakh war ein Arschloch! Eine ging sogar noch weiter: »Ich hätte ihn manchmal umbringen können. Er hat den Tod verdient. Gut, dass dieser Dreckskerl weiter ist.«

Na gut, sagte sich Chili Toledo, als sie wieder in ihren Wagen stieg. Eine Momentaufnahme. Sie rief Rico Stahl an und schilderte ihre Eindrücke.

»Interessant«, sagte er. »In seinem beruflichen Umfeld wird er vollkommen anders gesehen. Sein Chef, der Lokschuppenleiter, die Oberbürgermeisterin, die Ausstellungsführerinnen – alle unisono ...« Ein Rauschen im Telefon unterdrückte das Gespräch.

»Hallo, hallo! Chili, hörst du mich?« Die Verbindung war wieder da. Chili ruckelte sich auf ihrem Sitz zurecht.

»Das Einzige«, sagte Rico Stahl, »worüber ich bisher gestolpert bin: Gusakh muss vor etwa zwei Wochen einen Haustechniker entlassen haben. Wegen einer Nichtigkeit, wie es heißt. Das sollten wir uns näher anschauen.«

Noch stocherten sie im Nebel. Aber das hieß nichts. Es war schließlich noch keine zwölf Stunden her, dass der Mord entdeckt worden war. Sie war sicher, dass auch Rico Stahl voll Zuversicht steckte. Sie hatten festen Boden unter den Füßen. Sie mussten nur zügig vorangehen.

Sie parkte direkt vor dem Eingang des Lokschuppens und legte den Helm ab. Das setzte ihr langes Tizianhaar frei, es ergoss sich über die Schultern. Instinktiv sah sie auf ihre Hände, wie sie es oft tat, wenn sie angespannt war. Ihre Fingernägel waren nicht lackiert, und sie trug keine Ringe. Den Helm hängte sie sich über den Arm, ein Fach dafür besaß die alte Lambretta nicht. Erst jetzt, als der Fahrtwind fehlte, merkte sie, wie die Luft fast völlig stillstand. Selbst die leichte Brise, die oft wie durch ein Venturi-Rohr die Rathausstraße herunterzog und die Alleebuchen zum Schwingen brachte, war nicht mehr zu spüren.

Sie schob sich die Sonnenbrille wie ein Diadem ins Haar und sah sich um. Unweit des Eingangs war Brunis neutral lackiertes Tatortfahrzeug geparkt. Durch die Spiegelung der hohen Glastür erkannte sie im Inneren des Lokschuppens Brunis Silhouette in der für ihn typischen Haltung. Leicht nach vorn gebeugt stand der Lange im Foyer. Verständlich, er wollte der Nachmittagshitze ausweichen.

Bruni kam ihr entgegen, die Hände hinter dem Rücken verschränkt, als sie mit der flachen Hand die Tür aufschwenkte. Er trug schwarze Jeans, ein offenes weißes Hemd, eine leichte schwarze Jacke und hellbraun-schwarz gestreifte Sneakers. Bruni wog bei über einem Meter neunzig vielleicht achtzig Kilo, schätzte sie. Sein Haar war kürzer, als sie es vom letzten Mal in Erinnerung hatte. Sein Gesicht war allerdings genauso unrasiert wie immer, und um seinen Hals baumelte eine Kette mit einem tropfenförmigen blauen Stein.

»Kommen Sie«, sagte er und breitete einladend die Arme aus. Eine formelle Begrüßung überging er.

An den beiden Kassenfenstern hatten sich kleine Menschenschlangen gebildet. Bruni hatte dafür gesorgt, dass die Eingänge für kurze Zeit geschlossen blieben. Einige der Wartenden äugten neugierig zu ihnen herüber, andere verärgert.

Chili sog den Geruch von billigem Parfüm und kaltem Zigarettenrauch ein. Er erinnerte sie an die Zeit, als das Rauchen noch freigegeben war und sie mit der Bahn zum Dienst fuhr. Sie riss sich los und folgte Bruni, der bereits vorausgegangen war. Die Kommissarin spürte, dass Spannung in der Luft lag. Würden sie jetzt den ersten Durchbruch schaffen?

»Warum ist Rico Stahl nicht selbst erschienen?«, fragte der Chef der Rosenheimer Spurensicherung.

Chili zuckte nur mit den Schultern und behielt die Antwort für sich.

Eine Frau in dunkler Uniform hielt ihnen die Tür zum Ausstellungsraum auf. Er war menschenleer. Stattdessen war die Abteilung, zu der Bruni sie führte, in taghelles Scheinwerferlicht getaucht.

Die Stelle, an der sie bei ihrer Führung die Leiche entdeckt hatten, war mit weißer Kreide markiert, und es waren die üblichen Schildchen platziert, daneben Brunis geöffnetes Tatortköfferchen.

»Die Kirche haben wir ins Labor gebracht«, erläuterte Bruni. »Sie ist eindeutig die Tatwaffe.« Er konnte sich ein Schmunzeln nicht verkneifen. »Das hat keiner von uns je erlebt, dass jemand mit einer Kirche erschlagen worden ist.« Augenblicklich wurde er wieder ernst. »Am Turm der Holzkirche und am Sockel haben wir Spuren entdeckt, die sich eindeutig dem Opfer zuordnen lassen. Natürlich gibt es auch fremde Spuren, die sich aber vorerst noch nicht identifizieren lassen.«

Klar, dazu brauchten sie erst einmal Vergleichsmöglichkeiten. »Was sagt die Doktorin? Zur Todesursache? Zum genauen Tatzeitpunkt?«

»Ja, ja. Auch die Autopsie hat ergeben, dass Henry Gusakh mit einem schweren Gegenstand erschlagen worden ist. Er hatte mehrere Wunden, am Kopf, am Hals und am Oberkörper. Dieser Gegenstand musste gewellt oder geriffelt sein.« Er machte eine ausladende Handbewegung. »So wie das Dach dieser Kirche, das aus Holzschindeln besteht. Ich stelle mir das so vor.« Er nahm die imaginäre Kirche in den Arm, stemmte sie hoch und schwang die Arme durch.

»So. Mit dem Turm auf den Kopf und gegen den Hals. Zweimal. Dreimal. Und jetzt – der Mann liegt bereits hilflos am Boden – …« Wieder wuchtete er den Kirchenbau nach oben. Diesmal aber ließ er ihn mit dem Sockel nach unten wie einen Felsblock herabsausen. »… mit dem Sockel voll gegen den Oberkörper. Wie Nachtreten mit dem Fuß.« Er stellte seinen Luftturm vorsichtig auf den Boden. »Und zwar genau hier an diesem Ort, an dem wir die Leiche gefunden haben. Sowohl die Spuren an der Kirche wie auch am Körper erzählen uns exakt diese Geschichte.«

In Brunis Schilderung lag keinerlei Entsetzen, dafür hatte er schon zu viel erlebt, dafür war er zu abgebrüht. Er berichtete wie von seinem letzten Schafkopfabend. »Es gibt keinerlei Anzeichen eines Kampfes, es war nicht die kleinste Auffälligkeit in dieser Richtung auszumachen. Im Übrigen kann ich mir beim besten Willen nicht vorstellen, dass es sich bei dem Täter um eine Frau handelt.«

Chili nickte und sah sich um. »Einen Moment«, sagte sie zu Bruni und hob entschuldigend eine Hand. Dann ging sie langsam die wenigen Schritte bis zu der Stelle, an der Henry Gusakh gelegen hatte. Aus dieser Perspektive sah sie sich um. Es war fast unheimlich, wie friedlich und freundlich dieser Ausstellungsraum wirkte.

Die Wände waren blaugrau getüncht, glatter Putz. Kirchen überall, in unterschiedlichsten Größen und Formen. Davor oder an der Wand Täfelchen und Tafeln zur Erklärung. Alte Bilder, vorwiegend mit Kirchenmotiven und Plätzen und Landschaften, und Kirchenfürsten in prachtvollen Gewändern.

Selbstverständlich war der gesamte Raum gut isoliert. Selbst wenn das Opfer Schmerzensschreie ausgestoßen hatte, waren sie nicht nach draußen gedrungen.

Chili stellte sich vor Bruni und wiederholte ihre Frage von vorhin. »Tatzeit. Hat sich die Doktorin geäußert?«

Bruni schlug sich gegen die Stirn. »Selbstverständlich. Zwischen Mitternacht und ein Uhr nachts, da legt sie sich fest, sagt sie.«

»Haben Sie Spuren gefunden, wie der Täter hereinkam? Oder wie er den Tatort wieder verließ?«, fragte sie Bruni.

»Nichts Gewaltsames«, sagte er. »Kein Einbruch, kein eingedrücktes Fenster oder so. Er muss sich einen normalen Zugang verschafft haben.« Bruni ächzte ganz leise. »Mehr ist nicht«, sagte er.

Als er in einer eindeutigen Geste die Handflächen nach oben richtete, entschloss sie sich, zu gehen. Während die Mitarbeiter der Spurensicherung unter der Regie des spindeldürren, hoch aufragenden Kriminalhauptkommissars Bruni das Kommando in Henry Gusakhs Wohnung übernehmen würden, wollte sie kurz auf der Dienststelle vorbeischauen.

Es war später geworden, als Chili vorgesehen hatte. Die Sonne hatte sich bereits weit über die Bergkette des Inntals herabgesenkt. Über Samerberg, Heuberg, Kranzhorn, Riesenkopf und Wildbarren begann ein aufregendes Farbenspiel, ein Schauspiel, das ganz ohne knallige Effekte auskam. In das helle, klare Blau des Sommerhimmels hatte sich zunächst fast unmerklich ein feines, graziöses Orange gemischt, mit einem zarten Violett, das nun zu einem wässerigen orangefarbenen Glimmern geworden war und den gesamten südlichen und südwestlichen Raum einnahm: den Himmel, die Berge, die Wälder – und auch die Sonne selbst.

In spätestens einer halben Stunde würde der klar von seinem Umfeld abgegrenzte Ball ruhig hinter den Bergen versinken, unaufgeregt und friedlich, nur mit einem gewissen Zögern. Es war, fand Chili, als wäre die Sonne manchmal nicht ganz damit einverstanden, immer wieder aufs Neue unterzutauchen, ihr Leben aufzugeben. Ein anderes Mal wieder schien es ihr zu pressieren.

Das zarte Orange würde innerhalb der nächsten eineinhalb Stunden langsam vergehen und schließlich ziemlich übergangslos von einem tiefen Blauschwarz verschluckt werden. Ein fast greifbares Schwarz würde folgen, das viel mehr war als nur das Fehlen von Sonne und Licht.

Als Chili nun zum zweiten Mal an diesem Tag im Alpenweg 9 eintraf, hatten die Kriminaltechniker in ihren weißen Overalls mit Kapuze und Mundschutz einen großen Teil der Tatortarbeit bereits erledigt, Fotos gemacht, gesucht, gesichert und jede Spur nummeriert. Eine mühsame, zeitraubende Arbeit.

Die Wände in Gusakhs Wohnung waren weiß getüncht. Ein Großteil der Flächen war mit Gemälden, Reproduktionen und Kopien bedeckt, die wild durcheinander, eng nebeneinander und übereinander hingen. Sie waren sämtlich in schlichte Rahmen gefasst. Landschaftsbilder vorwiegend, Kornfelder im Sonnenlicht, die Fraueninsel im Chiemsee von Gstadt aus betrachtet, Bäuerinnen bei der Arbeit. Bruni hatte die Bilder vorsorglich fotografieren lassen.

Zwei Beamte waren allein damit beschäftigt, die Metallklinken von sieben Türen mit Rußpulver zu bestäuben, um Fingerabdrücke zu nehmen. Weitere zwei öffneten Schubladen und Schränke auf der Suche nach etwas Interessantem, was sich später als tatrelevant herausstellen konnte.

»He, Bruni«, rief gerade einer durch das Wohnzimmer. »Schau mal: Fotos. Nehmen wir die mit?«

Bruni warf einen sorgfältigen Blick auf die Beweisstücke, bevor er sich im Badezimmer die Hände wusch.

»Bruni!«, wurde er wieder aufmerksam gemacht. »Hier ist ein alter Reisepass. Und schau mal, was da drinsteht. Das wird ja immer interessanter.«

»Chili?«, rief Bruni. »Ich denke, wir haben etwas gefunden, was euch interessieren könnte.«

Bruni zeigte Chili die Fotos, die in einem weißen Briefumschlag steckten.

»Immer wieder wurde dieser Bursche hier fotografiert«, sagte Bruni. »Als Kleinkind, als Jugendlicher in den verschiedensten Posen.«

Chili beugte sich über die Bilder. Sie zeigten eine auffallend gut aussehende männliche Person in den Bergen, an einem See, in häuslicher Umgebung.

»Könnte doch ein Angehöriger sein«, meinte Bruni schlau. »Oder?«

»Gusakh hat keine Angehörigen, soweit wir wissen.« Chili blätterte die Fotos durch, eines nach dem anderen. Sie machte sich ihr eigenes Bild.

»Und da schau her«, meldete sich Bruni wieder. Stolz klang aus seiner Stimme. Er reichte ihr den Reisepass. »Der ist lange abgelaufen. Kannst du entziffern, wie der Inhaber dieses Passes heißt?«

Chili nahm das Papier und beugte sich darüber. Das Dokument stammte aus dem Jahr 1987 und lautete auf den Namen

Heiner Grossmann. Die Einträge waren in einer schlecht lesbaren, verblassten Schrift, und das Foto im Dokument ähnelte mehr dem Jungen auf den übrigen Fotos als Henry Gusakh.

Wer zum Teufel war Heiner Grossmann?

4

Wirtshäuser gehören zu Oberbayern wie die Kirche zum Dorf. Mehr noch: In jedem richtigen oberbayerischen Dorf steht das Wirtshaus gleich neben der Kirche. Von Rosenheim allerdings als von einem Dorf zu reden wäre, wie ein Schaf mit einem Elefanten zu vergleichen. Es gab acht Kirchen und Kapellen. Daneben schier unendlich viele Wirtshäuser und Restaurants. In der Altstadt der Stockhammer, der Johann Auer, das Flötzinger Bräustüberl, die Weinlände, das Santa, der Mail Keller. Im Süden der Happinger Hof und im Norden der Höhensteiger. Dazu eine Flut von Andersgläubigen wie das Grappa, Ocakbasi, Mykonos, Hong Long, Pastavino, Monastero, Osteria, Rizz, Tay Do. Die Auswahl war riesig.

Auch wenn es draußen frisch war – sobald sich der erste Sonnenstrahl über die Dächer erhob, saßen die ersten Rosenheimer schon im Freien. Selbst im Februar, erst recht im März, stellten die Wirte draußen Sitze auf und wärmten ihre Gäste mit Decken und Terrassenheizern, die sie Heizschwammerl nannten.

Rico Stahl mochte das »Giornale«. Es war eine Mischung aus echt italienischer Bar, Trattoria und gutem Speiserestaurant und hatte einen wundervollen Außenbereich mit bequemen Stühlen und rechteckigen Tischen direkt am Max-Josefs-Platz. Er konnte das Lokal von seinem Wohnzimmerfenster aus sehen.

Am nächsten Morgen trat er vor die Tür seines Hauses mit der Nummer 23 und atmete ein paarmal tief durch. Es war ein typischer Montagmorgen, und es war noch kühl. Händler lieferten ihre Ware, vor dem Bergmeister parkten zwei Transporter und holten frische Backwaren ab, es war ein reges Kommen und Gehen. Noch einmal sog er die Morgenluft ein. Es roch nach frischen Semmeln, er meinte sogar, den Duft der

Biergärten, der Brauereien und vielleicht einen lau herüberwehenden Wind vom Chiemsee zu riechen. Aus der Ferne war das Geräusch einer einfahrenden Eisenbahn zu hören. Es war ein buntes Treiben.

Rico Stahl zupfte sich einen Fussel vom Ärmel und hielt sich rechts. Er wollte einen frischen Espresso an der Bar des »Giornale« nehmen. Ein paar Außentische waren schon besetzt, ein Rauhaardackel trank aus der Metallschüssel, die die Wirtin immer bereitstellte.

Die Glastür stand offen, drinnen war außer Antonio, einem der beiden Barmänner, kein Mensch, nur durch das Fenster zur Küche konnte er Mirella, die Wirtin, hantieren sehen. Der relativ schmale, aber tiefe Raum hatte eine hohe Decke, die Wände waren weiß getüncht.

Es war acht Uhr. Rico Stahl schien jedes Zeitgefühl verloren zu haben. Das passierte ihm immer, wenn er mit einem Fall beschäftigt war, heute aber auch dadurch, dass er die ganze Nacht kaum ein Auge zugemacht hatte. Immer wieder hatte er versucht, systematisch zu denken, doch seine Gedanken waren herumvagabundiert.

Verhalten spiegelte Persönlichkeit. Es war nicht immer einfach und vor allen Dingen niemals angenehm, sich in die Haut von Tätern zu versetzen – oder in ihre Köpfe. Alles, was die Untersuchung eines Tatorts hergab, teilte etwas über den Unbekannten mit, der die Tat begangen hatte. Wenn es solche Hinweise gab, musste man lernen, sie zu interpretieren, ähnlich dem Arzt, der verschiedene Symptome einschätzte, um eine bestimmte Krankheit oder einen akuten Zustand zu diagnostizieren. Und ganz wie ein Arzt eine Diagnose wagen konnte, nachdem er mehrere Aspekte eines Krankheitsbildes erkannt hatte, konnte Rico Stahl zu Schlussfolgerungen kommen, sobald er entdeckt hatte, dass sich ein bestimmtes Verhaltensmuster herauskristallisierte.

Lange Jahre hatte er erfolgreich als Fallanalytiker beim BKA in Berlin, später beim LKA in München gearbeitet, wo er den Mordermittlern das Handwerkszeug lieferte, um die verschiedenen Arten von Gewaltverbrechern aufzuspüren, zu jagen und hinter Gitter zu bringen. »Was für ein Mensch könnte so etwas getan haben?« Die Art der Tatortanalyse und Profilerstellung, die er damals praktiziert hatte, suchte nach einer Antwort auf diese Frage.

Er war in dieser Nacht aufgestanden, hatte sämtliche Lichter angeschaltet, war in der weitläufigen Wohnung von Zimmer zu Zimmer spaziert und hatte nachgedacht, um auf solch ein Muster zu stoßen. Er wusste, dass das unendlich mühsam war. Das vorläufig markanteste Merkmal beim Mord an Gusakh war die Tötungsart. Eindeutig erschlagen mit einem Kirchenmodell aus Holz, Gewicht etwa fünfzehn Kilo. Die Kirche war nicht etwa umgefallen und hatte ihn zufällig getroffen. Nein, sie war mit tödlicher Wucht auf Kopf und Oberkörper niedergesaust, geführt von geschickter, bärenstarker Hand. Eine Frau als Täterin schied demnach mit hoher Wahrscheinlichkeit aus.

War dies der Schlüssel? Ein Hammer, ein schwerer Prügel, eine Eisenstange, ja selbst ein Wagenheber hätte einen erfahrenen Ermittler wie Rico Stahl nicht in Aufregung versetzt. Wohl aber »der schönste gotische Kirchturm der Christenheit«, wie es die Führerin voller Entsetzen formuliert hatte. Er wusste, dass dieser Punkt entscheidend war, und beschloss, weiter an diesem Detail dranzubleiben. Er hätte wetten mögen, dass sich hinter diesem exotischen Mordwerkzeug auch das Motiv verbarg.

Draußen wurde es langsam warm. Die Sonne schien nachholen zu wollen, was sie während der vergangenen Regentage verpasst hatte. Er hatte das Gefühl, dass es ein langer Tag werden würde.

»Buon giorno, Herr Stahl«, begrüßte ihn Antonio mit Handschlag.

Rico Stahl bestellte einen doppelten Espresso und fragte nach Mirella.

Antonio klopfte an die Küchentür, wenig später erschien die Wirtin.

»Kennen Sie einen Mann, groß, schlank, um die sechzig, weißer Schnurrbart?«, kam er gleich zur Sache. »Er trägt eine Beinprothese, wahrscheinlich stützt er sich auf einen Spazierstock mit Silbergriff.«

Kaum hatte er die Beschreibung von sich gegeben, kam er sich auch schon lächerlich vor. In welchem Zeitalter polizeilicher Ermittlungstechnik lebte er, dass er nicht einmal eine Fotografie vorzeigen konnte?

Mirella sah ihn lange an und legte die Stirn in Falten. Dann entspannte sich ihre Miene wieder, sie stützte sich mit einem Arm auf den Schanktisch vor ihr. »Nein«, sagte sie. »Tut mir leid. Der sagt mir gar nichts.« Sie sprach es mit einem großen, offenen Lächeln aus.

»Aber mir«, meldete sich Antonio. »Den Mann kenne ich. Der war schon öfter Gast bei uns. Ja, er zieht ein Bein nach. Und das mit dem Silberknauf – da gibt's nur diesen einen. Mirella …«, er warf einen liebevollen Blick auf die Chefin, »… ist ja meist in der Küche. Ihr ist er bestimmt nie aufgefallen.«

Rico Stahl strich sich übers Haar, hob mit der anderen Hand seinen Espresso in Brusthöhe und deutete eine Verbeugung an. Er spürte so etwas wie Genugtuung. Er hatte die ersten Außenstehenden gefragt und gleich einen Treffer gelandet: Antonio hatte Henry Gusakh wahrgenommen. »Wann haben Sie ihn zuletzt gesehen? Ist Ihnen da etwas an ihm aufgefallen? Hat er sich anders als sonst verhalten?«

Mirella zeigte sich nervös, sie schlang die Hände umeinander und schürzte die Lippen. »Sie sind Kriminalbeamter. Ist etwas passiert mit diesem Herrn? Stellen Sie diese Fragen offiziell?«

Offenbar hatte sich der Mord doch nicht so umfassend herumgesprochen, wie es sich gestern angedeutet hatte. Eigentlich erstaunlich, ging es Rico Stahl durch den Kopf. In einer Stadt wie Rosenheim, vor allem in der Altstadt, müsste es doch rasend schnell die Runde machen, wenn ein führendes Mitglied des Kulturlebens umgebracht wurde.

»Ja«, beantwortete er Mirellas Frage, »es gibt solch ein Ereignis. Aber es ist noch zu früh, etwas zu sagen.«

Ach was, dachte er im nächsten Augenblick, warum soll ich damit hinterm Berg halten? Der Mann war ermordet worden, schon morgen würden Einzelheiten in der Zeitung stehen. »Der Herr ist tot«, sagte er. »Ermordet. Noch nicht lange her. Ich suche nach jedwedem Hinweis.«

Wieder wandte er sich an Antonio. »Noch einmal meine Frage: Wie häufig war er gewöhnlich da? Wann ist er zuletzt hier gewesen? Irgendwann in der vergangenen Woche? Wo ist er gesessen? Hatte er einen Lieblingsplatz?«

Noch während er sprach, begann Antonio, den Kopf zu schütteln. »Nein, nein«, sagte er in sympathisch italienischem Akzent. »Der Mann mit dem Silberknauf war sehr selten hier. Er fiel mir nur auf, weil er …« Er suchte nach einem Begriff. »… ein Bein nach dem anderen zog, wie sagt man …?«

»Hinkte?«

»Ja, hinkte. Und wegen Spazierstock. Aber ich kann Ihnen etwas anderes sagen.«

Rico sah ihn fragend an.

»Er hat einmal von einem Wirtshausliebling gesprochen.«

»Lieblingswirtshaus?«

»Lieblingwirtshaus, ja.«

Rico Stahl beugte sich vor.

Antonio betupfte sein weißes Haar, das ihm bis an den Hemdkragen ging, und zupfte an der schwarzen Krawatte herum. »Er hat einmal gesagt: ›Zu euch komme ich nur selten‹, hat er gesagt, ›aber dort, wo ich wohne, gehe ich oft in mein Lieblingswirtshaus.‹ Ja, so hat er es gesagt.« Er sah Rico Stahl mit einer Mimik an, als hätte ein Schüler brav sein Sprüchlein aufgesagt.

»Na, da komme ich ja grad recht!« Eine Frauenstimme von der Eingangstür her.

Rico Stahl hatte sich halb auf einen der Barhocker gesetzt. Jetzt fuhr er herum. Ja, er hatte richtig gehört. »Hallo, Chili. So früh schon auf den Beinen?« Er hatte Mühe, sie nicht in den Arm zu nehmen. Er musste sich beherrschen.

»Buon giorno, Signora!« Mirella machte einen formvollendeten Knicks.

Chili Toledo ließ sich nicht auf solche Spielchen ein. Dafür war das Thema zu ernst. »Hab ich richtig gehört?«, fragte sie. »Gusakh hat ein Lieblingswirtshaus dort, wo er wohnt? Das kann nur der ›Balkangrill‹ in der Kufsteiner Straße sein, sonst ist da nix in der Nähe.«

Rico Stahl hatte sich erhoben. Sie legte eine Hand auf seinen Unterarm und sah ihm in die Augen. »Obwohl – ich kann mir nicht recht vorstellen, dass ein Mann seines beruflichen Kalibers in so einem Schuppen verkehrt.« Sie schwieg und lauschte andächtig der Musik, die Mirella eingeschaltet hatte. »Ah, Adriano Celentano. Schön, dass man den auch mal wieder hört.«

Antonio, der Barmann, lachte. »Das ist fein, dass Sie das sagen, Signora. Der Herr, von dem die Rede ist, hat unsere Musik immer abschalten lassen. Er mochte ›das Begudel‹, wie er es genannt hat, nicht.«

»Gedudel?«

»Gedudel.«

»Auf geht's«, sagte Rico Stahl mit stählernem Blick. Ihm wurde das sinnlose Geplänkel zu viel. Doch dann blieb sein Blick an Chili hängen. »Ich seh dir's doch an«, sagte er. »Dich beschäftigt etwas. Spuck's schon aus, halte dich nicht zurück.«

Sie nahm ihn am Arm und zog ihn nach draußen. Es war wirklich wie vorhergesagt ein phantastischer Sommertag geworden, das Thermometer erreichte eine Zahl mit einer Drei vorn. Entsprechend waren die Mienen der Menschen, die Musik ihrer Stimmen, die ganze Atmosphäre am Max-Josefs-Platz.

»Hier«, sagte sie leise. Sie hielt ihm den gefundenen Reisepass vor die Nase. »Schau dir das an und sag mir, was du davon hältst.« Erwartungsvoll sah sie ihren Chef an.

Rico Stahl zögerte nicht lange. »Haben sie das Teil in Gusakhs Wohnung gefunden?« Er fand die Bejahung in Chilis Miene, senkte den Kopf und warf einen oberflächlichen Blick auf das Passbild. »Das ist Gusakh«, äußerte er mit großer Bestimmtheit. »Henry Gusakh. 1987. Entweder er hatte damals einen falschen Pass, oder er hieß tatsächlich Grossmann und hat sich später Gusakh genannt.«

Er gab ihr den Ausweis zurück. »Sehr gut. Das bringt Licht in sein wahres Leben.«

***

Mirko hieß der Betreiber des »Balkangrill«. Ein stämmiger, schnauzbärtiger Mann in den Vierzigern in weißem Kochgewand.

Trotz der frühen Stunde hatte Chili die Tür zum Lokal geöffnet vorgefunden. Den Wagen hatte sie auf dem Parkplatz der Tankstelle gegenüber stehen lassen und war die paar Meter zu Fuß gegangen.

»Henry?«, fragte er zurück. In seiner Stimme schwang Verachtung mit. »Der kommt mir hier nicht mehr rein.« Er zischte den Satz voller Abscheu. Oder war es Zorn, der aus seinen Augen sprühte?

Chili war es gelungen, ein Foto des Ermordeten zu organisieren. Mirko hatte ihn auf Anhieb erkannt. Der Wirt war unerklärlich unruhig, ja zornig.

Was konnte geschehen sein?

Das Innere des Lokals war praktisch eingerichtet. Mehrere Biertische und -bänke, Steinboden, weiß getünchte Wände vor einer Theke, von der aus das Essen gereicht wurde. Durch eine offene Tür war ein kleiner Nebenraum zu sehen. Vor der Eingangstür, drei Stufen tiefer, der belebten Kufsteiner Straße zugewandt, drei weitere Biertischgarnituren mit zwei

Abfallkörben. Chili hatte Mirko unter der Tür abgepasst. Der Straßenlärm war gewaltig.

»Was ist passiert?«, fragte Chili. »Hat der Mann etwa Hausverbot?«

Mirko nickte heftig. »Das kann man wohl sagen. So einen wie den will ich nicht noch einmal erleben.«

Klingt interessant, dachte Chili. »Können Sie das etwas näher schildern? Was war der Grund?«

Sie hatte sich als Kriminalbeamtin vorgestellt. Den Zweck ihres Besuches hatte sie verschwiegen, er hatte nicht nachgefragt. Aber jetzt.

»Was ist eigentlich los?«, fragte er. »Sie fragen mich doch nicht ohne Grund aus. Ist dem Kerl etwas zugestoßen?« Er klang nach Hoffnung.

Während des Gesprächs waren sie hineingegangen. An der hinteren Wand, an der sich die Essensausgabe befand, hatte sich ein Schiebefenster geöffnet, der Kopf einer Frau mit dunklem Teint erschien. »Mirko!«, rief die Frau. Sie hatte kurzes schwarzes Haar, blendend weiße Zähne und strahlende Augen. Sie sah auffallend gut aus. Sie rief etwas in einer fremden Sprache.

Mirko musterte Chili mit einem kurzen Seitenblick und bellte eine Antwort zurück. »Mein Frau«, erklärte er mit einer unbestimmten Handbewegung. Der Kopf verschwand wieder.

Plötzlich hatte Mirko nasse, glasige Augen bekommen. Hatte die Frau etwas mit seinem Gefühl gegenüber Gusakh zu tun? Chili sah ihn an. Was sollte sie daraus schließen? Doch auf diesen Catchertypen brauchte sie keine Rücksicht zu nehmen.

»Ob – dem Kerl – etwas – zugestoßen – ist?«, sprach sie betont langsam. »Ich will es Ihnen sagen. Mord! Sie werden's morgen in der Zeitung lesen. Henry Gusakh ist ermordet worden.« Sie beugte sich zu Mirko. »Deshalb bin ich hier. Um den Mord aufzuklären.« Prüfend ließ sie den Blick kreisen. »Die Dame ist Ihre Frau?«

Sie bemerkte Mirkos kurzes Zögern. »Ja, hab ich doch gesagt.«

»Hat sie etwas mit dem Hausverbot zu tun?«

»Unglaublich!«, rief er in übertrieben heftigem Ton aus. In Sekundenschnelle war er rot angelaufen. »Lassen Sie meine Frau aus dem Spiel. Sie steht den ganzen Tag in der Küche.«

Bingo. Treffer. »Wenn Sie mir nicht alles sagen, was Sie wissen, Mirko – dann gnade Ihnen Gott. Denken Sie noch einmal nach.«

Sie hinterließ ihre Karte. Das Hausverbot hatte mit der Frau des Wirts zu tun, die nur kurz aufgetaucht war, da war sich Chili sicher. Irgendetwas stimmte nicht, und Mirko verschwieg es ihr. Trotzdem konnte sich das Ergebnis ihres Besuchs sehen lassen. Sie wollte Rico Stahl darüber informieren.

»Gott sei Dank ist er tot!«, brüllte Mirko hinter ihr her.

***

Rico Stahl hatte zum Lokschuppen nicht den direkten Weg über den Max-Josefs-Platz genommen, sondern war an der St.-Nikolaus-Kirche vorbei durch den Riedergarten gegangen und dann nach links in die Rathausstraße eingebogen.

Der Riedergarten war vor der Landesgartenschau 2010 im Stil eines Kurparks und mit dem Touch eines botanischen Gartens neu gestaltet worden. Alte Eichen, Buchen und zwei Mammutbäume ließen ihn in der Dämmerung verwunschen erscheinen, es gab Ruheinseln und einen Spielplatz. Er bildete Arme aus, die voller Rasen, Blüten und duftender Kräuter waren. Sanft erhoben sich kleine Hügel, zwischen ihnen harmonische Senken, in denen es mediterran florierte. Alle paar Meter standen Palmen in riesigen Kübeln, auch die mit den ausladenden Kronen, die oft in kleinen Gruppen standen und steil aufragten und die Rico Stahl so mochte.

Der Rosenheimer Riedergarten, der im 18. Jahrhundert als privater Kräutergarten des Stadtapothekers Johann Rieder entstanden und in der ersten Hälfte des 20. Jahrhunderts von der Stadt als Sommergarten erworben worden war, war legendär und auf Dutzenden von Gemälden verewigt worden. Und dass Rico Stahl durch diesen Garten »hindurchgegangen« sei, wäre eine nicht ganz korrekte Beschreibung.

Rico Stahl war vielmehr gemächlich durch den Park geschlendert, ja gebummelt, wie es sonst so gar nicht seine Art war. Er hatte den Anblick und den Duft der Rosen und der anderen Blumen, der blühenden Bäume, des frisch geschnittenen Rasens genossen. Schmetterlinge und das Gezwitscher der Vögel begleiteten ihn auf seinem Weg über die schmalen Pfade. Hin und wieder hatte er beim Gehen über den Fall nachgedacht und diesen Umstand nicht als Ablenkung vom morgendlichen Naturvergnügen empfunden.

An einem der kleinen Brückchen über den kanalisierten Stadtbach erreichte ihn Chilis Anruf, gerade als ein warmer Sonnenstrahl auf sein Gesicht fiel. Ursprünglich war der schmale Stadtbach unterirdisch verlaufen. Vor gut zehn Jahren erst war er freigelegt worden. Am südöstlichen Ende des Riedergartens trat er aus der Erde, mäanderte ein wenig, wurde plötzlich breiter, zog sich wieder zusammen, um unweit des nordwestlichen Endes wieder vom Erdboden verschluckt zu werden. Bänke zum Ausruhen säumten ihn, und nicht selten, wie jetzt im Sommer, lupften Spaziergänger oder Angestellte in der Mittagspause ihre Hose oder den Rock, um in sein ruhig dahinfließendes Wasser zu treten. Auch der eine oder andere Straßenköter ließ sich trotz Verbots nicht abhalten, malerisch darin herumzutoben.

Es war kurz vor neun, und es sah nicht danach aus, dass das Wetter – so wie in den vergangenen Tagen – umschlagen würde.

Chili rief ihn aus dem Auto an und informierte ihn knapp über die Ergebnisse des morgendlichen Gesprächs, das sie mit Mirko, dem Betreiber des »Balkangrill«, geführt hatte. Rico Stahl konnte das Rauschen der vorbeifahrenden Fahrzeuge hören.

»Hausverbot?«, fragte er zurück. »Was war denn vorgefallen?«

»›Der kommt mir hier nicht mehr rein‹, hat Mirko gleich

zu Beginn geäußert«, schilderte Chili. Sie hängte gleich ihren Eindruck mit an. »Er hat sicht- und spürbar einen unglaublichen Hass auf den Mann. Nein, nicht nur Abneigung – Hass!«

»Alibi?«

»Die Nacht habe er zu Hause in seiner Wohnung verbracht, mit seiner Frau. In der Früh sind sie von der Wohnung ins Lokal gefahren und den ganzen Tag dort gewesen, so wie heute, behauptet er. Ich werde das nachprüfen, aber in dem Punkt wirkt er glaubhaft.«

»Aha«, kommentierte Rico Stahl. »Da habe ich eine Bitte, Chili. Lass ihn seine Geschichte zwei, drei Mal erzählen – wir müssen auch auf Kleinigkeiten achten. Er soll mögliche Zeugen benennen, für jeden Ort, an dem er sich aufhielt. Wir müssen Boden unter den Füßen gewinnen.« Er hielt kurz inne, hörte Chili atmen, dann fuhr er unvermittelt fort: »Und was liegt dir noch auf der Zunge? Ich merke es dir doch an. Stimmt's, oder hab ich recht?«

Es folgte eine zweisekündige Pause. »Ja«, sagte sie. »Er wollte zwar damit nicht herausrücken, doch ich habe das Gefühl, dass es mit seiner Frau zusammenhängen könnte. Ich hab sie nur ganz kurz gesehen und überhaupt keinen wirklichen Grund für meine Vermutung. Aber mein Gefühl sagt mir, dass ein Zusammenhang zwischen Gusakh und der Frau von dem Mirko besteht. Für mein Gefühl liegt da Eifersucht in der Luft. Könnte der Grund für das Hausverbot sein.«

»Das wäre ein Tatmotiv.«

»Ja natürlich.« Sie schilderte ihren Abschied aus dem kroatischen Wirtshaus. »Ich hab ihn danach gefragt. Aber der Wirt hat es weit von sich gewiesen. ›Gott sei Dank ist er tot‹, hat er mir noch nachgeworfen.« Rico Stahl vernahm ein verlegenes Hüsteln. »Aber noch ist nichts bewiesen«, sagte sie dann.

Er wollte schon auflegen, da brachte sie noch einen Nachsatz an. »Noch etwas. Bruni hat in der Wohnung Fotos gefunden. Sie deuten möglicherweise darauf hin, dass Henry Gusakh doch einen Angehörigen hat. Vielleicht einen Sohn?«

Rico Stahl hatte sich während des Telefonats im Riedergarten mit übereinandergeschlagenen Beinen auf eine Parkbank gesetzt. Sie stand in einer rechteckigen Nische aus Rosen- und Bougainvillea-Sträuchern. Der Duft hätte ihn überwältigt, wäre er nicht in das Gespräch mit Chili vertieft gewesen.

Chili. Wie verliebt war er?, fragte er sich – wieder einmal –, wenn auch nur sehr kurz. Mit ihr kam er auf keinen grünen Zweig. Wenn sie ihn ansah mit ihren großen Kulleraugen, aus denen die für sie so typische Mischung aus Unschuld und Leidenschaft sprach, wurde er regelmäßig schwach. Doch wenn er dienstlich mit ihr verkehrte, so wie jetzt, hatten seine Erziehung, sein Pflichtbewusstsein und seine Korrektheit Vorfahrt.

»Ich werde Adele drauf ansetzen. Eifersucht«, murmelte er dann leise vor sich hin. »Immer wieder dasselbe.« Er blickte einem vorbeiflatternden Schmetterling hinterher. »Ein beliebtes Motiv. Wär schon möglich.«

Als er aufstand und sich gerade aus dem Riedergarten entfernen wollte, erklang noch einmal der »Mexican Hat Dance« aus dem Mobiltelefon. Unverschämt laut, sodass Rico Stahl sich unwillkürlich umdrehte. Keine Fußgänger, nur der übliche Montagmorgenverkehr und ein vorbeihuschender Radfahrer auf der Rathausstraße. Er überlegte, ob er überhaupt rangehen sollte, tat es aber dann doch.

»Ja?« Verdammt. Wieder hatte er nicht auf die Nummer auf dem Display geachtet.

»Hallo, ich bin's.«

Erleichtert atmete er auf. Adele.

»Der Haustechniker, den Gusakh entlassen hat«, begann sie. »Ich sollte mich drum kümmern. Rudolf Wiesböck heißt er, ledig, keine Kinder bekannt, wohnhaft in Reischenhart. Wollen Sie auch Straße und Telefon?«

»Nein, nein, Adele, ist schon gut. Konnten Sie den Grund für die Entlassung in Erfahrung bringen?«

»Nein, bisher nicht. Aber wenn Sie wollen, kann ich –«

»Ist schon gut, Adele. Ich bin eh auf dem Weg zum Lokschuppen. Ich werde mich durchfragen. Äh, haben Sie über Gusakh selbst schon etwas Wissenswertes herausgefunden?«

Eine schwebende Pause entstand. Rico Stahl ärgerte sich über seine Nachfrage. Er hätte sich eigentlich selbst damit beschäftigen sollen. Er mit Gusakhs Vita, Chili mit dessen Leben während der letzten Tage, so war es vereinbart. Doch andererseits hatte er totales Vertrauen zu Adele Foster. Im Recherchieren war sie Weltklasse.

»Bin ich dran«, sagte sie.

»Finden Sie heraus, ob er Angehörige hat. Einen Sohn zum Beispiel. Ist Dr. Faulhaber verständigt?«, fragte er zum Schluss, obwohl er die Antwort bereits kannte. Noch nie hatte Adele bei Aufträgen danebengelangt.

»Yep«, sagte sie nur. »Er ist CSU-Mitglied.«

5

Dr. Markus Faulhaber war der Geschäftsführer des Lokschuppens, zuständig für alles. Auch für Henry Gusakh. Er war mit seinen zweiundvierzig Jahren bereits grau und trug einen perfekt sitzenden Anzug in der gleichen Tönung wie das Haar. Weißes Hemd mit Seidenkrawatte, dazu ockergrundige Puma-Lifestyle-Schuhe. Nur mit sichtlich zur Schau getragener Überwindung schaute Faulhaber auf, als Rico Stahl die grüne Glastür mit Metallrahmen aufschwang und das Foyer des Lokschuppens betrat.

In Aussehen und Aufmachung war Dr. Heinrich von Stahl dem Lokschuppenboss zumindest ebenbürtig. Er konnte mit einem teuren braunen Anzug mit dunkler Weste über hellblauem Hemd brillieren. Die Krawatte hatte er weggelassen.

Der skeptischen Überheblichkeit des Herrn hatte Rico Stahl etwas entgegenzusetzen. Er stellte sich kurz vor und musterte den anderen mit hochgezogenen Brauen. Mühsam wurde geklärt, welche Gusakhs Aufgaben gewesen waren. Dr. Faulhaber zeigte sich dabei nicht überrascht, dass sein Mitarbeiter am späten Abend vor der Ausstellungseröffnung noch eine Runde durch den Lokschuppen gedreht hatte.

»Er machte das regelmäßig«, gab er zögernd preis. »Aus Gründen der Sicherheit.«

Rico Stahl fragte ihn übergangslos: »Wo waren Sie in der Nacht zum Sonntag und am gestrigen Morgen?«

Die Antwort wartete er gar nicht erst ab. Ihm fehlte die Lust, diplomatisch vorzugehen. Bei dem Gebaren Faulhabers sah er auch keinen Grund mehr dazu. »Ich erwarte präzise Angaben von Ihnen, mein Herr. Nichts Vages.«

Faulhaber war anzumerken, dass er kurz davor war, zu platzen und das Verhalten des Kriminalrats auf seine Art zu parieren. Rico Stahl spürte es und rechnete fest damit. Doch zu seiner großen Verblüffung entschied sich der Veranstaltungschef anders.

»Das kann ich verstehen, Herr Stahl«, lenkte er ein. »Ich hatte mich am Samstagabend mit einigen Kollegen aus dem Stadtrat getroffen. Wir waren im ›Stockhammer‹, oben in der Klosterstube. Bis ein Uhr in der Früh haben wir getagt. Auch das eine oder andere Bier ist geflossen.«

Rico Stahl hörte den schwachen westdeutschen Akzent heraus. Dortmunder Gegend, dachte er. Dass Faulhaber CSU-Mitglied war, hatte ihm Adele zugetragen. Doch dass er Mitglied im Stadtrat war, war ihm neu. »Worüber haben Sie sich da unterhalten?«, fragte er.

Faulhabers Miene hatte sich aufgehellt. Ob notgedrungen oder weil er sich mitteilen wollte, war nicht auszumachen. Er wies mit einer Hand auf eine Durchgangstür. »Bistro Café Lok« stand in schwarzen Lettern auf dem geriffelten Glas. »Wollen wir uns nicht setzen? Auf einen Kaffee?«

Rico Stahl war absolut nicht abgeneigt. Er folgte Faulhaber, der voranging. Drinnen im Café roch es neben Kaffee nach frischen Brezen, Pizza und aufgebackenen Hörnchen.

»Also, worum ging's bei Ihrer Sitzung?«, hakte er sofort nach, als sie an einem Bistrotisch Platz genommen hatten und das Getränk vor ihnen stand.

»Es war keine öffentliche Sitzung«, wich Faulhaber aus.

Rico Stahl zuckte die Achseln. »Ich werd's nicht weitersagen. Also?«

Wie oft in Rosenheim war es um Verkehrsprobleme gegangen. Zu viele Autos auf zu wenigen Straßen. Ein Gewirr von Einbahnstraßen. Reichlich Baustellen im Sommer. Parkplatzprobleme in der City.

Der Kommissar brach Faulhabers ausführliche Antwort ab, ihm waren die Umstände bekannt. »Und Sie waren durchgehend bei der Konferenz dabei?«, fragte er. Nur, um dem anderen einen Schrecken einzujagen.

Durch Faulhaber ging ein Ruck. Er rutschte mit seinem

Hocker nach vorn und stützte die Ellenbogen auf den runden Bistrotisch. »Wofür halten Sie mich eigentlich?«, fragte er mit erhobener Stimme. »Bin ich denn des Mordes verdächtig?«

Der Mord an Henry Gusakh war zwar noch nicht öffentlich gemacht worden. Doch Rico Stahl war sich sicher, dass Dr. Faulhaber von seinen Mitarbeitern m/w informiert worden war. »Ich will noch heute eine Liste der Teilnehmer Ihrer Besprechung haben«, sagte er sehr bestimmt.

»Die kann ich Ihnen auch auf einen Zettel schreiben.« Faulhaber lächelte zum ersten Mal schwach. »Nun aber etwas Wichtigeres: Wie weit sind Ihre Ermittlungen gediehen? Haben Sie schon einen Verdacht? Außer mich, meine ich.« Er lehnte sich wieder zurück. »Herr Gusakh war schließlich mein wichtigster Mann. Er hat alle Ausstellungen vorbereitet, organisiert, überwacht, für die äußere Sicherheit gesorgt. Ein Mann ohne Fehl und Tadel. Wieso wird so einer umgebracht? Noch dazu auf solch brutale Weise? Und wer hat ihn mit einer Kirche erschlagen, nein, was sage ich, mit einem Münster sogar?«

Exakt die Fragen, die wie Schwalben im Frühjahr bei jeder Ermittlung herumschwirrten. Fragen, die Rico Stahl nicht beantworten konnte, dazu war es viel zu früh. Doch er genoss seine Überlegenheit. Nach einer solchen Bluttat war jede Anhörung wie ein Schachspiel zwischen Rivalen. Nur einer konnte gewinnen. Und das sollte – bei Gott – möglichst er selbst sein.

Er vermied es, auf Faulhabers Bissigkeit einzugehen. »Verehrter Herr! Es geht um Mord«, sagte er stattdessen mit großer Bestimmtheit und betont langsam. »Hier stelle *ich* die Fragen. Waren Sie nun bei Ihrer Besprechung im Gasthof Stockhammer jede Minute anwesend, oder sind Sie vielleicht zwischendurch für längere Zeit verschwunden? Zum Beispiel zur Toilette?«

»Da können Sie gern die anderen fragen.«

»Das werde ich tun. Würden Sie mir jetzt bitte ihre Namen aufschreiben?«

Markus Faulhaber starrte Rico Stahl sekundenlang mit offener Feindseligkeit an, sein ganzer Körper war in eine bedrohliche Spannung geraten, wie bereit zum Angriff. Dann wandten sich seine Augen ab, und die Schultern fielen resigniert herunter. Er griff in die Innentasche seines Sakkos, holte Block und Stift heraus und begann zu notieren.

Wenig später lagen die Namen etlicher Rosenheimer Stadträte sowie weiterer Parteifreunde Faulhabers vor dem Kriminalrat. Der spürte keinen Triumph deswegen, er hatte nur seine Pflicht erfüllt. Ein jähes Gefühl schlimmster Verdrossenheit überkam ihn stattdessen. Er wollte diesen Menschen nicht beherrschen, nicht erniedrigen. Doch seine Arbeit erforderte nun einmal, ohne Ansehen von Person und deren Gefühlen die Wahrheit zu finden.

»Danke«, sagte er und steckte die Notiz ein. »Eine letzte Frage habe ich noch. Sie kennen ja Rudolf Wiesböck.«

»Unseren früheren Haustechniker?«

»Genau den. Der wurde von Herrn Gusakh entlassen. Was war der Grund für die Maßnahme?«

Faulhaber hatte einen letzten Schluck genommen und stellte die Kaffeetasse ab. Er wirkte ratlos. »So genau weiß ich das nicht. Wiesböck war Gusakhs Mann, und Gusakh durfte selbstständig agieren. Auf seinem Gebiet hatte er Handelsvollmacht.«

Rico Stahl blieb skeptisch. »Er hätte sich für die Entlassung rächen können. Trauen Sie Rudolf Wiesböck einen Mord zu?«

Zuerst schaute Faulhaber etwas konsterniert. Dann begann er wie befreit zu lachen. »Sie werden Wiesböck ja bestimmt verhören. Machen Sie sich lieber selbst ein Bild von ihm, bevor ich Ihnen etwas einflüstere.«

Als er Rico Stahls unerbittlichem Blick begegnete, überlegte Faulhaber kurz, dann zuckte er die Achseln. »Mei, Personalsachen macht bei uns die Personalabteilung der Stadtverwaltung, da hänge ich mich nicht rein. Gusakh wird den Anstoß zur Entlassung gegeben haben, die Personaler haben es durchgeführt. Warum, weiß ich nicht. Wiesböck war halt plötzlich weg.«

Aha, dachte Rico Stahl, der feine Herr hält sich raus. Die Drecksarbeit überlässt er anderen. »Es heißt, Herr Wiesböck sei – wie soll ich es ausdrücken – sexuell anders orientiert gewesen. Wissen Sie da mehr? Könnte das der Grund gewesen sein?«

»Sie meinen, ob er homosexuell war? Freilich, so hieß es im ganzen Haus. Aber wen interessiert schon, ob jemand Vegetarier ist, ob er evangelisch oder ob er schwul ist?«

»Trotzdem«, erwiderte Rico Stahl. »Könnte es vielleicht mit Wiesböcks Entlassung zu tun gehabt haben? Weil Gusakh keine Schwulen mochte?« Er legte eine kleine Pause ein und sah Faulhaber schief an.

Faulhaber blies die Backen auf und erhob die Stimme. »Ich kümmere mich nicht um das Privatleben meiner Angestellten, verdammt noch mal. Ob jemand schwul ist oder Tierquäler oder Bigamist, das ist mir vollkommen egal und geht mich auch nichts an.«

Rico Stahl hatte sich von der Unterhaltung mit Dr. Markus Faulhaber sehr viel versprochen. Aber wenn er ehrlich war, hatte sie nichts wirklich Entscheidendes zutage gefördert.

***

»Hallo, Herr Dr. von Stahl? Adele hier.«

Nur in zwei Situationen benutzte Adele diese im Prinzip korrekte Anrede: wenn sie den Chef necken wollte oder wenn sie aufgeregt war. Er war gespannt, was zutraf. »Wie schön, Sie zu hören, Adele«, sagte er.

»Antworten Sie nur mit Ja oder Nein. Sind Sie an Neuigkeiten interessiert?«

Kurze Pause, leises Schnaufen. »Ja.«

»Heiner Grossmann, der Reisepass. Ich habe nachgeforscht. Es hat 1987 keinen Heiner Grossmann in Rosenheim gegeben.

Auch keinen Heinrich. Ein paar Grossmanns wohl, aber keinen Heiner. In Bayern hat es drei gegeben – Grossmann wie im Pass mit zwei ›s‹, nicht mit scharfem ›ß‹ –, bundesweit neun. 1987 gab es noch die DDR. In der gesamten DDR lebten sechs Grossmanns mit Vornamen Heiner.«

»Und, Adele? Was ist nun?«

»Na ja, einer könnte interessant für uns werden. Heiner Grossmann in Coburg.«

»Aha. Warum?« Man musste ihr die Informationen wie Würmer aus der Nase ziehen.

»Da gibt's einen, der straffällig geworden ist. Ich muss sehen, ob es sich um unseren Mann handelt.«

»Jaja, Adele, sehen Sie zu.« Er schnalzte mit der Zunge, um die Dringlichkeit anzudeuten.

»Ich hab die Seite mit dem Passfoto hingefaxt. Aber noch keine Antwort erhalten. Ich werde mein Möglichstes tun.«

»Ich danke Ihnen, Adele.«

***

Zu klären, wie Gusakhs Mörder vor der Öffnung am Sonntag – oder nach der Schließung am Freitag – in die Ausstellung gekommen war, diese Aufgabe hatten sie kurzfristig getauscht. Was Gusakhs Aktivitäten am Tag vor seinem Tod anging, hatte Chili Toledo Grundlegendes in Erfahrung bringen können. Sie würde Rico Stahl später darüber informieren.

Chili hielt sich an die Spurensicherung. Bruni trug ihr zu, was sie herausgefunden hatten: nichts. Das Blut am Kirchturm, dem mutmaßlichen Mordinstrument, stammte eindeutig vom Opfer – das war vorerst alles. Keine verdächtigen Fingerabdrücke oder Fußspuren, alles war verwischt vom Andrang der Besucher. Ach ja, ein handtellergroßer Fleck in einer getrockneten Blutlache, bestimmt kein Fußabdruck. Selbstverständlich gaben sie nicht auf, sie suchten weiter.

Chili befragte die Angestellten, die in der fraglichen Zeit

Dienst gehabt hatten – Reinigungspersonal, Kasse, Verkaufskiosk, Kartenkontrolle, die Aufpasser im Inneren. »Ist Ihnen jemand aufgefallen? Hat sich jemand ungewöhnlich bewegt oder benommen?«

Chili kannte diese Anfangsphase der Befragung. Bis auf wenige versuchten alle, glatte, undurchdringliche Oberflächen zu erzeugen, um bloß nicht selbst ins Licht der Ermittlung zu geraten. Erst später würden die ersten wirklichen Geschichten und Fakten zum Vorschein kommen. Geduld war nicht Chilis Stärke. Doch sie musste der Zeit den Vortritt lassen, über die sie zu keiner Minute verfügte.

***

Rico Stahl gönnte sich keine Pause. Er musste sich mit Rudolf Wiesböck unterhalten. Er aß im Gehen und bewegte sich vom Lokschuppen wie auf Rollschuhen entlang des schmalen Durchgangs im Riedergarten und durch die Duschl-Passage zu dem geheimen Platz nahe seiner Wohnung, an dem sein Wagen geparkt war und den er niemandem verriet. Es existierten nur wenige Menschen, die wussten, dass er überhaupt einen fahrbaren Untersatz besaß.

Er sprang in den Wagen und raste los, er nahm die Schnellstraße, die an der Kastenau vorbeiführte und Kaltwies durchquerte. Sechs rote Ampeln hatte er zu verkraften, bevor er auf das Ortsschild von Raubling traf.

Raubling war nicht gerade der attraktivste Ort unter der Sonne, fand Rico Stahl schon lange. Er ließ einfallslose Fabriken, Gewerbegebiete und Tankstellen links und rechts hinter sich. Doch wenn er den Blick über die Spanndrähte und die Bogenlampen hinweghob, konnte ihn das berauschende Panorama der Bergwelt bis hinein nach Tirol jedes Mal in Entzücken versetzen. Ein tiefblauer Himmel darüber, die aufsteigende Sonne über dem Heuberg im Südosten – es war gigantisch.

Rico Stahl war um neun Uhr achtundvierzig losgefahren, um siebzehn nach neun kam er schließlich in Reischenhart an. Er hatte für die Strecke also neunundzwanzig Minuten gebraucht, eine Viertelstunde länger, als es bei günstigeren Bedingungen möglich gewesen wäre. An einer aus der Dinosaurierzeit übrig gebliebenen gelben Telefonzelle bog er nach links in die Rufstraße ein, zweihundertfünfzig Meter weiter wieder nach links in eine Sackgasse.

Von Weitem schon sah er den knallroten BMW in der Sonne blitzen. Der Wagen parkte in der Einfahrt zu einem Haus, das geschätzt aus den sechziger Jahren stammte. Es war, soweit er das zu erkennen vermochte, von einem ansehnlichen Grundstück mit zum Teil alten Bäumen und Sträuchern umgeben. Sowohl der Wagen wie das Haus trugen die Nummern, die er gesucht hatte. Adele hatte wieder einmal präzise Angaben gemacht. Er fühlte sich auf ihre Schilderung angewiesen, denn sein Fahrzeug besaß kein Navi. Rico Stahl war der Ansicht, dass das Zeitalter gedruckter Karten und Autoatlanten noch lange nicht vorüber war.

Rudolf Wiesböck, momentan arbeitslos, lebte also in sehr komfortablen Verhältnissen. Ihn umgab ein sensationelles Anwesen in bester Lage, und er fuhr ein rassiges Auto. Das musste kein Widerspruch sein, doch ein paar neugierige Fragen war diese Situation schon wert.

Adele hatte ihm auch die Telefonnummer beschafft. Doch Rico Stahl hatte sich entschieden, es darauf ankommen zu lassen, ob Wiesböck daheim war oder nicht. Das Überraschungsmoment hatte schon häufig das Ergebnis einer Zeugenbefragung angeschoben.

Wiesböck war zu Hause. Schon beim ersten Klingeln öffnete sich die Haustür. Das Gesicht glich eindeutig dem auf dem Foto, das ihm eine Mitarbeiterin Faulhabers mitgegeben hatte. Wiesböck war gut vierzig, etwas größer als mittelgroß, Sechstagebart. In einer Hand hatte er eine Zigarette, die andere hinter dem Rücken versteckt, er steckte in schwarzen Jeans, in einer schwarzen Lederweste und schwarzen Halbschuhen. Leicht nach vorn gebeugt musterte er den Besucher.

»Die Narbe«, sagte er. Mit der Zigarette deutete er auf Rico Stahls Gesicht. »Die da am Mund. Wo haben Sie die her?«

Seltsame Begrüßung. Seltsam vertraut für einen, dem er noch nie begegnet war. Er ignorierte die Frage und hielt Wiesböck den Dienstausweis hin. »Können wir kurz reingehen.« Es war keine Frage.

Rico Stahl ging voran.

Sie traten in den Flur, in dem Licht brannte. Eine Lampe mit hellblauem gehäkeltem Stoffschirm wie aus Omas Traumschiff. Braun furnierte Anrichte, auf der Blumen standen, umrahmt von allerlei Krimskrams. Geschwungene hellblaue Holzschnitzereien an der Wand.

Rico Stahl blieb mit dem Rücken zur Haustür stehen. Am anderen Ende des Flurs ging es zur Terrasse und in den Garten.

Wiesböck schob den Unterkiefer hin und her, atmete mit offenem Mund und zog hastig an der Zigarette. Sprechen tat er nicht.

Hatte dieser Mann Gusakh aus Rache erschlagen? Rico Stahl hatte es sich abgewöhnt, aus dem Erscheinungsbild eines Menschen auf eine Antwort zu schließen. Zu oft hatte er schon danebengelegen. Wie erkennt man einen Mörder? Woraus schließt man, dass jemand unschuldig ist?

Fakten, Fakten, Fakten.

»Wo waren Sie in der Nacht zu Sonntag und Sonntagfrüh?«

»Warum? Weshalb fragen Sie das?«

Rico Stahl erklärte ihm den Grund. Es schien, als habe der Mann noch keine Kenntnis von der Tat. Dass Wiesböck nicht vor Entsetzen und Trauer die Hände vors Gesicht schlug, konnte er nachvollziehen.

»Und da denken Sie, ich bring den Gusakh um? Weil er mich gefeuert hat?«

Rico Stahl schwieg. Er war nicht gekommen, um großartige

Erläuterungen abzugeben. »Wo waren Sie in der fraglichen Zeit? Beantworten Sie nur meine Frage. Nichts sonst.«

Ob der Mann ein Mörder war – das festzustellen, war Rico Stahl hier und jetzt nicht in der Lage. Doch dass der Mann schwul war, schien ihm offensichtlich. Die Bewegungen, das Tänzelnde, seine Art, zu sprechen, wie er ihn ansah …

Durch die noch immer geöffnete Haustür drangen der Lärm der nahen Bundesstraße, auf der Rico Stahl gekommen war, und das metallische Rauschen eines Güterzugs.

»Samstag, lassen Sie mich überlegen. Ich war mit einem Bekannten essen. Weit weg vom Lokschuppen, wenn Sie das interessiert. Im ›Ocakbasi‹. Kennen Sie das ›Ocakbasi‹?«

»Mit wem waren Sie dort? Wann sind Sie weggegangen? Was haben Sie danach gemacht?«

Wiesböck hatte die Zigarette ausgedrückt. Jetzt steckte er sich ein Schokoladenstück in den Mund, lächelte und nickte. Nuschelnd und schmatzend redete er weiter. »Nicht lange. Ich schätze, ich habe gegen neun, halb zehn bezahlt. Dann bin ich heimgefahren.« Er sah sich um. »Hierher.«

»Allein?« Rico Stahl sah Wiesböck scharf an. Konnte es sein, dass dessen Gesicht von einer zarten Röte überzogen wurde?

»Nein. Wir haben hier noch etwas getrunken.«

»Sie und Ihr Bekannter?«

»Ja.«

»Dann haben Sie ja einen wunderbaren Zeugen. Bitte schreiben Sie Name und Adresse auf dieses Blatt Papier.« Er zog ein zerknittertes Blatt aus der Innentasche seines Anzugs, nahm es in beide Hände und hielt es Wiesböck direkt vor die Nase.

Bereitwillig nahm der auch den angebotenen Stift, schrieb und gab das Blatt zurück. Name, Adresse, eine Mobiltelefonnummer. Hatte Wiesböck alles im Kopf. Eine nur flüchtige Bekanntschaft konnte das nicht sein.

»Sie können meinen Bekannten ruhig fragen«, gab Wiesböck freimütig bekannt.

Rico Stahl verkniff sich eine ironische Bemerkung. Er ahnte, wie die Sache weitergehen würde. »Dann kann ich wohl davon ausgehen, dass Ihr Bekannter auch Ihre häusliche Anwesenheit während der Nacht bezeugen kann«, sagte er stattdessen.

Wieder diese schleichende Röte auf seinem Gesicht. Eindeutiger als jede Antwort.

Wenn er ehrlich war, wusste Rico Stahl nicht recht, wohin er dieses Gespräch steuern sollte. Dieser Wiesböck, fand er, bewegte sich eigenartigerweise in einer Rolle, die nicht er selbst war. Das machte Rico Stahls polizeiliche Instinkte hellwach. Undeutlich spürte er, dass es da etwas außerhalb dieser beschaulichen Ordnung und Atmosphäre geben musste.

Ohne auf Wiesböck zu achten, ließ er ihn einfach stehen und schritt langsam auf das Ende des Hausflurs zu. Der Garten lag voll im Sonnenschein. Er war groß und auf eine Weise altmodisch, mit gepflegten Obstbäumen. Erst nachdem sich Rico Stahls Augen an das grelle Licht gewöhnt hatten, sah er den Swimmingpool. Er lag am anderen Ende des Gartens, teilweise verdeckt von Büschen und herabhängenden Zweigen. Ein paar Liegestühle standen herum, die teuer wirkten. Auch sie in braunem Holz, wie es schien.

»Was wollen Sie?«, hörte er Rudolf Wiesböck sagen. Er musste knapp hinter ihm stehen. Er klang ungeduldig. Nervös. Ein Grund mehr, hinauszutreten in den Sonnenschein. Noch war es mittlerer Morgen, die Gewächse warfen kurze Schatten auf den frisch gemähten Rasen.

Dann bemerkte er das Gartenhaus. Es lag noch hinter dem Pool, direkt am Maschendrahtzaun, der das ganze Anwesen umspannte.

»Nein«, protestierte Wiesböck im Vorbeihuschen. »Bleiben Sie hier. Sie können doch nicht einfach auf meinem Grund herumtrampeln.« Er stellte sich vor Rico Stahl auf und erschien plötzlich gar nicht mehr als der unterwürfige Mensch von vor noch einer Minute.

»Können kann ich das schon«, sagte der Kriminalrat und schob ihn beiseite. »Sie meinen, ob ich das darf. Ja, das darf ich. Wenn Sie mir Steine in den Weg legen, besorge ich telefonisch eine Durchsuchungsanordnung. Ich bleibe dann so lange hier und pass auf, dass nichts verändert wird, okay?« Während er sprach, bewegte er sich gemächlich auf das Gartenhaus zu.

Die weiß gestrichene Tür war angelehnt. Er ging hin und klopfte, bekam aber keine Antwort.

»Hören Sie auf, sich an meinem Eigentum zu vergreifen!«, protestierte Rudolf Wiesböck. Schweißperlen waren ihm auf die Stirn getreten. »Die Hütte geht Sie nichts an. Das ist Hausfriedensbruch.«

Rico Stahl beachtete ihn nicht. Er schob die Tür auf. Die kleinen Fenster in dem Gartenhaus waren von Gardinen verdunkelt. Er brauchte einen Augenblick, um sich an das Halbdunkel zu gewöhnen.

Dann entdeckte er eine Person, bewegungslos auf einem Sofa. Sie kehrte ihm den Rücken zu, er konnte schwarzes Haar erkennen, über das Gesicht fiel eine hochgezogene dünne Decke. Rico Stahl drehte sich um und musterte Wiesböck, der ihm gefolgt war.

»Wer ist das?«, fragte er, während er wieder nach draußen ging und vorsichtig die Tür verschloss.

Aus Wiesböcks Gesicht war jegliche Farbe gewichen. Es stand in herbem Kontrast zu seiner schwarzen Kleidung. »Gehen Sie weg!«, sagte er drohend. »Sie haben überhaupt kein Recht, hier einzudringen.« Die Frage nach der Identität der Person beantwortete er nicht.

Rico Stahl wendete Wiesböck den Rücken zu. Er schob die Tür wieder auf, suchte einen Lichtschalter, fand ihn, schaltete das Licht an, trat zu der Person, die sich noch immer nicht geregt hatte, fasste sie an den Schultern und schüttelte sie. Keine Reaktion. Etwas stimmte nicht. Er drehte die Person um. Prüfte den Herzschlag. Er war leise zu spüren. Der Mann lebte also.

Ein Schrei ertönte neben seinem Ohr. Gleichzeitig hatte Wiesböck sein Handgelenk gepackt. »Hören Sie auf«, rief er laut. Er klang verzweifelt. »Lassen Sie ab von Adam. Er ist krank. Hören Sie auf, Sie dürfen das nicht.«

Adam. Der Name, den Wiesböck auf dem Zettel notiert hatte. Sein Bekannter. Rico Stahl nahm die Notiz noch einmal zur Hand, diesmal las er sie mit mehr Aufmerksamkeit. Adam El-Hendy. Ein arabischer Name? »Wer ist er?«, fragte Rico Stahl.

Rudolf Wiesböck stand unbeweglich und mit ausdruckslosem Gesicht hinter ihm. Er strahlte etwas Feindseliges, vielleicht sogar Verächtliches aus. »Was hat das mit Ihrer Suche nach dem Mörder von Henry Gusakh zu tun?«, fragte er.

»Was ist Ihnen an der Frage nach Ihrem Freund unangenehm?« Rico Stahl ließ sich nicht abwimmeln.

Wiesböck druckste herum.

»War er ein Grund für Ihre Entlassung beim Lokschuppen?«

»Nein, nicht direkt.«

»Also, was sonst? Beantworten Sie meine Fragen, Herr Wiesböck! Wir können uns auch auf der Dienststelle zusammensetzen.«

»Ich bin halt ein paarmal zu spät gekommen. Weil wir vorher gefeiert hatten.«

»Das hat der Herr Gusakh nicht geduldet, und da wurden Sie entlassen?«

Wiesböck senkte das Kinn zur Brust. »Ja, so war's wohl.«

»Hallo, hab ich die Stadtverwaltung Rosenheim?«

»Ja, bitte. Was kann ich für Sie tun?«

»Kriminalrat Stahl hier. Geben Sie mir bitte den Personalchef.«

»Warum? Kann ich Ihnen nicht weiterhelfen?«

»Den Personalchef bitte!«

Kurze Pause. Ein Computersong.

»Müller hier.«

»Kriminalrat Stahl. Wir ermitteln im Mordfall Gusakh. Was war der Grund für die Entlassung von Rudolf Wiesböck?«

»Wenn Sie mir Ihre Nummer geben, rufe ich Sie zurück.«

Okay, das sah Rico Stahl ein. Jeder könnte unter seinem Namen den Personalchef anrufen.

Nach kurzer Zeit kam der Rückruf. Müller bestätigte im Wesentlichen Wiesböcks Aussage. Er habe wegen häufigen Zuspätkommens eine Abmahnung erhalten, sei mehrfach angetrunken gewesen, und so sei ihm schließlich gekündigt worden.

»Reicht Ihnen das?«

»Ja, das genügt vorerst. Vielen Dank.«

6

Manchmal könnte man verzweifeln, dachte Rico Stahl. Sie hatten ein paar Hinweise, doch eine heiße Spur oder wenigstens ein schmaler Pfad dorthin fehlte bisher. Was halfen ihm da die Fähigkeiten, die er während seiner Dienstzeiten im BKA und LKA erworben hatte? Er besaß Führerscheine für sämtliche Klassen von Landfahrzeugen. Er konnte hochseesegeln und durfte ein Motorboot führen. Er hatte fast tausend Flugstunden auf Kleinflugzeugen bis hin zur zweimotorigen Vulcanair und über fünfhundert Stunden auf Hubschraubern der verschiedensten Typklassen hinter sich.

Nicht umsonst wurde er in Polizeikreisen – hinter seinem Rücken – »der bayerische James Bond« gerufen. Doch was nützte ihm dieses Potenzial, wenn er sich mit all dem Kleinkram zu befassen hatte, den er momentan anpackte?

Doch recht zügig riss sich »James Bond« zusammen. Er verwünschte seine Ungeduld. Schließlich war der Mord nicht einmal vierundzwanzig Stunden her. Er schüttelte sich und konzentrierte sich in der nächsten Sekunde wieder auf seine aktuelle Aufgabe.

Auf dem Rückweg in die Stadt erhielt er einen Anruf von Chili. Ob es sehr dringend sei, fragte er. Alles sei dringend, erklärte sie, aber wenn er vorher etwas noch Brandeiligeres zu erledigen habe … Ja, er müsse mit Adele sprechen. Er versprach, Chili danach zurückzurufen.

»Hallo, Adele. Ich hab wieder eine Recherche für Sie.«

»So ein Zufall, ich wollte Sie auch gerade anrufen.«

»Warum? Gibt's was Neues?«

»Das kann man wohl sagen! Der Mord hat sich inzwischen wohl in ganz Rosenheim herumgesprochen. Der Redaktionsleiter des »Oberbayerischen Volksblatts« hat bei mir angerufen und sich beschwert, dass sie keine Informationen erhalten. Alle möglichen anderen Leute haben sich auch schon gemeldet, sie wollten Infos haben oder auch geben. Doch etwas Bedeutendes für Ihre Ermittlungen war nicht dabei. Niemand, der den Ermordeten kurz vor seinem Tod gesehen haben will.«

Adele wieder einmal im Mittelpunkt des Geschehens. Irgendwann hatte sie Rico Stahl gestanden, dass sie früher für ihr Leben gern zur Spurensicherung gegangen wäre. Auf der Spur des Verbrechens! Das Leben hatte es anders mit ihr gemeint. Gott sei Dank?

»Danke, Adele, ich werde mir die Anruferinfos später genauer ansehen.«

»Gern. Eine Arbeit kommt selten allein – welche Recherche haben Sie für mich? Von Coburg hab ich übrigens noch nichts gehört.«

Das mochte der Kriminalrat so an seiner wertvollsten Mitarbeiterin. Außer Chili Toledo natürlich. Sie war universell zu gebrauchen und pragmatisch, nichts in der Welt hatte sie je aus der Fassung bringen können. Ende September wollte sie zum ersten Mal seit zwei Jahren Urlaub machen, weit weg am Mittelmeer, in Südspanien oder Sizilien. Seit er davon erfahren hatte, machte es Rico Stahl erheblich nervös, denn sie plante volle vierzehn Tage am Stück. »Bitte schreiben Sie auf: Adam El-Hendy. Forschen Sie nach, wer das ist. Er steht mit Rudolf Wiesböck in Verbindung. Ich muss wissen, in welcher. Am besten graben Sie auch noch El-Hendys Krankenakte aus. Hat er mit Drogen zu tun, verkehrt er in gewissen Schwulenkreisen, ist er vorbestraft – na, Sie wissen schon.«

»Alles klar. Mach ich.«

»Sehr gut. Danke, Adele.«

Er hatte das Telefonat mit Adele an der Aral-Tankstelle in der Kufsteiner Straße geführt. Nebenan das große Modegeschäft, drüben das Beilhack-Parkhaus, dazwischen regelmäßig fließender Verkehr. Tanken musste er sowieso, er fuhr schon eine ganze Zeit lang auf Reserve. Dann würde er auch beruhigter telefonieren können.

Nach dem Bezahlen rief er Chili zurück. Sie befand sich zurzeit in ihrer Wohnung. Er vereinbarte, dass er zu ihr kommen und sie eine Zwischenbilanz ziehen würden. Sie zierte sich, war aber nach kurzem Aufmucken bereit dazu. Er meinte sogar, einen kleinen Schimmer der Freude aus ihrem Schlusswort herauszuhören.

Wieder in Fahrt musste Rico Stahl seine Gedanken ordnen. Den Wagen parkte er auf seinem geheimen Stellplatz nahe dem Eitzenberger-Haus. Erst jetzt merkte er, wie sein Magen knurrte. Er hatte nicht gefrühstückt und so seit gestern Abend nichts mehr gegessen.

Als er den Max-Josefs-Platz überquerte, schlugen die Glocken der Nikolauskirche halb elf. An der Ecke Hafnerstraße kam ihm eine Gruppe Menschen entgegen. Sie schienen andächtig, wie ins Gebet versunken. Schauten nach links, nach rechts oben, immer den Gesten der Dame im Dirndlgwand folgend, die vorwegging. Eine Stadtführung.

Seine Gedanken schweiften zurück zur Führung durch die Ausstellung. Absurd, dachte er. Ein Mord im Lokschuppen. Praktisch vor aller Augen. Im Hochsommer, der Rosenheim für Touristen zu einem großen Freilichttheater und -museum werden ließ, wie es in manchen Kreisen spöttisch hieß. An jeder Ecke gab es irgendeine Führung – »Im Herzen der Altstadt«, »Auf den Spuren der Rosenheim-Cops«, »Rosenheim, wie es damals war«, »Rosenheims Kirchen und Gebäude«, »Kaffeehausgeschichten« … Museen und Galerien wetteiferten miteinander. Ein Chiemseemaler-Museum oder eine sonstige ständige Gemäldeausstellung fehlte allerdings.

Die Zeit des Herbstfests war am brutalsten. Die Mengen schoben sich da ineinander, aneinander vorbei, alle in Tracht, alle lachend und voll ausgelassener Fröhlichkeit. Immer schon hatte die Rosenheimer Polizei ein Attentat, einen Anschlag inmitten der Menge der Feiernden befürchtet, so wie seinerzeit beim Oktoberfest in München. Aber Gott sei Dank blieb er aus.

Und nun dieser Mord. Still und heimlich. Wirklich absurd. Eigenartig. Skurril. Abgedreht. Rico Stahl fingerte an dem kleinen Bildschirm seines Smartphones herum, um zu telefonieren. Er hasste das. Wie einfach und bequem war das doch mit den Tasten seines alten Handys gewesen.

»Chili? Ich trink noch rasch einen Kaffee, dann bin ich bei dir.«

Eine gefühlte Ewigkeit musste er an der Fußgängerampel warten, bis er die Prinzregentenstraße überqueren konnte. Er schaute sich so lange um und trat dabei von einem Bein aufs andere.

Manchmal – wenn ihn Leute komisch von der Seite beäugten – fühlte er sich in seinen Anzügen wie ein Sparkassenangestellter oder ein Versicherungsaußendienstler. Doch er legte einfach Wert darauf, im Dienst korrekt gekleidet aufzutreten. Nicht dass er deswegen auf manche Kollegen, die wie große Drogendealer oder kleine Schimanskis herumliefen, herabschaute. Aber seine Kinderstube und Erziehung machten sich in unterschiedlichsten Facetten bemerkbar.

Dann wandte er sich nach rechts und betrat das kleine Café, das sich recht erfolgreich aus einer Bäckereifiliale entwickelt hatte. An einem Stehtisch aß er eine belegte Semmel und trank einen Cappuccino dazu. Zu spät fiel ihm ein, um eine Semmel ohne Butter zu bitten. Stattdessen versuchte er, die Butter mit dem Messer abzukratzen.

Eine Frau mit langer blonder Mähne und einer Umhängetasche beobachtete ihn befremdet oder belustigt, er konnte es nicht beurteilen. Die Frau konnte Journalistin sein, eine Redakteurin des »Oberbayerischen Volksblatts« vielleicht. Das OVB hatte sich ja schon im Präsidium gemeldet. Rico Stahl war nicht sonderlich prominent in der Stadt, kaum jemand kannte das Gesicht des Kripochefs. Doch für den Fall, dass sie ihn erkannt haben sollte, würde es gleich heißen, die Kripo sitze im Café und kratze sich die Butter vom Brot, statt nach dem Mörder zu suchen.

Rico Stahl aß die Semmel, trank seinen Kaffee leer, bezahlte, nickte der Frau freundlich zu und verließ das Lokal.

Wenig später war er am Ludwigsplatz und ging am Kreisel auf die andere Seite der Innstraße. Zwischen Käseladen und Computergeschäft führte ein schmaler Durchgang in einen sich weit öffnenden Innenhof, der durch ein aufschwingendes Tor gesichert war. Die angrenzende Tür für Fußgänger war tagsüber geöffnet. Er drückte sie auf und war wie immer beeindruckt von der Harmonie zwischen alter und neuer Architektur. Wenige Häuser aus den sechziger oder siebziger Jahren mit Holzbalkonen auf der nördlichen Seite, ein moderner, gut geratener Zweckbau mit drei Etagen auf der südlichen.

Es sah ganz so aus, als ernährten sich die Bewohner der Altbauten von Schweinsbraten, Soße und Semmelknödeln. Und die im Süden von Spaghetti, Nasi Goreng oder Vegetarischem. Parkplätze. Eine oder zwei Tiefgaragen. Abfalltonnen verdeckt an der Hauswand. Glas und Chrom und trotzdem Blumen vor den Fenstern. Taubenabwehrgitter. Die Sonne des späten Vormittags tauchte den Platz in ein fast unwirkliches Licht.

Chili Toledo bewohnte drei Zimmer im Erdgeschoss des hinteren Teils des Neubaus. Rico Stahl war nach seiner Kenntnis der Einzige, dem das Innere dieser Wohnung nicht ganz unbekannt war. Denn Chili war eifrig darauf bedacht, dass niemand wusste, wo sie wohnte. Trotzdem wartete sie vor ihrer Tür, als Rico Stahl den Hof betrat.

Chili Toledo stellte ihr halb leeres Achterl weißen Luganawein auf dem breiten metallenen Fensterbrett ab. Sie hatte keine Schwierigkeiten, zu bekennen, dass sie ab und zu – unter Stress, vor Freude, um Depressionen vorzubeugen oder um den Blutdruck zu regulieren – zu diesem Aufheller griff. Für Rico sollte das eh keine Überraschung sein. Ein zäher Kerl, dachte sie, als er sich ihr näherte. Kein Gramm Fett am Körper. Das sah man, und sie wusste es, weil sie jeden Quadratzentimeter dieses wundervollen Körpers kannte.

Über sich hörte sie die Tauben in ihren Absteigen, die sie sich gesucht hatten, um den spitzen Abwehrstacheln zu entgehen, leise gurren. Und als Rico eine Hand auf ihren nackten Unterarm legte, spürte sie dessen Wärme und ein sanftes Kribbeln im Bauch.

Die Sonne spazierte exakt in diesem Augenblick über die schmale Außenterrasse aus Holzbohlen und erreichte einen weißen Labradorhund aus der Nachbarschaft, der sich dort niedergelegt hatte. Er stand sofort auf und verkroch sich im Gebüsch.

»Hast du was rausgekriegt?«, fragte Rico Stahl.

Sie hatte das Bedürfnis, ihn zu küssen, unterließ es aber. Jeder Balkon in dieser Umgebung hatte Ohren, jedes Fenster Augen.

»Über Gusakhs letzte Stunden? Freilich.« Dann verbesserte sie sich. »Nicht die allerletzten natürlich. Die fehlen noch. Komm rein.« Sie nahm ihn an der Hand und zog ihn mit sich. Als er drinnen im Vorraum war, stieß sie mit dem Fuß die Wohnungstür zu. Im selben Augenblick schlang sie die Arme um ihn und küsste ihn auf den Mund.

Zögernd, beinahe schüchtern bettete er beide Hände auf ihre Hüftrundungen. Ebenso zögernd öffnete er den Mund zum Kuss. Es war komisch. Immer, wenn sie sich im Dienst befanden, war Rico, der sonst so außerordentlich charmant sein konnte, seltsam gehemmt. Als wenn er ständig unter Beobachtung stünde. Ganz anders, wenn sie sich an anderen Orten aufhielten oder zu den seltenen Gelegenheiten, wenn sie an einem Wochenende etwas gemeinsam unternahmen.

Bevor sie begonnen hatte, draußen zu warten, hatte Chili leise Musik angestellt. Musik zum Tanzen. Sie hatte ihr langes tizianfarbenes Haar nach hinten gezogen und mit einer silbernen Spange befestigt. Dazu trug sie silberne Ohrringe – große silberne Reifen – und ein weites silbernes Armband, das sie sich erst in den letzten Tagen gekauft hatte.

Feuer kam in seine Augen. Er spitzte schweigend den

Mund, nahm ihre Hand, legte ihr einen Arm um die Taille, sie drückte sich wie automatisch an ihn. Jede Verlegenheit war verschwunden. Es schien alles wie von selbst zu gehen. Er rutschte mit dem Arm weiter um ihre Taille und zog sie näher an sich heran.

Durch Anzugjacke und Hemd hindurch konnte sie seine Wärme spüren. Und sie konnte ihn riechen. Kein Parfüm oder Rasierwasser. Eher der elementare Wohlgeruch eines zivilisierten Mannes, sauber und warm, der irgendwo in sich noch einen Ureinwohner zu beherbergen schien.

Der Sommer drang durch die breiten Fenster ins Innere des Wohnzimmers und brachte Chilis Geschmeide zum Glänzen und zum Flackern. Obwohl sie den Kopf nicht bewegte, klingelten die Ohrreifen wie kleine Glöckchen.

Sie tanzten, langsam, ohne sich groß vom Fleck zu bewegen. Sie spürte, wie sich seine Schultermuskeln bewegten. Als das Stück zu Ende war, behielt er sie an sich gedrückt und summte die Melodie, die sie eben gehört hatten.

Sie kannte Rico. Er war in der Stimmung, sich von seinen Gefühlen hinreißen zu lassen. Es kam selten vor, dass ein Dr. Heinrich von Stahl sich auf diese Weise vergaß, doch es kam eben vor. Ja, sie konnte ihn einschätzen, ihn und sein Pflichtbewusstsein, und sie wollte solch einem Ausrutscher, den er später bereuen würde, zuvorkommen.

»Er war im Tierheim«, sagte sie leise und löste sich von ihm.

Er machte ein Gesicht, als wachte er aus einem Traum auf. »Wie bitte?«, fragte er und strich das Sakko glatt.

»Die Kollegen im Lokschuppen wussten, dass Henry Gusakh am Samstagvormittag letzte Dinge für die Ausstellungseröffnung organisiert hatte. Da er sehr gut organisiert gewesen war, war gegen Mittag alles perfekt vorbereitet gewesen. Anschließend war er, am Tag vor seinem Tod, im Tierheim in Fürstätt. Dort ging er öfters hin. ›Er war einer unserer eifrigsten Spaziergänger‹, hat mir die Leiterin berichtet. Fast jeden Samstag sei er dort gewesen.«

Rico Stahl schüttelte sich, wie sich ein Hund schüttelt. Als müsse er sämtliche Regungen und Emotionen der letzten paar Minuten abstreifen.

»Du meinst, unser Henry Gusakh ist nach Fürstätt ins Tierheim gefahren, um dort untergebrachte Hunde spazieren zu führen? Gusakh? Dieser angebliche Menschenfeind? Das widerspricht all dem, was wir bisher von ihm wissen. Bist du sicher?«

»Ich hab der Leiterin sein Foto gezeigt. Sie hat ihn eindeutig identifiziert.«

»Schön, Chili«, sagte er. Er sah ihr dabei tief in die Augen.

Sie hüstelte etwas nervös. »Das ist doch selbstverständlich, normales Handwerk. Und noch etwas: Gusakh war im Förderkreis zum Bau des neuen Tierheims. Und du weißt sicher, dass es da nicht nur Befürworter gibt. Die Bürgerinitiative gegen den Neubau ist sogar ziemlich militant. Sollten wir uns auch einmal umschauen.«

»Sehr gut. Unsere Spurensuche nimmt Gestalt an.« Er versuchte, nicht abzuschweifen. Doch sein Blick verriet etwas ganz anderes. »Der Tanz war schön, Chili. Schade, dass er schon zu Ende ist. Aber du kennst mich, nicht wahr?«

Chili brachte im Moment kein Wort heraus. Seinen Blick erwiderte sie mit aller Macht. »Ja, ich wollte uns vor größerem Schaden bewahren«, antwortete sie nach einer Weile. »Bevor dieser Mordfall nicht gelöst ist, wirst du auch selbst nicht gelöst sein können. Und ich will weder schuld sein an mieser Laune noch der Auslöser für schlechtes Gewissen.«

Doch in einem Anflug von Mitgefühl gab sie sich einen Ruck und legte einen Arm um seinen Nacken. »Komm, küss mich. Ein letztes Mal. Sei ein Frosch. Küss deine Kronprinzessin von der Mordkommission.«

Es war elf Uhr fünfundzwanzig an diesem Montag. Gestern etwa um die gleiche Zeit war der Mord an Henry Gusakh entdeckt worden. Was war in diesen vierundzwanzig Stunden geschehen?

Er hatte mit Dr. Faulhaber gesprochen. Nichts allzu Schwergewichtiges war dabei herausgekommen. Der von Gusakh entlassene Rudolf Wiesböck lebte in sehr guten Verhältnissen, Entlassungsgrund bestätigt. Adele sollte Näheres über Adam El-Hendy herausfinden, den er schlafend im Gartenhaus gefunden hatte. Mirko, der Gastwirt, hatte Gusakh Hausverbot erteilt, wohl aus Eifersucht. Hier galt es noch einmal nachzuhaken. Gut, nun erfuhr er, dass Henry Gusakh, der vermeintliche Misanthrop, sich als Tierfreund erfunden hatte. Das überraschte Rico Stahl zwar für einige Augenblicke. Doch gehörten solche kleinen Auswüchse nicht zu einem normalen Leben dazu?

»Das OVB hat schon im Präsidium angerufen«, gab er an Chili weiter. »Die Journalisten drängen danach, Informationen zu erhalten.« Ebenfalls schilderte er ihr, weshalb Adele sich mit den Kollegen in Coburg in Verbindung gesetzt hatte. Als heiße Spur betrachteten sie das beide nicht.

Er trat ein paar Schritte zur Seite und setzte sich auf einen der drei mit dunklem Leder bezogenen Stühle an Chilis Essplatz. Auf der ebenfalls dunklen Tischplatte standen frische Rosen. »Ich wundere mich wirklich, wie rasch die immer an solche Nachrichten kommen. Die müssen überall ihre Leute sitzen haben.«

Chili nahm gleichfalls Platz, hob ihr Glas mit dem restlichen Lugana, trank es leer und verzog den Mund. »Ein weiterer Beweis, dass Rosenheim ein Dorf ist. Ein sympathisches zwar, aber eben ein Dorf. Hinzu kommt, dass der Wind aus dem Inntal jedes Wort weiterträgt.«

Sie ging zum Couchtisch und stellte das leere Glas ab. Dann griff sie sich eine Tafel Schokolade und riss sie auf. »Willst du auch Schokolade?« Sie hielt ihm die rechteckige Tafel mit dem silbrigen Papier hin.

Rico Stahl hatte seit seiner Kindheit keine Schokolade mehr gegessen. Damals hatte er sie geliebt. Allerdings hatte er auch immer ein Zahnfleischproblem gehabt, verursacht durch das Kauen fester Nahrung. Wie Schokolade. Seine Mitschüler am Gymnasium hatten ihn deshalb immer als »Breihansel« veräppelt. Noch mit achtzehn vorm Abitur sabberte er beim Schlafen, erst später hatten sich seine Zahnprobleme gebessert.

Sollte er jetzt zugreifen? Natürlich wusste er um Chilis Leidenschaft für Schokolade. »Na gut«, gab er nach, »ein kleines Stück.« Wie zufällig fiel sein Blick auf die hellblaue Verpackung. »Vollmilch? Oder was ist da drin?« Als er vorsichtig hinlangte, konnte er zuhören, wie das Zeug erbarmungslos unter ihren Zähnen knirschend zermalmt wurde.

»Vollmilch. Klar, was sonst?«, sprach sie mit vollem Mund. »Vollmilch mit Chili.«

Er zuckte zurück. Natürlich. Er hätte es wissen müssen. »Danke.«

»Diese Fotos bereiten mir Kopfzerbrechen«, meinte Chili, als sie zu Ende gekaut hatte. »Wir müssen denjenigen finden, der darauf abgebildet ist. Das beschäftigt mich die ganze Zeit. Doch es jetzt schon öffentlich zu machen, wäre zu früh.« Sie leckte sich kurz die Lippen. Ein unbemerkter Rest Schokolade klebte noch im linken Mundwinkel.

Rico Stahl ging zu ihr und küsste den Rückstand weg. »Wie immer – du hast recht«, sagte er.

Chili schien es nicht zu bemerken. Sie war vollständig in Gedanken. Sie lächelte nicht einmal. »Dass sich jemand freiwillig bei uns meldet, ist auch schon vorgekommen.«

Sie stand auf, trat ans Fenster und schaute hinaus. Der weiße Labrador aus der Nachbarschaft lag auf den Holzbohlen der Terrasse und beäugte misstrauisch den Innenhof. Dann sah sie wieder zu Rico hin. Jetzt lächelte sie und knabberte dabei an ihrer Unterlippe. »Ich weiß, was du denkst. Wann und wie kam der Mörder in die Ausstellung? Da bin ich noch dabei. Die Angestellten hab ich mir schon vorgenommen – Ticketschalter, Eingangskontrolle, Security. Sie haben sämtlich nichts Außergewöhnliches bemerkt. Alles ging mit rechten Dingen zu, sagen sie.«

Der Kriminalrat spürte einen Anflug von Zorn. »Verdammt«,

sagte er, »nichts wurde aufgebrochen. Er muss folglich ganz klassisch durch einen der vorhandenen Eingänge gekommen sein. Du musst da weiterbohren. Das muss doch zu erforschen sein.«

Neben diesem Rätsel tummelten sich in Rico Stahls Kopf die Fragen, die am besten alle gleichzeitig aus der Welt geschafft werden mussten. Rudolf Wiesböck. Adam El-Hendy. Dr. Markus Faulhaber. Die Namen der Stadträte auf Faulhabers Liste …

Es kam ihm in den Sinn, wie oberflächlich, ja herzlos sie beide gerade auf Außenstehende wirken würden. Sie hatten getanzt, waren zärtlich zueinander gewesen. Der Übergang von Romantik zu kalter Pflicht war so abrupt gewesen wie von Feuer zu Eis. In diesem Punkt war es ihm einfach nicht möglich, aus seiner Haut zu schlüpfen. Wenn es beruflich angebracht war, konnte er fabelhaft schauspielern.

Chili erwiderte seinen Blick. Sie schien in jeder Hinsicht felsenfest zu ihm zu stehen. Sie waren gut zwei Meter voneinander entfernt, und doch wirkten die zwei ineinander verwurschtelt. Fest und unentwirrbar.

Der »Mexican Hat Dance« zerriss die Stille.

Den Blick noch immer auf sie gerichtet, reagierte er nicht gleich beim ersten Klingeln. Er reagierte auch nicht beim zweiten Klingeln. In der langen Stille danach und noch vor dem dritten und vierten machte er einen tiefen Atemzug und sah Chili mit einem Blick an, den sie für Stunden nicht vergessen sollte.

Dann riss er sich los.

»Ja, ich komme«, schloss er das kurze Telefonat ab.

»Adele«, erklärte er, bevor er Chili ein letztes Mal für heute in die Arme schloss. Er hatte schon die Klinke in der Hand, als er sich noch einmal umdrehte. »Gehen wir doch zusammen zu ihr«, sagte er.

7

»Komm, wir gehen ein paar Schritte zu Fuß«, schlug Rico Stahl vor. Er legte die Hand mit sanftem Druck um Chilis Unterarm. »Ich lade dich auf einen Kaffee ein.«

Nebeneinander stiegen sie die zwei Treppen im Präsidium hinab, passierten den Pförtner, der ihnen aus seinem schusssicheren Glaskasten freundlich zuwinkte, und bogen draußen am Gehsteig nach links Richtung City ein. Rico Stahl in seinem Anzug duckte sich vor der Hitze, die über der Kaiserstraße brütete. Kaum Fußgänger unterwegs, und drüben auf den Bäumen an der Loretowiese war das Zwitschern der Vögel verstummt.

»Übrigens«, sagte Chili, »ich war noch mal im Lokschuppen. Bruni und seine Spusi haben ihre Arbeit getan, der Bericht steht noch aus. Bemerkenswert Neues haben sie nicht gefunden. Das Kirchenmodell war, wie wir schon vermutet hatten, die Tatwaffe. Erst schlug der Täter mit dem Turm, dann mit dem Sockel zu. Tatzeit war eindeutig zwischen Mitternacht und ein Uhr nachts. Eine klare Aussage der Doktorin. Und Fundort war eindeutig gleich Tatort, das erschwert die Suche nicht noch zusätzlich. Dass der Täter wahrscheinlich auf normalem Weg und ohne Gewalt in den Ausstellungsraum gelangt ist, haben wir ja schon besprochen.«

Mittlerweile war es Rico Stahl und Chili Toledo gelungen, die stark befahrene Kaiserstraße am Ludwigsplatz unbeschädigt zu überqueren. Nun strebten sie dem Mittertor zu. Wenn der Max-Josefs-Platz als das Herz Rosenheims galt, so war der Ludwigsplatz die Lunge. Er war auch jetzt trotz der Sonnenglut, die auf ihm lag, voll von Menschen, die hin und her eilten, und von Radlern, die gemächlich über das Pflaster hoppelten oder Richtung Fußgängerzone zockelten.

Und voll von Buden und Verkaufsständen, an denen Händler und Erzeuger mit ihren Spezialitäten lockten. Hausgemachte

Schinken und Wurst, Salami in jeder Länge und Dicke. Käse von der Alm, vom Land und aus Tirol. Holzofenbrot mit tiefdunkler, knorrig-rissiger Rinde aus der Region. Oliven in unterschiedlichen Formen und Farben aus der Toskana. Äpfel und Erdbeeren aus Bad Feilnbach und die ersten Kirschen aus dem Frankenland und vom Bodensee. Hin und wieder stimmte einer der Verkäufer ein Loblied auf seine Delikatessen an. »Liebe Frau, probieren Sie diesen Käse, er schmeckt wie die Vorstufe zum Paradies.« Oder: »Kein Euro das Kilo Äpfel, die besten weit und breit.«

»Waren S' schon in der Ausstellung gewesen, Herr Stahl?«, rief ihnen eine Frau zu, die vor dem Schuh-Reindl stand und winkte. Sie hatte helles Haar, trug eine Brille und war bayerisch elegant gekleidet.

»Ah, die Besitzerin selbst«, erklärte Rico Stahl, zu Chili gewandt. »Ja klar, Frau Reindl«, rief er zurück. Er winkte ebenfalls. »Und wie!«

Ihre Frage empfand er als makaber. Ein Zeichen aber, dass die Frau wohl noch nichts von dem Mord gehört hatte.

Das Mittertor, einzig erhaltenes Markttor der Stadt mit seinen zahlreichen Fenstern, dem weißen Anstrich und den burgunderroten Fensterläden, war das älteste Gebäude Rosenheims. An seiner Fassade prangte das Stadtwappen, die weiße Rose auf rotem Grund. Über den gepflasterten Fußweg, der durchs Mittertor führte, war ein Transparent mit dem Titel der Lokschuppen-Ausstellung gespannt – »Sakralbauten in Europa«. Sie verharrten kurz im Schatten des Tors, und Rico Stahl wischte sich über die Stirn.

Für einen Sekundenbruchteil legte Chili ihre Hand auf seine. »Gleich sind wir da«, sagte sie und deutete hinüber auf das nicht weit entfernte »Giornale«.

»Buon giorno«, wurden sie schon im Freien herzlich von Mirella, der Wirtin, begrüßt, Rico Stahl wurde sogar umarmt. »Wollt ihr draußen sitzen?«

Nur wenige Tische im Freien waren noch frei. Sie waren von

Sonnenschirmen überdacht, doch zu eng platziert, um dort Platz zu nehmen. An ein vertrauliches Gespräch war hier nicht zu denken. Die beiden setzten sich auch nicht zu Antonio an die Bar im Restaurant, sondern wählten einen der weiß gedeckten Tische im hinteren Teil, wo es kühl und ruhig war, und bestellten sich einen Cappuccino. Gedämpft nur waren die Stimmen von draußen zu hören, eine sanfte Mischung aus Kaffeeduft von der Bar und Fischgeruch aus der Küche lag in der Luft.

»Zunächst einmal«, begann Rico Stahl sehr piano, »möchte ich mich bei dir entschuldigen.« Er sah ihr direkt in die Augen. Als er ihren fragenden Blick interpretierte, fuhr er fort: »Für mein Benehmen vorhin in deiner Wohnung. Klar, wir müssen wissen, wie der Täter in die Ausstellung gekommen ist. Aber ich bin wohl wieder einmal zu ungeduldig.«

»Ist schon gut«, sagte sie. »Schon vergessen.«

Er sah ihr an, dass seine Bemerkung sehr wohl noch an ihr nagte. So gut kannte er sie. Doch er wollte das jetzt nicht vertiefen.

»Also«, kam er wieder zur Sache. »Was wissen wir? Wir wissen, dass der Projektleiter des Rosenheimer Lokschuppens in der Nacht von Samstag auf Sonntag zwischen Mitternacht und ein Uhr im Ausstellungsraum erschlagen wurde. Wir kennen die Tatwaffe, und wir kennen den Tatort. Die Spurenlage deutet darauf hin, dass Gusakh im privaten Umfeld nicht wenige Feinde hatte. Ein höchst unangenehmer Grantler, dem nichts recht war und der sich entsprechend widerlich verhielt, wenn er dachte, die Leute hätten's nicht anders verdient. Und er scheint ein spezielles Verhältnis zu Mädchen und Frauen gehabt zu haben. Hat er sich genommen, was er wollte? Seinen schwulen Mitarbeiter hat er rausgeschmissen. Der entlassene Rudolf Wiesböck und sein Freund Adam El-Hendy: kein sicheres Alibi, aber ein todsicheres Motiv.«

Er machte eine Pause und betrachtete nachdenklich die gelbe Rose auf dem Tisch. »Wir müssen herausfinden, ob Wiesböck noch Zugang zum Lokschuppen hat. Und wer sonst von den Mitarbeitern Schlüssel besitzt. Faulhaber ja mit Sicherheit.«

Chilis Schweigen war lauter, als wenn sie etwas gesagt hätte. Wieder einmal gab sie sich der Prüfung ihrer Fingernägel hin.

»Hallo«, flüsterte Rico Stahl mit freundlichem Lächeln. »Aufwachen!«

Chili straffte ihren Oberkörper. Das Klingeln der Ohrreifen sollte Wachheit verkünden. »Ich denke nach«, sagte sie. Und schwieg.

»Hallo, liebe Chili«, versuchte er sie aufzumuntern, »wir wissen doch schon eine Menge. Die Nachbarn, der entlassene Mitarbeiter, der eifersüchtige Wirt vom ›Balkangrill‹ … es gibt einige, die ein Motiv haben könnten. Selbst sein erstaunliches Engagement im Tierheim könnte auf Widerstand gestoßen sein. Wegen des geplanten Neubaus. Aber weißt du, was mich jetzt am meisten beschäftigt?«

»Vielleicht.«

»Na, dann sag's doch selbst.«

»Nein, mach nur.«

Chili trank den Kaffee leer. Sie verzog das Gesicht. Es war nicht erkenntlich, ob wegen Rio Stahls Bemerkung oder weil der Kaffee kalt war. »Der Mann hatte doch eine Besonderheit. Er hatte ein amputiertes Bein. Haben wir daraus schon Schlüsse gezogen? Nein!« Irgendwoher hatte sie eine Chilischote gezaubert und kaute darauf herum, um ihre Erregung zu dämpfen.

Er wollte es sich nicht anmerken lassen, doch innerlich amüsierte sich Rico Stahl. Und er freute sich, denn Chili kam zu denselben Schlüssen wie er. Im Übrigen musste er sich immer wieder wundern, dass die Schote ihr nicht die Tränen in die Augen trieb. Sie schien ein paar Körperzellen zu viel oder zu wenig zu besitzen. Selbstverständlich hatte Rico Stahl Adele bereits mit entsprechenden Aufträgen versorgt. »Ein Mann mit Beinprothese«, hatte er erklärt, »benötigt regelmäßige medizinische Betreuung. Also einen Orthopäden und einen Prothesentechniker. Finden Sie heraus, bei wem der Gusakh war.«

Unbemerkt war Antonio an ihren Tisch getreten. Er strich sich übers Silberhaar und erhüstelte sich Aufmerksamkeit. Kleine Schweißperlen hatten sich auf seiner Oberlippe gebildet. »Stimmt etwas nicht?«, fragte er besorgt. »Kann ich Ihnen noch etwas bringen?«

Rico Stahl sah Chili an. Er wusste, was sie brauchte. »Ein Pils noch und einen Espresso.«

Zwei Minuten später servierte Antonio seinen Gästen in aller Korrektheit die Getränke. Den Kaffee für Herrn Stahl. Das Bier für Frau Toledo. Ihm war bekannt, dass der Kriminalrat den Freuden des Alkohols entsagte.

»Ich habe Adele mit den Vorarbeiten beauftragt«, informierte er Chili. »Und ich halte dich auf dem Laufenden.«

»Aha.« Chili hatte das Bier zur Hälfte leer getrunken. Ihr schnippischer Unterton war unverkennbar. »Du wirst mich auf dem Laufenden halten. Soso. Dann kann ich ja so lange joggen gehen.«

Chili hatte zur nächsten Schote gegriffen, einer hellroten. Sie fröstelte.

»Entschuldigung, wenn ich störe!« In aller Stille war Mirella an den Tisch gekommen. »Mich beschäftigt die *morte* von Henry Gusakh noch immer. Egal, was man über ihn denkt, es ist *orribile*.« Sie sah Rico Stahl an. »Wir haben euch doch zu Henrys Lieblingswirtshaus verholfen. Habt ihr da schon was gehört?«

Rico Stahl tat erstaunt. »Gehört? Was sollten wir gehört haben?«

»Ja, hat der Mann ihn getötet? Der hat ihn doch gar nicht gemocht. Hab ich so aufgehoppt.«

Chili konnte sich ein leises Lachen nicht verkneifen. »Meinen Sie ›aufgeschnappt‹? Im Übrigen: Wenn jeder gleich denjenigen tötet, den er nicht mag …«

»… das wäre *terribile*, ich weiß.« Mirella schlug sich mit der flachen Hand gegen die Stirn. »Also ist die *morte* noch nicht – wie man sagt – gelost?«

Rico Stahl schüttelte etwas unwillig den Kopf. Geduld war nicht seine Stärke.

»Dann kann ich ja noch etwas beitragen zu – die Losen, *sì*?« Unaufgefordert zog sie einen Stuhl heran und setzte sich. Verschwörerisch beugte sie sich über den Tisch. Ihre Stimme wechselte zu einem heiseren Flüstern. »Kennen Sie Stadtrat Schwaiger?«

Ja, Rico Stahl war der Name geläufig. Chili nickte ebenfalls.

»Kennen Sie auch seine Frau? Frau Schwaiger-Pröll? Dr. Schwaiger-Pröll?«

Jetzt mussten beide Kommissare passen.

»Frau Schwaiger-Pröll ist die Doktor wegen Gusakhs kaputte Bein. Wie heißt die Doktor *correttamente*?«

»Orthopädin?«

»*Sì*. Orthopädin. *Ortopedica*. Es heißt, der Gusakh ist nicht nur wegen seine Bein zu die Schwaiger-Pröll gegange.« Ein Leuchten breitete sich auf Mirellas breitem gebräunt-neapolitanischem Gesicht aus. Als hätte sie soeben die Welt gerettet oder das Handy erfunden. »Sie verstehen? Eine *relazione amorosa*. Sagt man sich. *Comprende?*« Die Geste ihrer Hände löschte jeden Verdacht, einem Gerücht zu seiner Verbreitung verhelfen zu wollen, augenblicklich wieder aus, und ihr falsches Lächeln bestätigte die Geste.

Bisher hatte Rico Stahl die laue, leicht klebrige Luft des Lokals problemlos eingeatmet. Nach Mirellas Aussage aber stockte ihm der Atem.

Chili fuhr sich mit dem Handballen über das gerötete Gesicht, ihr Mund klappte einmal auf und wieder zu. Es sah beinah komisch aus.

Mit einem selbstbewussten Blick auf die beiden kostete Mirella ihren Triumph aus. »Ich wollte Sie nur auf die – wie sagt man …?«

»… Sprünge helfen«, ergänzte Rico Stahl ergeben. Er kannte sich aus mit Mirella.

8

Es war halb sieben in der Früh. Die Kommissarin hatte wirr und unruhig geschlafen. Sie war zwar um halb eins im Bett gewesen, aber erst um drei Uhr eingenickt. So richtig tief hatte sie nur kurz geschlafen, vielleicht seit fünf, halb sechs.

Zusammen mit Adele hatte sie am gestrigen Nachmittag Licht ins Dunkel um die vom Opfer verwendeten Identitäten bringen wollen. Derweil hatte Rico Stahl versucht, zu rekonstruieren, ob es möglich war, dass sich der Täter am Samstag unbemerkt im Ausstellungsraum hatte einschließen lassen.

Am Abend schließlich war Chili im Präsidium den Fall Gusakh noch einmal von vorn bis hinten mit Rico Stahl durchgegangen. Sie mussten die Möglichkeit berücksichtigen, dass die wahre Identität des Mordopfers weder Heiner Grossmann noch Henry Gusakh war. Außerdem bestand die Möglichkeit, dass Gusakh seinen Mörder selbst in den Ausstellungsraum eingelassen, sich vielleicht gar mit ihm verabredet hatte. Sie waren übereingekommen, dass sie, Chili, sich zunächst um die angebliche Liebesaffäre Gusakhs mit seiner Orthopädin kümmern und Rico den Stadtrat abklopfen würde.

Fertig angezogen trat Chili mit einem Kaffee hinaus vor die Tür ihrer Wohnung. Der weiße Labrador streunte durch die Büsche, die die Terrasse umsäumten. Er schaute kurz her, strebte dann aber gemächlich der Sonne zu, die im Zeitlupentempo über den hinteren Teil der Holzveranda wanderte. Um ihn anzulocken, wusste Chili, brauchte sie lediglich eine bestimmte CD aufzulegen. Der Hund war offenbar traditionell erzogen, er liebte klassische Musik und insbesondere Wiener Walzer.

Die umgebenden Häuser, antike wie neue, waren wenig prahlerisch und stilvoll in einem blendenden Weiß gestrichen. Von Westen her ertönte der Glockenschlag der achten

Stunde, zuerst in vollem Klang von der Nikolauskirche, Sekunden später das helle Echo von der Spitalkirche St. Joseph in der Innstraße. Der Hund legte den Kopf schief, als würde er verstehen.

Auch wenn die Bohnen alt waren, der Kaffee war stark und schmeckte nicht übel. Chili dachte nach. Sie bereitete sich auf ihren Besuch bei der Orthopädin vor. Relativ überstürzt, doch sie hatte es Rico zugesagt, und auf ihr weibliches Gespür hatte sie sich von jeher verlassen können.

Sie warf ihr iPad an und hatte im Nu die Daten, die sie benötigte. Sprechstunde Mittwoch, acht Uhr dreißig bis vierzehn Uhr, Ärztehaus Salinstraße 11 a. Die Homepage zeigte auch ein Foto von Frau Dr. Kathrin Schwaiger-Pröll: eine Frau in den Vierzigern mit einem hübschen, betont ernsten Gesicht, vollen Lippen und Pferdeschwanz. Zwei, drei Fransen hingen ihr auf dem Foto geordnet in die Stirn.

Die Lambretta stellte sie auf dem breiten Gehsteig vor dem Ärztehaus ab. Oben auf der dritten Etage war deutlich zu erkennen, dass die Besatzung der Orthopädiepraxis den Besuch von Kriminalbeamten nicht gerade gewohnt war. Chili wies sich aus, musste sich aber trotzdem vehement durchsetzen.

Dr. Schwaiger-Pröll war ein erfreulicher Anblick in ihren eng sitzenden Jeans und einem weiten schwarzen Oberteil aus dünnem Gewebe. Pferdeschwanz und geschminkt. Kein weißer Mantel, kein Stethoskop um den Hals. Ihr Händedruck war fest, aber flüchtig. Die Praxisräume in kühlem Stil, elegant und dennoch praktisch, ohne Schnickschnack.

Die Ärztin setzte sich hinter ihren Schreibtisch und bot Chili den Patientenstuhl an. »Die Kriminalpolizei in meinem Haus. Spannend. Was wollen Sie von mir?«

Cool, dachte Chili. Die Frau durfte nicht unterschätzt werden. »Einer Ihrer Patienten war Henry Gusakh«, begann sie vorsichtig.

Dr. Schwaiger-Pröll lächelte nachsichtig. Sofern man das

Zucken ihres Mundwinkels im verschlossenen Gesicht als Lächeln interpretieren konnte. »Eines darf ich Ihnen vorweg verraten. Meine ärztliche Schweigepflicht beinhaltet auch, nicht preiszugeben, ob und dass überhaupt ein Behandlungsverhältnis zu einer bestimmten Person besteht. Das haben Sie doch bestimmt in irgendeinem Seminar gelernt, Frau …«, sie warf einen schnellen Blick auf die Visitenkarte, »… Kommissarin?«

Chili musste daran denken, wie Rico in dieser Situation reagieren würde. Sie straffte ihre Miene. »Bevor wir hier Ihre wertvolle Zeit vergeuden, Frau Doktor: Wir treffen uns morgen um acht Uhr dreißig bei mir im Polizeipräsidium. Der Staatsanwalt wird anwesend sein. Der weiß mehr über Ihre Schweigepflicht als wir beide zusammen.«

Das saß.

Die Augen der Ärztin weiteten sich um Haaresbreite. Erst jetzt sprang Chili ins Auge, dass sie mit einem dünnen Blau unterlegt und die Lidstriche fein nachgezogen waren. Sie sah Chili an.

»Der Staatsanwalt? Wie kommen Sie denn auf solch einen Blödsinn?« Sie hob die Augenbrauen.

»Lassen wir Ihren Patienten außen vor. Wo waren Sie in der Nacht zum Sonntag und am nächsten Morgen?«, setzte Chili unvermittelt nach.

Drüben ging die Jalousie herunter. Dr. Kathrin Schwaiger-Pröll mit unbewegtem Pokerface. »Wieso, warum wollen Sie das wissen? Sie schnüffeln hinter mir her? Wegen Henry Gusakh? Wer hat Sie beauftragt?«

Sollte sie ihr die Tatsache auf elegante oder brutale Weise vermitteln? Offenbar wusste die Frau nichts davon, dass Gusakh tot war. Dass er ermordet wurde. Oder sie spielte gut. Okay, die Sitzung würde wohl noch länger dauern. Chili fiel auf, dass sie, abgesehen von dem Kaffee, noch nichts getrunken hatte. Sie bat um ein Glas Wasser.

»Bitte!« Die Ärztin zog eine Schublade auf, holte eine Flasche und stellte sie – etwas unsanft – mit einem Glas vor Chili auf die Tischplatte.

Chili stützte beide Ellenbogen auf den Tisch und blickte der Frau unverblümt in die Augen. »Sie wissen es also nicht. Aha.«

»Was weiß ich nicht?« Frau Dr. Schwaiger-Pröll überlegte.

Da wusste sie es auf einmal. Es stand in den Augen der Kommissarin. Ein aufmerksamer, schneller Blick. Das schnelle Luftholen.

Die Fassade bröckelte.

Kathrin Schwaiger-Pröll wich zurück und knickte vornüber. Griff sich an die Brust. Chili streckte ihr die Hand entgegen und berührte ihre Hände.

Die Berührung erschreckte sie. Die Ärztin versuchte, sich aufzurichten, aber es gelang ihr nicht. »Wann?«, fragte sie. Und gleich darauf: »Wie?«

Chili zögerte für die Zeit eines Wimpernschlags. »In der Nacht von Samstag auf Sonntag«, sagte sie. »Er wurde ermordet.«

Kathrin Schwaiger-Pröll bewegte die Hand zum Mund. Die Hand zitterte. »Meinen Sie wirklich Henry Gusakh?«, fragte sie.

Chili blickte beiseite. Sah sie wieder an. »Ja.« Sie goss Wasser in das unbenutzte Glas und reichte es ihr. Kathrin Schwaiger-Pröll konnte es nicht gerade halten. Chili stützte ihre Hand, und sie trank einen Schluck.

Chili wendete den Blick ab und sah noch einmal hin. Sie konnte es nicht glauben. Tränen tropften vom Kinn der Kathrin Schwaiger-Pröll.

»Ich weine nicht etwa«, sagte sie mit rissiger Stimme. »Das sieht nur so aus. Ich hab schon so lange nicht mehr geweint. Ja, als Kind schon. Hab im Finstern auf der Schwelle im Treppenhaus gesessen und durchsichtige Tränen geweint. Meine Tränen, hab ich mir als Kind immer vorgestellt, sind durchsichtig und leuchten in der Dunkelheit. Und ergeben einen hellen Schein, je mehr ich weine.« Sie hielt inne, sah Chili aus nassen Augen an und fragte: »Sind sie wirklich durchsichtig, die Tränen? Sagen Sie, Frau Kommissarin!«

Mit so einem Verhalten hatte Chili nie und nimmer gerechnet. Zunächst kalt wie Eis, dann übergangslos dahinschmelzend wie Schokolade in der Sonne. Sie konnte nur innerlich den Kopf über die Ärztin schütteln. Gusakh war ein Ekel, das war bisher einhellige Meinung gewesen. Gut, er hatte freiwillig Hunde spazieren geführt. Dass er – das war aus ihrem Verhalten zu lesen – ein Verhältnis mit dieser sicher nicht ganz einfachen Frau gehabt hatte, relativierte vieles. Doch sie war nicht hier, um eine Psychostudie zu betreiben. Sie verzichtete auf Umwege und fragte direkt: »Haben Sie Henry Gusakh geliebt?«

Fast hatte es den Anschein, als würde die Ärztin wieder einen Vorhang herunterlassen. Doch sie hatte die Fassung wiedergewonnen. Sie wischte sich eine letzte – durchsichtige? – Träne aus dem Gesicht und streckte den Rücken.

»Geliebt? Nein, geliebt habe ich ihn nicht. Ich liebe meinen Mann. Doch Henry hatte etwas, was Theo nicht hat – so etwas Einfühlsames. Bei ihm fühlte ich mich geborgen.«

Sie musste Gusakh wirklich vermissen, die Erschütterung war nicht gespielt. Chili warf einen Blick auf ihre Armbanduhr. Zeit, fortzufahren, dachte sie. Die Ärztin war zwar blass, doch wirkte sie innerhalb kürzester Zeit wieder etwas gefasster. Das Wasser, dachte Chili, muss sie wiederhergestellt haben. Sie goss einmal nach, nahm die Hände zurück und richtete den Blick wieder auf sie.

»Wann haben Sie Henry Gusakh zum letzten Mal gesehen?«, fragte sie.

Ein düsteres Flackern in den Augen der Ärztin. »Privat? Das kann ich Ihnen genau sagen. Vor einer Woche, es war der Dienstag. Wir haben in meiner Mittagspause einen Spaziergang gemacht, drunten am Inndamm. Über die Kunstausstellung haben wir uns unterhalten, die wir kürzlich gemeinsam besucht haben. Henry ist ein wirklicher Kunstliebhaber.« Sie strauchelte kurz. »War«, korrigierte sie. »Er muss zahlreiche Kunstwerke in seiner Wohnung gehabt haben. Ich war nie dort.«

»Danach haben Sie sich nicht mehr getroffen?«

»Nein. Privat nicht mehr.«

»Danke. Hat Herr Gusakh davon gesprochen, dass er bedroht wurde? Hatte er Feinde, wissen Sie das? Denken Sie bitte nach, Frau Doktor.«

»Da brauche ich nicht nachzudenken. Wissen Sie, dass er ein großer Tierfreund war? Alle paar Tage rannte er ins Tierheim und hat dort Hunde spazieren geführt. Ich war auch einige Male dabei. Aber Feinde? Nicht dass ich wüsste.«

Wieder liefen ihr Tränen übers Gesicht. Sie wischte sie fahrig mit einem Kleenex aus der Packung auf ihrem Schreibtisch weg. »Ist er erschossen worden?«, fragte Dr. Schwaiger-Pröll. »Wer tut so was? Und warum?«

»Um genau das herauszufinden, bin ich hier«, sagte Chili. »Er ist nicht erschossen worden, sondern erschlagen.« Weitere Einzelheiten wollte sie nicht preisgeben. »Sagen Sie mir jetzt bitte: Wo waren Sie Samstagnacht und am Sonntagmorgen?«

Kathrin Schwaiger-Pröll ließ den Blick durch den Raum wandern. An der Tür blieb er hängen. »Am Freitag war er noch hier in der Praxis. Wegen seines Beins. Es ging ihm nicht sehr gut. Phantomschmerzen, Sie verstehen?«

»Führen Sie ein Terminbuch?«

»Ja, freilich. Die Doris draußen macht das. Sie können ruhig nachschauen. Am Freitag in der Früh war er da. Wo ich am Samstagabend war? Lassen Sie mich … ja freilich, im Kino war ich, im Citydome. Mit einer Freundin.« Sie machte keine Pause, sie sprach einfach weiter, es sprudelte aus ihr heraus. »Sie wollen sicher wissen, in welchem Film. Und wie die Freundin heißt.« Ihre Augen glänzten nass.

»Klar«, sagte die Kommissarin. Unbewusst griff sie nach einer Chili wie andere nach einer Zigarette. Diese Frau war erstaunlich. »Weiß Ihr Mann von Ihrem Verhältnis mit Herrn Gusakh?«

»Klar«, sagte die Ärztin eher nebenbei. »›Honig im Kopf‹ hieß der Film. Es ging um Alzheimer, deswegen wollte ich ihn sehen. Das Thema interessierte mich. War aber ein bescheuerter Film. Und Martina Weiß heißt die Freundin. Sie wohnt am Schloßberg.«

Chili kaute und schrieb. »Wissen Sie noch, wann Sie vom Kino nach Hause gekommen sind?«, fragte sie nebenher. »Wo waren Sie zwischen Mitternacht und – sagen wir – zwei Uhr?«

Trommeln von Fingern auf Schreibtisch. »Mei, so genau wollen Sie das wissen? Ich werd halt so zwischen elf und zwölf heimgekommen sein, wir haben in der ›Alten Gießerei‹ noch was getrunken. Dann bin ich bald zu Bett gegangen.«

Im Lauf der letzten Minuten war Kathrin Schwaiger-Pröll aufgetaut. Schaute Chili an wie eine liebe Freundin. »Sagen Sie: Wie können Sie dieses Zeug vertragen? Mich würde es zerreißen. Ich würde platzen.«

Chili zuckte mit den Achseln. »Ihr Mann weiß also Bescheid. Er war nicht mit im Kino? Wo war er?«

»Ach so. Sie wissen sicher, dass Theo Rosenheimer Stadtrat ist. Meines Wissens war er bei irgendeiner Sitzung. Jedenfalls nicht daheim. Aber da müssen Sie –«

»Und wann kam Ihr Mann nach Hause?«

Die Ärztin hob die Schultern. »Weiß ich nicht. Werd ich schon geschlafen haben. Von uns hat jeder sein eigenes Zimmer.«

Saubere Verhältnisse, dachte Chili Toledo. Nach großer Liebe sieht das nicht gerade aus. Das war der Nebeneffekt, wenn man Mordermittler war. Man hatte gezwungenermaßen Einblick in intimste Details. Doch ihr Bier war das nun wirklich nicht. »Danke für Ihre Offenheit. Ihre Aussagen werden wir natürlich überprüfen, Frau Doktor. Können Sie mir noch sagen, wann Herr Gusakh sein Bein verloren hat und warum?«

Kurze Pause. Die Ärztin sah Chili mit ernstem Ausdruck ins Gesicht. »Warten Sie. Da muss ich nachschauen.« Während sie eine Seite im Computer aufrief, murmelte sie etwas von »Unfall« vor sich hin. »Ach ja, da haben wir's. Arterielle Thrombose. Raucherbein. Er taumelte damals von einem Sturz zum anderen. Wurde unsicher beim Gehen. Es kam zum Verschluss unterhalb des Knies.«

Dr. Schwaiger-Pröll hatte das Krankheitsbild nicht im Kopf. Sie las ihre Notizen vom Bildschirm ab. Von besonderer Vertrautheit mit ihrem Patienten konnte demnach keine Rede sein.

Wirklich erstaunlich, diese Frau, dachte Chili, während sie notierte. Erst obercool, dann bricht sie zusammen, und innerhalb kürzester Zeit benimmt sie sich, als ob nichts gewesen wäre. Darüber würde Chili noch nachzudenken haben. Als Erstes aber wollte sie mit Doris das Terminbuch checken.

»Ach ja«, sagte sie mit der Klinke in der Hand. Sie drehte sich um. Frau Dr. Schwaiger-Pröll hatte den Hörer des Telefons auf dem Schreibtisch in der Hand. »Eine letzte Frage: Für die Beinprothese Ihres Patienten bedurfte es eines Prothesentechnikers. Kennen Sie den Techniker, bei dem Henry Gusakh war?«

Als ob sie dabei ertappt worden wäre, legte die Frau den Hörer wieder auf. »Ja, den kenne ich. Den habe ich ihm sogar empfohlen.«

»Na prima. Würden Sie mir dann bitte auch noch den Namen verraten?«

Chili merkte, wie die andere zögerte. Dann aber sagte sie: »Greiner. Die Therapiepraxis Greiner in der Frühlingstraße.« Sie schien kurz zu überlegen, dann wirkte sie entschlossen. »Auf Wiedersehen, Frau Kommissarin«, sagte sie.

9

Ein Stadtratsamt war ehrenamtlich, leben konnte man davon nicht. Sein Leben bestritt der Rosenheimer Stadtrat Theo Schwaiger mit seiner Tierarztpraxis. Sie befand sich in einem Anbau des Wohnhauses am Waldeckweg, das er mit Kathrin, seiner Ehefrau, teilte. Der eingeschossige Anbau im Rosenheimer Stadtteil Aising hatte ein Flachdach und lag idyllisch in einem blumenbewachsenen Garten, umgeben von kurz geschnittenem Rasen.

Rico Stahl war gerade dabei, vor dem Grundstück einzuparken. Er hatte sich zurechtgelegt, wie er das Gespräch mit dem Stadtrat eröffnen wollte. Dessen Name stand nicht auf der Liste, die er von Dr. Faulhaber im Lokschuppen erhalten hatte. Das bedeutete wohl, dass Schwaiger am Samstagabend nicht an der Besprechung im Gasthaus Stockhammer, in der es um Verkehrsfragen gegangen war, teilgenommen hatte.

Da ertönte laut und schrill der »Mexican Hat Dance«. Fast erschrak der Kriminalrat, so sehr war er in die Sache vertieft.

Es war Chili. »Rico, bist du schon bei dem Schwaiger?«

»Ich stehe direkt vorm Haus.«

»Dann warte bitte auf mich. Ich komme eben von seiner Frau. Ich kann dir einiges berichten. Ich glaube, es ist besser, ich informiere dich zuerst, und wir besuchen den Herrn zu zweit.«

»Okay. Ich warte. Aber nicht lange. Beeil dich.«

»Waldeckweg Nummer wie viel?«

»Nummer elf.«

»Gut. Ich schwing mich aufs Moped, bin gleich da.«

Über den Brückenberg erreichte Chili die Äußere Münchener Straße, schaffte alle Ampeln bei Grün und bog in die Hochgernstraße ein. Es war sicher nicht die attraktivste Gegend da draußen, doch Chili hatte ohnehin nur Augen für den Tacho und die Uhr.

Sie redete Erika, der Lambretta, gut zu, und nur zwölf Minuten, nachdem sie sie angelassen hatte, überquerte sie in einem schattigen Waldstück den Mangfallkanal. Eine klapprige Frau, die mit ihrem Rollator die Straße von rechts überquerte, zwang sie dort zum abrupten Stopp. Der Backsteinbau im Hintergrund stach ihr ins Auge – als ob er sich aus dem Wasser des Kanals erhöbe. Das Elektrizitätswerk Oberwöhr wirkte wie frisch errichtet, dabei stammte es aus der vorletzten Jahrhundertwende, wie Chili wusste – ein bedeutendes Zeugnis bayerischer Industriegeschichte. Dahinter ragte der Turm der Kunstmühle empor.

Zwei Minuten später hielt sie neben Ricos Wagen. Er saß bei geöffneter Tür darin und telefonierte. Auf der anderen Straßenseite eine Baustelle. Es hatte sich in dieser Gegend viel verändert, seit sie das letzte Mal hier gewesen war. Die Bäckerei an der Ecke war neu. Einige Jugendliche standen davor und spielten mit ihren Handys. Den provisorischen Sparkassenbau daneben kannte sie auch noch nicht. Und nun hatte man hier offensichtlich ein Wohnhaus abgerissen und war dabei, ein neues zu errichten.

»Adele«, sagte Rico Stahl, als er das Telefonat beendet hatte. »Sie ist wirklich ein Prachtstück. Du erinnerst dich natürlich an El-Hendy? An den Mann, den ich schlafend im Gartenhaus von Wiesböck gefunden habe? Adele hat seine Adresse und hat von den Kollegen erfahren, dass er drogensüchtig ist. Einschlägig bekannt. In welcher Beziehung er zu Rudolf Wiesböck steht, konnte sie noch nicht klären, aber sie bleibt dran. Also?« Er nickte mit dem Kinn zum Flachbau hin.

Chili zupfte sich Haare und Wimpern zurecht, schob die Brille am Kopf gerade und nahm den Helm über den Arm. »Komm, setzen wir uns kurz zu dir ins Auto, bevor wir reingehen. Da sind wir abhörsicher.«

Sie setzte sich hinters Steuer, er daneben, Türen geöffnet.

»Dr. Kathrin Schwaiger-Pröll, Fachärztin für Orthopädie«,

begann sie. »Sie hat ihr Verhältnis mit Gusakh sofort zugegeben. Die Nachricht von dem Mord schien sie zu erschüttern, sie wusste offenbar nichts davon. Es flossen sogar Tränen. So gut kann kaum jemand schauspielern. Aber – das ist interessant – ihr Mann wusste von –«

Da begann der Baulärm.

Bisher war Ruhe gewesen, man hatte von der Baustelle nichts gemerkt. Nun aber war ein Bagger aufgezogen, die Mörtelmischmaschine dröhnte, und ein Radio plärrte laut. Nicht auszuhalten.

Sie schlugen die Autotüren zu.

»... unser Tierarzt hier ...«, Chili deutete auf das Haus, »... wusste also von dem Verhältnis seiner Frau mit Gusakh. Ich habe sie nach ihrem Verbleib in der Nacht von Samstag auf Sonntag befragt. Sie scheint dafür ein Alibi zu haben, ich werde das noch überprüfen. So ...« Chili sah Rico bedeutungsvoll an. »Ihr Mann, sagt sie, war nicht zu Hause. Sie vermutet, dass er auf einer politischen Sitzung war. Dann müsste er natürlich auf der Liste stehen, die du von dem Faulhaber hast.«

Bevor sie weiterreden konnte, schüttelte Rico den Kopf. Er zog die Liste aus der Tasche und fuhr mit dem Zeigefinger darüber. »Hier ist er nicht drauf. Also, gehen wir.« Er öffnete die Autotür.

»Noch was«, sagte Chili. »Ein Letztes. Die Doktorin hat mir auch den Prothesentechniker genannt, der Gusakh behandelt hat. Ich werd mich drum kümmern.«

»Da hast du ja ein erfolgreiches Gespräch gehabt«, bemerkte Rico Stahl im Aufstehen. »Dann werden wir unseren Herrn Stadtrat Schwaiger mal ausquetschen.«

»Bitte nicht klingeln«. Ein kleines Messingschild neben einem weißen Klingelknopf. Warum hat er dann überhaupt eine Klingel?, amüsierte sich Rico Stahl. Die Stille des Wohngebiets wurde noch immer vom Lärm der Baumaschinen und dem Gekreische aus dem Kofferradio überlagert.

Man gelangte direkt ins Wartezimmer. Drinnen herrschte eine eigenartige Atmosphäre. Drei Frauen saßen da mit traurigem Blick. Zwei mit Hunden, eine mit einem Papageienkäfig auf dem Schoß. Sie unterhielten sich. Sofort stoppte das Gespräch, und sie blickten kurz auf, als die beiden Ankömmlinge den Raum betraten. Ihr Blick senkte sich, das Gespräch flammte nicht wieder auf.

»Grüß Gott«, grüßte Chili relativ fröhlich.

»Grüß Gott«, sprach der Papagei. Er hatte blaues Gefieder, eine gelbe Brust und einen sehr kräftigen gekrümmten schwarzen Schnabel.

»Behandlungsraum« stand an einer weiß lackierten Tür. Rico Stahl marschierte direkt darauf zu und drückte die Klinke.

»Nein!« Aufschrei der Papageienfrau. »Da dürfen Sie nicht rein. Sie müssen warten. Genau wie wir.«

Rico Stahl warf ihr einen undefinierbaren Blick zu und rüttelte an der Tür. Sie war verschlossen.

Die Frau stellte den Käfig vorsichtig am Boden ab. Mit einem Sprung war sie bei Rico Stahl und zerrte an seinem Arm. »Gehen Sie da weg!«, keifte sie.

»Blödmann! Blödmann!«, krächzte der Papagei in einwandfreiem Deutsch.

Chili hielt sich die Hand vor den Mund, um ihr Lachen zu verbergen.

Die Tür wurde aufgerissen. »Was ist das für ein Chaos hier?« Mit großen Augen betrachtete der Tierarzt den Ringkampf, der sich vor ihm abspielte.

»Kriminalpolizei«, sprach Chili Toledo sehr ruhig und hielt ihren Ausweis hin.

Die Frau ließ den Kriminalrat los.

»Blödmann! Blödmann!«, plärrte der Papagei und schlug mit den Flügeln um sich. Lose Federn flogen, Sand spritzte auf.

»Ach ja?«, sagte Theo Schwaiger. »Ich habe Sie schon erwartet. Meine Frau hat mich verständigt. Bitte haben Sie

Verständnis, dass Ihr Besuch im Augenblick recht ungelegen kommt. Sie sehen ja. Zum Beispiel der Ararauna da.« Ausladende Armbewegung.

Der Tierarzt wirkte beinahe jugendlich, hatte aber schon schneeweißes Haar, das sich an den Seiten aufstellte. Ein asketischer Bergsteigertyp, braun gebrannt mit hohlen Wangen und Hakennase. Stonewashed Jeans und weißes langärmeliges Hemd. Geringfügige Blutspritzer links. »Können Sie das nachvollziehen?«

»Freilich«, sagte der Kriminalrat. »Wir haben da volles Verständnis. Sie können gern um vierzehn Uhr ins Präsidium kommen. Heute, vierzehn Uhr, nicht später.«

Theo Schwaiger beugte sich dem Ernst der Lage. Mit ein paar bedauernden Gesten an seine Patienten verschwand er mit Rico Stahl und Chili Toledo in seinem Büro und bot ihnen einen Platz an.

Gespannt sahen sie zu, wie Schwaiger den Schreibtisch vor ihm herrichtete. Er schob Stifte hin und her und brachte sie in eine rechteckige Ordnung. Er hob die gläserne Uhr an, stellte sie am Tischrand ab und stapelte ein paar lose Blätter. Das Notebook fuhr er auf Stand-by herunter und stellte es so, dass er einen freien Blick auf seinen Besuch hatte. Er legte einen Buchkalender vor sich hin, sah Rico Stahl und Chili kurz an und trug etwas ein, vermutlich das Datum ihres Besuchs. Schließlich fuhr er mit dem Ärmel über die Platte und machte sie staubfrei. »So«, sagte er und schnaufte tief durch, »was möchten Sie von mir wissen?«

Die beiden verständigten sich mit einem schnellen Blick. Rico Stahl sollte beginnen. Wieder einmal musste er an seine Devise denken: Menschen sind selten das, wofür man sie hält.

»Sie sind also informiert, worum es uns geht?«, fragte er. Forschend sah er Schwaiger an.

Der nickte schwach. Keinesfalls wirkte er betroffen oder befangen. »Der Herr Gusakh ist erschossen worden. Er ist tot, und Sie suchen den Mörder.«

»Oder die Mörderin«, ergänzte Chili. Sie kaute zurückhaltend. »Hat Ihre Frau Ihnen gesagt, dass er ermordet wurde?«

»Ja. Also, ich weiß nicht genau … er wurde doch ermordet, oder?«

»Wie gut kannten Sie den Toten?«, fragte Rico Stahl.

»Ich hab ihn vielleicht zwei-, dreimal gesehen. Im Lokschuppen bei offiziellen Anlässen. Erst jetzt sagte mir meine Frau, dass er Patient bei ihr ist.« Er räusperte sich. »War.« Seine Miene blieb undurchsichtig.

Chili schaltete sich ein. »Ich habe Ihre Frau befragt. Sie hat ja mit Ihnen telefoniert. Sie hat eingeräumt, dass sie ein Verhältnis mit ihrem Patienten hatte. Mit Henry Gusakh.« Nun sah sie Rico vielsagend an. »Und sie hat offenbart, dass Sie, ihr Ehemann, von diesem Verhältnis gewusst haben.«

Es war erstaunlich, in welcher Geschwindigkeit ein Mensch die Farbe wechseln konnte. Schwaigers Gesicht entflammte in Sekundenschnelle zu tomatöser Intensität. Der sicherste Beweis, dass die Aussage korrekt war. Sie hakten zunächst einmal nicht nach.

»Wo waren Sie am vergangenen Samstagabend, Herr Stadtrat?«, ergriff Rico Stahl wieder das Wort.

»Am Samstagabend? Warten Sie …«

»Wir warten.«

»… ja klar. Samstagabend war die Verkehrssitzung beim ›Stockhammer‹. Da waren etliche von uns dabei.«

Noch während Schwaiger sprach, fingerte Rico Stahl die Namensliste hervor. Er reichte sie über den Tisch. »Hier stehen Sie nicht drauf. Das ist die Teilnehmerliste.«

Schwaiger überflog die Liste. Studierte sie noch einmal, sorgfältiger. »Wer hat die erstellt?«, fragte er mit hochgezogenen Brauen. »Sie ist nicht komplett. Ich war dabei, und der Dr. Zimprich war dabei. Wir sind beide nicht drauf.«

»Werden wir gleich haben«, bestimmte Rico Stahl und bediente sein Handy. »Hallo, Stahl hier.«

»…«

»Ja, richtig, der Kriminalrat hier. Kann es möglich sein, dass die Liste der Sitzungsteilnehmer, die Sie mir gegeben haben, nicht komplett ist? Der Herr Stadtrat Schwaiger behauptet fest, teilgenommen zu haben. Er und ein Dr. Zimprich, der auch nicht auf dem Blatt steht.«

Faulhaber musste nicht lange überlegen. »Klar, der Schwaiger war dabei. Er hatte den Antrag gestellt – den mündlichen Antrag –, eine Verkehrszählung in der City durchzuführen. Mit den Daten sollte ein sogenannter Verkehrsmengenatlas erstellt werden. Doch der Auftrag für diese Zählung war bereits verabschiedet, die Gelder bewilligt. Er lief also mit dem Antrag ins Leere, der Arme. Ein Tierarzt kann schließlich nicht alles wissen.«

Rico Stahl wartete.

»Und Zimprich saß an jenem Abend neben dem Schwaiger. Ich hab das Bild noch direkt vor Augen. Ich kann das also auch bestätigen.« Er schien kurz zu überlegen. »Ist Zimprich denn auch verdächtig?«

»Ich werd mich noch mal bei Ihnen melden. Erst mal besten Dank.« Rico Stahl beendete das Gespräch.

Schwaiger hatte den Kopf auf die Hand gestützt. »Wer war das?«, fragte er.

»Gegenfrage: War der Dr. Faulhaber anwesend?«

Schwaiger senkte zustimmend den Kopf und kratzte sich. »Der hat bis zur Pause sogar Protokoll geführt.«

»Wie lange hat die Sitzung beim ›Stockhammer‹ gedauert, und was haben Sie danach gemacht?«, fragte Rico Stahl.

Schwaiger nahm die Hand vom Kinn und richtete sich an Chili. »Was will er denn von mir?«, fragte er sie. »Bin ich vielleicht verdächtig, den Herrn Gusakh erschossen zu haben?«

»Warum haben Sie uns nicht gesagt, dass Sie von dem Verhältnis Ihrer Frau zu Gusakh wussten?« Chili war aufgestanden. Sie sprach von oben nach unten. »Warum haben Sie es uns nicht gleich gesagt?«

»Sie haben mich doch nicht danach gefragt, oder? Ich sag's

Ihnen ehrlich: Mich berührt die Sache ziemlich tief. Wegen meiner Frau. Sie müssen wissen, sie hat mir zwar immer wieder gesagt, dass sie diesen Mann nicht liebt. Aber vorhin am Telefon hat sie Rotz und Wasser geheult. Da platze ich doch nicht gleich mit diesem Thema heraus, oder?«

Diese Logik konnte man vertreten. Rico Stahl ließ es nicht auf sich beruhen. »Was haben Sie nach der Sitzung gemacht? Spazieren gegangen? Noch ein Bierchen getrunken? Heimgegangen? Ferngesehen? Wo war eigentlich Ihre Frau? Und wo waren Sie zwischen Mitternacht und zwei Uhr in der Früh?« Er blickte dem Stadtrat direkt in die Augen und setzte sein allerschiefstes satanisches Lächeln auf.

Theo Schwaiger hatte sich wieder gefangen. »Bisschen viel Fragen auf einmal, meinen Sie nicht? Und bitte berücksichtigen Sie: Draußen warten Patienten.«

»Hunde und Papageien sind wahre Vorbilder, was Geduld angeht«, meinte Chili. Sie sprach betont langsam. »Sie können stundenlang warten, ohne psychischen Schaden zu nehmen.«

»Also bitte! Wir haben unsere Zeit auch nicht gestohlen.« Rico Stahls Ton wurde schärfer. »Antworten Sie einfach, Herr Stadtrat!«

»Soweit ich mich erinnere, bin ich sofort nach Hause gegangen, als es zu Ende war, das war so um zehn, halb elf, schätze ich. Jedenfalls bin ich nicht mehr in ein anderes Wirtshaus. Dann hab ich ein bisschen am Fernseher herumgezappt und bin bald ins Bett. Auf jeden Fall war das vor Mitternacht. Meine Frau hab ich nicht mehr gehört, sie war im Kino.«

»War der Dr. Faulhaber noch da, als Sie gingen?«

Schwaiger lachte auf. »Ja, der saß mit meinem Humankollegen Zimprich zusammen. Und die zwei haben immer die allergrößte Gaudi.«

Rico Stahl gab sich vorerst damit zufrieden und stand auf. Beim Rausgehen mussten sie sich ein letztes Mal den »Blödmann! Blödmann!« anhören.

»Hast du von seiner Frau erfahren, wann sie vom Kinobesuch heimkam?«, fragte Rico Stahl, als er mit Chili über den schmalen Gartenweg zu ihren Fahrzeugen ging.

»Ja. Sie war mit der Freundin im Kino, das werd ich noch überprüfen. Danach haben sie im Kinorestaurant noch etwas getrunken. Gegen Mitternacht habe sie die Haustür aufgeschlossen, sagt sie. Nach ihrem Mann habe sie nicht mehr geschaut, sie schlafen in getrennten Zimmern.«

Sie genossen die angenehme Temperatur, den frischen Geruch der Blumen, das Summen der Bienen und Hummeln und das Schwirren der Schmetterlinge. Flüchtig und heimlich fassten sie sich an der Hand. Doch dann ließ Rico Chilis Hand wieder los. Denn ganz plötzlich und unvermittelt spürte er, dass es ein Ende hatte mit dem Genießen.

Aus dem Schatten von Rico Stahls Auto draußen am Straßenrand löste sich ein Mann. Südländischer Typ, mittelgroß und hager, Stoppelbart, fast schmächtig, ernst. Lässig gekleidet. Er schätzte ihn auf knapp vierzig. Er hatte eine grüne Basecap mit gelbem Schirm auf dem Kopf und trug ein Halstuch mit weiß-blauen Rauten. Er kam auf sie zu.

»Hübsch«, konnte Rico Stahl gerade noch bemerken, da klingelte sein Handy. Wer zum Teufel …? »Hallo?«

»Ich bin's. Adele. Ich glaub, es ist wichtig. Ein Mann hat angerufen. Soll ich Ihnen sagen, was er gesagt hat? Ich hab's aufgeschrieben. Aus der Erinnerung.«

»Freilich. Verraten Sie's mir.«

»›Ich heiße Gusakh …‹« Unschwer war zu hören, dass Adele vom Blatt las.

Nebenbei schielte Rico Stahl auf den Mann mit der grünen Basecap. Der war stehen geblieben, er machte einen ruhigen Eindruck. Der Kriminalrat gab der Kollegin ein Zeichen. Sie ging auf den Fremden zu.

Rico Stahl war kurz verunsichert. Hatte sich da ein Angehöriger bei Adele gemeldet? Nach bisherigen Recherchen waren keine bekannt. Und was die Grossmann-Sache betraf, hatte Adele wohl noch keine Rückmeldung erhalten.

Adele sprach weiter. »›… und ich bin so froh‹, hat er gesagt, ›dass das alte Ekel endlich tot ist. Er hat's verdient, der Clown. *Rest in peace*, du alte Sau.‹ Das war's, was er gesagt hat. Danach hat er aufgelegt.«

Rico Stahl schaltete schnell. Obwohl er am liebsten gefragt hätte, wie Adele *»rest in peace«* geschrieben hatte. »Das ergibt noch einen Rechercheauftrag, Adele. Er hat nicht ohne Grund angerufen. Finden Sie heraus, wer das war. Ich will wissen, woher er angerufen hat, ob die Stimme verstellt war, ob er aufgeregt war – Sie wissen schon. Welches Interesse er haben könnte, bei uns anzurufen. Hat er seinen vollständigen Namen genannt? Durchleuchten Sie den am besten beim Standesamt, beim Einwohnermeldeamt … Wenn der Name überhaupt stimmt. Auch in diesem Punkt müssen wir natürlich sichergehen. Vielleicht hat sich der Anrufer nur einen schlechten Scherz erlaubt.«

Das, was behauptet wurde, konnte wahr sein oder nicht. Mit solchen Ungewissheiten musste der Kriminal-Aufklärungsdienst leben.

»›*Rest in peace*, du alte Sau.‹ Ja, das hat er gesagt.«

Rico Stahl hatte das unbestimmte Gefühl, dass dies ein besonderer Augenblick war. Trotz einiger Verdachtsmomente hatten sie ein sehr unvollständiges Bild vom Opfer und so gut wie keine konkrete Spur. Von dem Augenblick an, als er nun diesen Mann sah, nistete sich eine undeutliche Empfindung in seinem Kopf ein. So wie es Momente gab, in denen man glaubte, etwas zu wissen, es einem aber nicht einfiel.

Chili hatte den Mann angesprochen. Nun trat der auf Rico Stahl zu.

»Herr Stahl?«

Rico Stahl blieb unentschieden. Er schwieg.

»Sie sind doch Stahl, oder?«

Rico Stahl bewegte sich seitwärts auf die Seite zu, auf der die Abfalltonne stand. Er brauchte Bewegungsfreiheit und wollte prüfen, was der Mann im Schilde führte. Dass die Begegnung mit ihrem Fall zu tun hatte, dafür hatte er eine Nase.

Der Fremde folgte ihm im Vorwärtsgang. »Ich heiße Ersan Gusakh«, sagte er. »Ich bin Henry Gusakhs Sohn.«

Diese Sensation wurde im selben Augenblick von einer weiteren aus dem Feld geräumt. Adele rief an.

»Sind Sie dran, Chef?«

»Wen sonst hätten Sie unter dieser Nummer erwartet, Adele? Was gibt's? Wir sind gerade etwas unter Druck. Fassen Sie sich kurz.«

Chili sah mit besorgtem Blick zu ihm herüber.

Mit Bemerkungen wie »Aha«, »Was Sie nicht sagen«, »Unglaublich« und »Gut gemacht« begleitete Rico Stahl das Telefonat. Darüber hinaus blieb er sprachlos. Doch der Ausdruck auf seinem Gesicht sprach Bände. Erst mit leichter Verzögerung merkte Chili Toledo, dass ihr Chef irgendwann aufgehört hatte, zu sprechen.

»Okay, wir kommen«, bellte Rico Stahl ins Telefon. »Bleiben Sie im Büro und beginnen Sie schon den Bericht. Halten Sie den Zeitungsartikel parat. Und schicken Sie einen Wagen her. Waldeckweg 11.«

Zu Chili gewandt schüttelte er ungläubig den Kopf. Reckte aber den rechten Daumen nach oben.

Der Fremde, der sich als Ersan Gusakh ausgab, scharrte ungeduldig mit den Hufen.

»Wir werden uns zuerst mit Ihnen beschäftigen. Im Präsidium«, sagte Rico Stahl.

10

Der Mann, der sich Ersan Gusakh nannte, rieb sich mit den Fingerknöcheln beider Hände über die Augenlider. Er hatte einen tiefbraunen Teint, ein mächtiges Kinn und die Unterlippe etwas vorgeschoben, als ob er schmollte. Die dunklen und etwas krausen Haare waren flüchtig zum Linksscheitel gelegt. Sein Gesicht war fast fleischlos, wie bei einem Marathonläufer, was die tiefen Falten verstärkte, die von der Nase zum Mund führten. Das ließ ihn älter wirken als die siebenundzwanzig, die er angab. Und – er hatte auffallend große Hände. Die hatte er brav nebeneinander auf die Platte des Tisches gelegt, an dem er Rico Stahl gegenübersaß. Eine äußere Ähnlichkeit mit seinem angeblichen Vater konnte der Kriminalrat nicht feststellen. Er hätte auf einen türkischen oder arabischen Extremsportler getippt, falls solche überhaupt existierten.

Sie hielten sich in einem Vernehmungsraum im ersten Stockwerk des Präsidiums auf, in dem sich auch die Mordkommission befand. Bis auf den horizontal gedehnten Einwegspiegel an der Breitseite war der Raum fensterlos; ein Tisch mit der Schmalseite zur Tür, ein Polizeibeamter mit dem Rücken an der Wand.

»Warum haben Sie mich gesucht, Herr Gusakh? Und wie haben Sie mich gefunden?«

Wie unter einem Stromstoß bäumte der Mann sich auf.

Und schwieg.

»Hören Sie«, sagte Rico Stahl. »Wir spaßen nicht. Und wir haben wenig Zeit. Es geht um einen Mordfall. Sie haben mich offenbar gezielt aufgesucht. Was also wollten Sie mir mitteilen? Und Sie haben – wenn Sie es denn waren – vorher schon bei uns angerufen und den Ermordeten als Clown und alte Sau bezeichnet. Bestätigen Sie das?«

Bevor sein Gegenüber eine Reaktion zeigen konnte, war Rico Stahl aufgesprungen. Er stemmte beide Fäuste auf den

Tisch, beugte sich vor und funkelte Gusakh aus zornigen Augen an. »Bestätigen Sie das?«

Als Gusakh noch immer herumdruckste, riss Rico Stahl der Geduldsfaden. »Verdammt!«, rief er. Kleine Bläschen sprühten aus seinem Mund. »Rücken Sie endlich mit Ihren Informationen heraus! Oder was wollten Sie sonst von mir? Reden Sie!«

Der Zeuge hatte die Zeit bisher ruhig auf seinem Stuhl verbracht, die patschigen Hände auf der Tischplatte. Jetzt aber begannen die Finger zu wirbeln, als würde ein Jazzpianist die Tasten bearbeiten. »Der Alte war ein Schwein, ja, eine Sau war er!«, brüllte er mit verzerrtem Gesicht. Er riss den Mund weit auf, wollte offensichtlich noch mehr herausschreien. Doch dazu kam es nicht. Er sank zur Seite. Hätte der unmittelbar hinter ihm stehende Wachmann ihn nicht gerade noch rechtzeitig aufgefangen, wäre er zu Boden gestürzt.

»Ja, wissen Sie denn nicht …?«, röchelte er.

Die Tür flog auf und knallte gegen die Wand.

»Adele! Wie oft hab ich Ihnen schon gesagt –« Wenn Rico Stahl erst einmal in Fahrt war, unterschied er nicht mehr zwischen Freund und Feind.

Es war Chili. Das, was sie sagen wollte, zischte sie durch die Zähne. »He! Kannst du einen Moment rauskommen?«

Rico Stahl stand in einem Zwiespalt. Wenn Chili ihn in dieser Situation aufforderte, zu unterbrechen, musste das triftige Gründe haben. Andererseits, wenn er auf den zusammengesunkenen Mann am Boden schaute, konnte der im nächsten Augenblick wegkippen.

»Hier, nehmen Sie mein Handy«, sagte er zu dem Wachmann. »Ich muss kurz raus.«

Der hielt Gusakhs Kopf in der rechten Armbeuge. Mit der linken Hand griff er nach dem Telefon. »Okay«, sagte er keuchend, »mach ich.«

Zum Vernehmungsraum im ersten Stockwerk kam man durch eine Tür, die direkt in einen weitgehend fensterlosen Flur führte. Er war durch grelles Kunstlicht ausgeleuchtet. Als Rico Stahl die Tür hinter sich schloss, fand er sich nicht nur Chili gegenüber.

Neben ihr stand Adele, cool und ruhig wie immer.

»Sie muss dir etwas berichten«, sagte Chili und deutete mit dem Kinn auf Adele. Ihre Ohrreifen machten Musik.

»Das kann man wohl sagen«, meinte Adele und schaute dabei auf Rico Stahl. »Soll ich Ihnen einen Stuhl besorgen?«

Damit ich mich setzen und die Neuigkeiten besser vertragen kann, dachte er. Eine typische Adele-Nummer. »Aber nicht hier auf dem Flur.«

Chili nickte ihm zu und schob beide in ein leer stehendes Büro. Es trug die Nummer 121.

Rico Stahl setzte sich. Zuerst musste er noch etwas klären. »Gib mir bitte dein Handy«, sagte er zu Chili.

Wortlos reichte sie es ihm.

»Wie geht's ihm?«, fragte er den Wachmann. »Ist der Notarzt verständigt?«

Die Antwort kam prompt. »Äh, es war einer im Haus.«

»Gut. Bleiben Sie bei dem Mann. Sie allein sind für ihn verantwortlich.« Er gab Chili das Handy zurück und wendete sich wieder an Adele. »Legen Sie los«, sagte er.

Adele blieb stehen. »Gusakh ist vorbestraft.«

Rico Stahl hob die Augenbrauen. »Noch wissen wir nicht sicher, ob das wirklich Ersan Gusakh ist.«

»Nicht der. Ich meine Henry Gusakh.«

Rico Stahl schwieg, seine Miene aber mahnte zur Eile.

»Jetzt sagen Sie's schon«, machte Chili Dampf. »Der Kriminalrat muss wieder zur Anhörung.«

Adele nickte. »Ich habe folgende Ergebnisse«, begann sie. »Henry Gusakh hieß ursprünglich tatsächlich Heiner Grossmann. Den neuen Namen hat er sich selbst verpasst, als er aus dem Gefängnis kam.«

»Gefängnis?«, warf Rico Stahl ein. »Weswegen?«

»Jetzt halt dich fest«, warf Chili ein.

»Mord«, kam es von Adele. »Unser Henry Gusakh ist ein Mörder.«

Rico Stahl riss es vom Stuhl. Er machte ein ungläubiges Gesicht.

Adele faltete die Hände. »Ja. Kaltblütiger Mord an seiner Geliebten. Er wurde 1970 zu lebenslang verurteilt. Fünfzehn Jahre später kam er wieder raus. Sie wissen schon. Gute Führung und so. Die Reststrafe wurde zur Bewährung ausgesetzt. Das war 1985. Er war fünfunddreißig Jahre alt. Danach ist er nicht mehr straffällig geworden.«

»Und die Strafe ist in Vergessenheit geraten? Keiner hat das je nachgeprüft?«

Chili zuckte mit den Achseln. »Du auch nicht.«

Rico Stahl warf ihr einen verwunderten Blick zu. Er war aufgestanden und ging – Hände in den Taschen – hin und her. »Haben Sie auch Details zu der Tat?«

Adele bejahte. »Was ich auf die Schnelle kriegen konnte, ja. Es ist eine längere Geschichte. Mögen Sie sie hören?«

Rico Stahl warf einen Blick auf die Uhr. »Auf jeden Fall.«

»Der Mann wird also als Heiner Grossmann 1950 in Coburg geboren«, begann Adele, »wo seine Eltern eine Fabrik für Spielgeräte leiteten. Heiner besuchte das lokale Ernestinum-Gymnasium. Mit fünfzehn ist der Bub ein ganz ansehnlicher Kerl, begabt, doch träge und faul. Er erhält Nachhilfeunterricht in Physik und Mathe von einer Lehramtsstudentin namens Elli Kneißl. Sie ist mit einem Heeresoffizier verheiratet, der oft dienstlich abwesend ist. Elli ist acht Jahre älter als ihr fünfzehnjähriger Nachhilfeschüler, unterstützt ihn aber bald nicht nur in den Schulfächern. Sie wird seine Geliebte und bleibt das über fünf Jahre lang, also bis 1970. Bis der Mord geschieht. Heiner ist da zwanzig Jahre alt.«

Adele hielt inne und musterte die Kollegen. Neugierde und Spannung auf beiden Gesichtern.

»Die Studentin hat übrigens in dem Haus gleich neben dem Zeughaus gewohnt, gleich beim Landestheater. Dort ist sie auch ermordet worden. Was meinen Sie, was das Motiv für die Tat war?«

»Eifersucht«, kam es von beiden zeitgleich.

»Treffer!« Sie öffnete einen Schnellhefter und brachte ein mit großer Genauigkeit gefaltetes Blatt Papier hervor. Offenbar ein gefaxter Zeitungsausschnitt. »Bevor ich Ihnen weiter berichte, lasse ich Sie lieber eine kleine Story lesen, die damals in der Zeitung gestanden ist. Hier. Wem soll ich den Ausschnitt geben?«

»Ein verurteilter Mörder also, aha«, sagte Rico Stahl. »Das ändert die Perspektive, was die Ermittlung angeht.« Er stand in der Nähe der Tür und sprach leise in sein Diktiergerät.

»Chili, das hätte man auch früher rausfinden können. Hätte uns bestimmt geholfen«, sagte er dann. Im selben Augenblick bereute er den Vorwurf. An Chilis Miene erkannte er, dass sie tief getroffen war. Er versuchte einzulenken.

»Lies du bitte den Artikel vorerst. Ich muss mich um den lebenden Gusakh kümmern.« Er versuchte ein Lächeln. Wie immer geriet es schief. »Beziehungsweise nachschauen, ob er noch lebt.«

»Und?« Rico Stahl schloss die Tür des Vernehmungsraums hinter sich.

Drinnen war's, als wäre nichts geschehen. Als ob kein Zeuge zusammengebrochen wäre, mitleiderregend geröchelt und dem Tod nahe geschienen hätte. Der Zeuge saß auf seinem Platz, der Wachmann stand mit dem Gesicht zu ihm und mit dem Rücken zur Wand.

»Ein Schwächeanfall, sagt der Doktor«, erklärte der Uniformierte. »Nichts von Bedeutung.«

Rico Stahl baute sich vor Ersan Gusakh auf. »Geht's wieder?«, fragte er. »Schwächeanfall, hä?«

Gusakh hatte die Augen gesenkt. Er nickte schwach.

»Warum wollten Sie mich treffen?«, wiederholte Rico Stahl seine Frage von vorhin. »Was war der Grund? Und warum nennen Sie Ihren angeblichen Vater eine Sau?«

Gusakh strich mit seinen Pranken über die glatte Tischplatte, räusperte sich und vermied es, Rico Stahl anzusehen. Als er schließlich doch antwortete und die Augen zögernd bewegte, hatte seine Stimme auf eine merkwürdige Weise jegliches Volumen verloren.

»Ja, wissen Sie denn nicht …?«, fragte er.

»Was?«, fragte der Kriminalrat zurück.

»Dass der Alte ein Mörder ist. Erschlägt eine Frau mit einem Feuerlöscher. Und auch ich bin nur knapp einem Anschlag entgangen.«

Chili, das hätte man auch früher rausfinden können … Sein Ausspruch ließ ihn nicht los. Er tat ihm leid. Das hatte Chili nicht verdient. Er musste aufpassen, dass ihn die Nerven nicht im Stich ließen.

***

Während sich im Vernehmungsraum die Nachricht von Gusakhs Bluttat auf seltsame Weise und quasi aus erster Hand bestätigte, hatte Chili im Raum 121 Gelegenheit, die Details der Mordtat zu erfahren. Sie faltete den Zeitungsausschnitt auseinander, glättete ihn, bemerkte, dass im oberen Teil ein Stück abgerissen war, und las das Dossier, das – wohl gestützt auf Akten, Interviews und Hintergrundberichte – die Perspektive des Täters einnahm.

Als er das Haus betritt, stürzt sich eine blassgraue Taube von oben auf ihn herab. Er duckt sich geschwind und hält die Hände schützend vors Gesicht, während er die nächste Stufe nimmt.

Das Treppenhaus ist ein Schacht voller Schatten. Die Taube schießt wie eine fliehende schwarze Fledermaus dicht an Heiners Kopf vorbei und verschwindet im Dunkel des Platzes, über dem wie ein überdimensionales Raumschiff eine elektrische Ladungen versprühende Wolkendecke hängt. Die Hand fest auf dem glatten Holzgeländer, steigt er langsam die Stiege hinauf. Es ist eine breite Holztreppe mit Stufen, die vom Alter ausgetreten sind. Zwischen allen möglichen Ritzen dringt der Schein der Blitze von draußen herein und lässt die Umrisse der Stufen aufleuchten.

Heiner tappt weiter aufwärts. In der freien Hand hält er einen kleinen Koffer von undefinierbarer Farbe, der vom vielen Benutzen abgeschabt, seitlich sogar etwas deformiert ist. Er hält den Koffer mit festem Griff.

Chili rieb sich verwundert die Augen. Der Text war aus einer Ausgabe des »Coburger Anzeigers« aus dem Jahr 1972. Die Autorin – es war eine Frau – schien eine rege Phantasie zu haben. Doch genauso könnte sich das Verbrechen abgespielt haben.

Ganz langsam steigt er treppauf, aus Furcht, das Haus könnte einstürzen, würde er fester auftreten. Am ersten Absatz befinden sich zwei Türen ohne Namen oder Nummer. Hinter der einen Tür, das weiß er, lebt eine vergilbte Frau in rosa-türkisfarben wattiertem Morgenmantel unter einem Helm von Lockenwicklern. Sie sieht aus wie ein Taucher aus dem Toten Meer.

Alles ist ruhig. Das Treppenhaus riecht feucht, nach altem Gemäuer.

Über den letzten Tritt des Treppenaufgangs strauchelt er im Dunkel der Nacht. Mit beiden Händen will er den Sturz auf den Boden vermeiden. Der verbeulte Koffer schlägt auf dem kalten Steinboden der Galerie auf, in die die Treppe mündet. Es gibt einen Riesenkrach, ein Mordsgeschepper. Der Koffer ist aufgesprungen. Der Inhalt sprudelt heraus, als sei er aus dem Inneren gewaltsam hinausgestoßen worden. Er verteilt sich über die ersten zwei, zweieinhalb Meter des Galeriebodens. Klirr, schlürf, krrrrrhhh, phrrrrrrrrrhhh. Wäre es hell, würde man erkennen können, dass der Heiner total blass geworden ist. Leichenblass. Und man würde die Gegenstände identifizieren können, die da rumliegen. Wenn es heller wäre.

Der Heiner weiß genau, was da alles liegt, als er mit zittriger

Hand und gefletschten Zähnen danach greift. Die Rosenschere ertastet er, die Drahtschlinge zieht er zu sich her, das lange Küchenmesser, den Schlagring. Er greift weiter um sich, wie verzweifelt. Die Handgranate! Er muss die Granate finden. Undenkbar, wenn sie im nächsten Augenblick losginge. Doch er findet sie nicht!

Da stoßen seine Fingerspitzen gegen etwas Kaltes, Rundliches, Geriffeltes. Das Rundliche beginnt zu rollen, zuerst langsam, dann immer schneller. Dann verstummt das Geräusch.

Heiner wird es heiß. Er wartet auf die Detonation.

Er hört einen harten Aufschlag. Metall auf Stein. Granate auf den Fußboden des Innenhofs.

Er wartet.

Keine Explosion.

Ein satanisches Grinsen geht über sein Gesicht. Ich werde dich töten, Elli! Du entkommst mir nicht!

Lautlos packt er die Vielfalt seiner Mordwerkzeuge wieder in den Koffer und erhebt sich.

»Ich kann mir dieses Haus lebhaft vorstellen«, sagte Chili Toledo zu Adele. »Die Beschreibung des Treppenhauses könnte von heute sein. Hier hat sich also der Mord abgespielt?«

Adele hätte sich mit dem Ergebnis ihrer Recherche brüsten können. Hätte heraushängen lassen können, welchen gewaltigen Beitrag sie zu der Ermittlung in einem ziemlich rätselhaften Mordfall geleistet hatte. Doch es war eine ihrer Stärken, stets auf dem Teppich und cool zu bleiben. Daher nickte sie einfach und strich mit dem Handrücken über das Papier in Chilis Händen.

»Genau dort muss sich die Tat abgespielt haben. Wohlgemerkt, das war im Jahr 1970. Aber lesen Sie weiter.«

Sein Platz im Bett war immer rechts von Elli gewesen. Ihre rechte Hand streichelte seinen linken Oberschenkel und blieb schließlich knapp neben der Leistengegend hängen.

»Küss mich!«

Er küsste sie.

»Deine Hand! Ja, da!«

Er tat, was sie sagte. Er tat es gern. Er tat es seit fünf Jahren. Seit er fünfzehn war.

»Der Heiner ist einfach zu faul, nicht zu blöd«, hatte Elli seinen Eltern erklärt. »Ich werd ihn schon motivieren.«

Sie hatten die junge Frau gebeten, ihrem Sohn Nachhilfeunterricht zu geben, und sie hatte nicht lange gezögert. Da war sie gerade Praktikantin an einer Rosenheimer Volksschule und konnte mit Nachhilfe ihren Haushalt etwas aufbessern, den sie mit ihrem Mann, einem Heeresoffizier, teilte. Kinder hatten die beiden nicht.

Innerhalb von Wochen verbessern sich Heiners Schulnoten nachhaltig. Der Junge ist wie verwandelt. Zum ersten Mal setzt er sich freiwillig auf den Hosenboden, kauft Bücher von seinem Taschengeld, geht überpünktlich zu den Stunden, die sie in ihrer Wohnung abhält.

Als sie ihn einmal neben sich platziert, um ihm etwas zu zeigen, berührt ihr Oberschenkel das erste Mal den seinen. Ein Flammenschwert! Er ist wie elektrisiert. Wenig später findet er sich zum ersten Mal in ihrem Bett.

Der junge Heiner Grossmann hat sich nie Gedanken darüber gemacht, ob Elli Kneißl verheiratet oder sonst wie gebunden ist. Er hat auch keine Ahnung davon, dass er schon damals nicht Ellis einziger Liebhaber ist. Er ist nur ihr einziger Nachhilfeschüler.

Heiner wird ein guter Schüler. Die Eltern sind zufrieden. Die Nachhilfe endet. Doch die Affäre geht über Jahre. Fünf Jahre und zweieinhalb Monate, um exakt zu sein. Heiner und Elli halten ihr Verhältnis fein säuberlich unter der Decke. Niemand bekommt etwas davon mit, vor allem die Eltern nicht.

»Nett geschrieben«, meinte Chili und nickte anerkennend. »Man ist gespannt, wie's weitergeht. Auch wenn bekannt ist, wie die Geschichte enden wird. Das haben Sie sehr gut recherchiert, Adele.« Beinahe zärtlich strich sie über den Unterarm der Frau, die sehr viel älter war als sie selbst.

Heiner liebte Elli. Da war er sich sicher. Sie war seine erste und einzige große Liebe. Auch jetzt, als er an diesem Abend anrückte, um sich an ihr zu rächen, liebte er sie. Doch am Leben lassen konnte er sie nicht. Dafür war zu viel geschehen.

Lange schon hatte er einen Schlüssel für Ellis Wohnung besessen. So wie heute war er auch in jener Nacht hereingekommen. Er hatte den Schlüssel leise umgedreht und die Tür lautlos wieder hinter sich geschlossen, weil er sie überraschen wollte. Sie waren nicht verabredet gewesen, er hatte einfach Sehnsucht nach ihr gehabt. Am Ende des Ganges in ihrer Wohnung war damals die Tür zu Ellis Schlafzimmer zu erahnen gewesen. Er hatte sich vorgestellt, wie sie schlafend auf ihrem Bett lag. Hatte vor Augen, wie seine Hand sie streichelte und seine Finger ihren nackten Körper erforschten, wie sie es in den Jahren schon oft getan hatten. Ihr gefiel das, und er war begierig danach. Im Geist hörte er ihre kleinen Lustschreie, ihr Stöhnen, »hör nicht auf«.

Als er sich langsam auf die Tür zubewegte, hemmte etwas seinen Schritt. Eine mittelhohe Männerstimme, die flüsterte. Ellis Stimme, die lachte. Beide Stimmen kamen aus ihrem Schlafzimmer. Langsam schlich er auf Zehen zur Tür hin. Vorsichtig legte er die Hand auf die Klinke. Er zitterte am ganzen Körper. Er ahnte, was ihn erwartete. Doch wahrhaben wollte er es nicht. Dann öffnete er die Tür. Zuerst einen Spalt weit. Er war nur mehr ein paar Armlängen von dem Flüstern und Kichern entfernt. Er schluckte und warf die Tür ganz auf.

Ellis nackter Körper lag auf weißen zerwühlten Laken. Der Mann hatte gegeltes Haar und einen Kinnbart. Er zuckte von ihrem schweißglänzenden Körper zurück. Ihre Hände lösten sich von seiner stark behaarten Brust. Dieselben Hände, die jahrelang mehrmals die Woche seine Hüften umklammert hatten …

Heiner spürte, dass er keine Luft mehr bekam. Er hatte

das Bedürfnis, zu keuchen oder herauszuprusten, er platzte vor Schreck und Anspannung. Doch der Atem stockte ihm. Keinen Blick konnte er mehr von den beiden wenden. Zuerst ungläubig, dann wutentbrannt hatte er die Tür mit einem Knall ins Schloss geworfen und war geflüchtet.

Unten auf der Straße presste er die Lippen fest zusammen, während das Gesehene seinen Blick verdunkelte. Sein Gehirn war leer. Er konnte nicht mehr klar denken. Erst allmählich – in den nächsten Tagen – hatte es sich mit Gedanken gefüllt, die er bisher nie gehabt hatte, und sein Herz mit Gefühlen, die er nie gespürt hatte. Den Anblick würde er niemals vergessen können. Seine *Elli mit einem anderen Mann im Bett!*

Keine Erklärung oder Entschuldigung.

Das war ihr Todesurteil. Hätte sie ihn um Verzeihung gebeten, hätte er möglicherweise das Urteil aufgehoben oder zu lebenslänglich geändert. So aber – VERDIENTE SIE DEN TOD!

Chili schaute Adele an. Adele schaute zurück. »Ja, ich kenne die Geschichte, ich hab sie schon gelesen«, sagte sie. »Schrecklich. Lesen Sie weiter.«

Und so packt Heiner Grossmann im Treppenhaus auf dem Weg zu ihrer Wohnung seine todbringenden Spielzeuge wieder in den verbeulten Koffer, verschließt ihn und nimmt ihn, während er sich halb gebückt fortbewegt, wieder auf.

Die obersten Treppenstufen münden kurz nach der Stelle, an der der kleine Unfall passierte, in eine ebene Fläche. Heiner ist auf dem Absatz hoch über dem Innenhof angekommen. Er tastet sich die kalte, abweisende Rauputzmauer entlang. Vor der historischen Holztür mit verwitterten Schnitzereien und einer Messingklinke hält er inne. Es ist Ellis Wohnungstür mit dem geschwungenen Messingschild, auf dem ihr Name steht: Kneißl. Eine Sekunde lang sieht er sich noch einmal um. Von hier aus kann er die Lage halbwegs überblicken.

Ein typischer Innenhof mit Hauswänden, die im Viereck hochragen. Eine umlaufende, aus Fichtenbrettern gefügte breite Empore, aus dessen Oberseite spitze Taubenabwehrspießchen herausstehen. Darüber, in gegenüberliegenden Ecken, werfen schwache Scheinwerfer in der Art eines Flutlichts dumpfes Licht in den vier Meter darunter liegenden gepflasterten Hof. Eine alte an Ketten hängende Laterne, die irgendwie dort nicht hingehört, schwingt von Wind getrieben hin und her und wirft Heiners Schatten und den des Koffers riesig an die weiße Wand. Der Sturm hat zugenommen und heult messerscharf übers Dach. Der Modergeruch ist einem schwachen Küchenduft gewichen.

Heiner Grossmann lächelt verzerrt und schüttelt einen herumirrenden Nachtfalter ab. Sein Körper ist in den blassen Schein der Umgebung getaucht, sein Gesicht bleibt im Dunkeln.

Er wendet sich wieder der Tür zu. Er sucht das Schlüsselloch und steckt blind den Schlüssel hinein. Es ist ein heimlich angefertigtes Duplikat des Generalschlüssels, den er sich schon vor zwei, drei Jahren besorgt hat. Ein warmer Luftzug streicht über seine Haut. Ellis Zimmer liegt im hinteren Teil der Wohnung neben der Küche. Es ist dunkel bis auf die zwei, drei Streifen Licht aus dem Hof an der Seitenwand.

Dann steht er unbemerkt an ihrem Bett. Die Tür hat er wieder geschlossen, das Licht aus dem Innenhof strömt auch hier durchs Fenster und zentriert sich auf ihrem Gesicht. Er betrachtet es lange, bestimmt eine Viertelstunde lang. Da liegt sie, ruhig und schön in dem breiten Bett. Sie scheint tief zu schlafen und sich wohlzufühlen. Bis zum Hals ist sie mit der leichten Decke bedeckt, die sie im vergangenen Jahr zusammen gekauft hatten. Auch die Arme stecken unter der Decke.

Er will sie noch einmal berühren, bevor er sie umbringen wird. Seine Elli. Niemand anders als er soll sie besitzen. Wieder schaut er sich um und fragt sich, mit welchem Werkzeug er sie ermorden soll. Er greift zum Koffer.

Ihr Arbeitsplatz, von flackerndem Außenlicht beleuchtet, besteht aus einem Schreibtisch, der die Ecke beim Balkon ein-

nimmt. Eine Reiseschreibmaschine steht neben einer kleinen Stehlampe unter einem Hängeregal voller Nachschlagewerke und Duden. Die kleine Stehlampe ist an. Elli hat immer ein Licht an, wenn sie schläft. Der Schreibtisch strahlt eine fast zwanghafte Sauberkeit und Akkuratesse aus. Gespitzte Bleistifte, sauber aufgereiht, drei verschiedenfarbige Kugelschreiber, Stöße von Papier und Mappen in zwei symmetrischen Reihen angeordnet.

Familienfotos gibt es nicht. Nur die Wand vor dem Schreibtisch neben dem Balkon ist mit Postkarten tapeziert. Elli sammelt Postkarten mit Brücken. Brücken aus Rom, Paris, die Golden Gate und die Tower Bridge. Die Reproduktion einer Van-Gogh-Brücke. Er selbst hatte ihr einmal eine Karte aus Dänemark vom Schulausflug geschickt. Eine Brücke über irgendeinen Sund. Seine Postkarte hängt nicht an der Wand.

Kalte Wut kriecht in ihm hoch. Je mehr er nachdenkt, umso entsetzter ist er. Schweigend betrachtet er sie. Ihre kleinen Hände hat sie unter der Decke hervorgeholt und zu Fäusten geballt. Diese Fäuste ruhen friedlich wenige Zentimeter beidseits ihres Kopfes, auf dessen linker Seite sie liegt. Im Schlaf entfährt ihr ein leiser Seufzer. Eine Brise vom Fenster her fährt über sie beide hinweg.

Liebt er Elli noch?

Irgendjemand, fällt ihm in dieser Sekunde ein, hat einmal gesagt, in dem Moment, in dem man sich damit aufhält, darüber nachzudenken, ob man jemanden liebt, hat man schon für immer aufgehört, ihn zu lieben.

Die schlechte Angewohnheit, bei Anspannung die Lippen zusammenzupressen, verleiht Heiner einen – gelinde gesagt – abweisenden Gesichtsausdruck. Er schiebt den Hemdsärmel zurück und blickt auf die Uhr. In einem Anflug von Panik schlägt sein Herz so schnell, als müsse es zerspringen. Fast eine halbe Stunde ist vergangen. Er muss handeln. Er fühlt sich, als habe ihm jemand hauchfein ins Ohr gepustet, und seine Nackenhaare stellen sich ganz leicht auf. Für fünf Sekunden geht Heiner ans Fenster und massiert sich den Nacken. Das von außen beleuchtete Stadthaus des Großbäckers auf der anderen Seite des Platzes fängt seine Gedanken auf. Er sieht, wie der Sturm mit geschickter Hand Gerümpel und Unrat über den Platz wirbelt.

Die Sünderin liegt wehrlos vor ihm. Soll er sie mit bloßen Händen erwürgen?

Er sieht an sich hinunter. Nicht mit diesen Händen.

Er überlegt. Den Koffer hat er abgestellt. Ratlos streift er durch die Wohnung.

Draußen blitzt und heult und kracht es.

»Au!«

Er muss einen Schmerzensschrei unterdrücken. Im Halbdunkel des Flurs ist er mit dem Kopf gegen etwas Hartes gestoßen. So hart, dass das Ding, vom Kopf gerammt, unter Getöse wie eine Bombe aus großer Höhe gegen den Fußboden schlägt und unter lautem Kullern liegen bleibt.

Ein Lichtschein fällt von der offenen Schlafzimmertür herüber. Es ist der Feuerlöscher! Hundertmal gesehen, nie beachtet.

Elli hat einen Hustenanfall, so stark, dass es klingt, als ersticke sie.

Heiner will flüchten, bleibt aber. Macht sich klein. Zieht sich in sich zurück. Schlingt die Arme um die Hüften.

Sie atmet wieder regelmäßig. Weiter ist von Elli nichts zu hören.

Am liebsten würde ich sie ermorden, hatte er sich vorgenommen. Wie man das halt so sagt. Will er den letzten Schritt machen und sie wirklich umbringen? Endgültig?

Die Bilder tauchen wieder auf. Der Mann mit dem gegelten Haar, beide nackt, sie stöhnt vor Lust. Ja, sie hat den Tod verdient!

Er packt den Feuerlöscher im schwachen Licht und stellt ihn senkrecht gegen die Flurwand. Mit einem Blick ins Schlafzimmer überzeugt er sich davon, dass Elli noch schläft. Süße, kleine Elli! Wie er sie liebt! Er geht hin und streicht ihr liebevoll übers

Haar. Die kleine Faust zuckt, die Lider beben. Sonst bleibt Elli ruhig.

Von Eifersucht und Mordgedanken keine Spur mehr. Nur Liebe, Zärtlichkeit und … er kann es nicht definieren.

Wie in Trance geht er noch einmal in den Flur und beugt sich nieder. Mit beiden Händen greift er nach dem Feuerlöscher und trägt ihn vor das Bett. Ein letzter Blick auf die friedlich schlafende Elli. Er hebt den Löscher hoch über den Kopf, noch weiter über den Kopf und –

Es gießt in Strömen, als er das Haus verlässt. Kalter Regen prasselt wütend auf den verlassenen Platz draußen. Heiner fühlt sich gut, ihn beschleicht aber eine Ahnung, dass dieses Gefühl von Freiheit nicht lange anhalten wird.

Chili Toledo hob den Blick. »Hier endet der Artikel. Es sieht aus, als ob ein Stück Zeitung herausgerissen wurde. Gut, man hat auch so einiges über die zwei Beteiligten erfahren.«

Adele nickte ihr nachdenklich zu. »Gut, dass die Tötungsszene nicht ausführlicher beschrieben ist. Man kann es sich ausmalen.«

Sie erhoben sich und traten wieder hinaus auf den Flur.

Sekunden später öffnete sich die Tür zum Vernehmungsraum, und der Wachmann kam heraus. Ersan Gusakh folgte, und beide gingen, ohne sich umzusehen, zur Treppe nach unten.

»Ich bin gespannt, was unser Kriminalrat erfahren hat …« Adele zeigte mit dem Kinn zur Tür des Vernehmungsraums. »Ach was. Ich klopf mal an.«

11

Chili Toledo nahm neben Rico Stahl Platz. Ihr gegenüber saß Ersan Gusakh. Rico Stahl war froh über ihre Anwesenheit, sie war im Bedarfsfall eine solide Zeugin. Er hatte sich entschlossen, gleich anzugreifen. »Gut, dass Sie wieder hier sind, Herr Gusakh. Sagen Sie, wo waren Sie in der Nacht des vergangenen Samstags auf Sonntag zwischen Mitternacht und zwei Uhr?«

Gusakhs Kopf ruckte. Seine Blicke irrten durch den kargen Raum. Doch dann rückte er seine Basecap zurecht und straffte sich. »Ist der Alte in dieser Zeit, äh, umgebracht worden?«, fragte er überraschend ruhig. »Aber wissen Sie was? Ich hatte ja schon bei Ihnen auf der Dienststelle angerufen und gesagt, dass ich, äh, gern mit einem von Ihnen … äh, reden würde. Jetzt will ich aber nur mehr mit der da …«, er nickte zu Chili hin, »… der schönen Kommissarin reden.«

Er hielt kurz inne und freute sich über die fragenden Blicke. »Wissen Sie, warum?« Er redete noch immer mit Rico Stahl, schielte aber die ganze Zeit zu Chili hinüber. »Ich sag's Ihnen.«

»Fein«, warf der Kriminalrat ein.

»Weil Sie mir total unsympathisch sind. Total.«

»Jetzt lenken Sie nicht ab«, übernahm Chili nun die Gesprächsführung. Sie wollten schließlich gewinnen. »Beantworten Sie bitte die Frage des Chefs der Mordkommission.«

»Okay.« Er zog das Wort wie Kaugummi und streifte sein Gegenüber mit einem fahrigen Blick. »Ich hab schon selbst nachgedacht, wo ich in dieser Nacht war. Gewesen sein könnte. Äh. Äh. Ich war spazieren. In der Altstadt. Und dann im Riedergarten. Dann bin ich rüber zum Salingarten, vielleicht zwei-, äh, dreimal eine Runde gedreht dort, am Kongresszentrum entlang bis zum Brunnen, dann bin ich wieder heim. Quer durch. Das war ziemlich genau um Viertel nach eins.

Ja, äh, das war's. Da bin ich sicher.« Wie Eisbrocken purzelten die Worte aus seinem Mund.

Er schien nicht zu bemerken, dass er immer weiterredete, nur unterbrochen durch seine »Ähs«, während ihm die Frau, die er als »schöne Kommissarin« bezeichnet hatte, reglos gegenübersaß.

Draußen zog ein Flugzeug in großer Höhe Kondensstreifen hinter sich her.

»Jetzt werden Sie mich bestimmt fragen, ob mich jemand gesehen hat, so wie im Krimi. Also, da kann ich nur sagen, dass ich schon welche gesehen hab, aber die wahrscheinlich mich nicht. Und Sie werden mich fragen, was ich mitten in der Nacht in der Stadt so tu. Also wissen Sie, früher, als ich noch in Rosenheim gewohnt hab, da hatte ich einen Hund, einen Mischlingsrüden, meinen Freddy. Mit dem hab ich nachts immer diese Runde gedreht, der wollte das so. Und seit er tot ist, krieg ich manchmal Sehnsucht nach ihm, fahr die paar Kilometer rein in die Stadt, dreh seine Runde ohne ihn weiter und rede mit ihm. Bei jedem Wetter, zu unterschiedlichen Zeiten, wenn's sein muss mitten in der Nacht. So wie Samstagnacht. Das sind halt so meine Rituale, wissen Sie …«

»Ja, ja, Herr Gusakh, das ist schon recht.« Mit einem schnellen Blick hatte sich Chili mit Rico Stahl verständigt. »Unheimlich interessant, was Sie uns da erzählen. Wir würden von Ihnen aber auch gern wissen, warum Sie eigentlich hier bei uns sind. Verraten Sie uns das ausnahmsweise?«

»Ja freilich …«

»Prima. Da weiß ich ein nettes kleines Wirtshaus ganz in der Nähe. Da fahren wir jetzt hin, und dort erzählen Sie uns Ihre Geschichte, okay?« Zu Rico Stahl sagte sie im Flüsterton: »Lass uns zum ›Balkangrill‹ fahren.«

Der nickte und flüsterte zurück: »Da hatten wir denselben Gedanken. Dann sollten wir heute auch noch diesen Greiner aufsuchen.«

Chili stimmte zu. »Ich meine mich zu erinnern, dass es

bei Mirko einen kleinen Nebenraum gibt. Dann kannst du dir selbst ein Bild von dem Besitzer des ›Balkangrill‹ machen. Und wer weiß, vielleicht gibt es ja Verbindungen zwischen Ersan und Mirko.«

Als ob er nicht zugehört hätte, redete Ersan Gusakh weiter. »Vorn auf der Münchener Straße, da, wo der Kiosk ist, da sind zwei Frauen mit Kinderwagen gestanden. Die Frauen haben Sommerkleider getragen und Jeansjacken, sie haben geraucht und gelacht und zwischendurch ihre Kinderwagen geschaukelt. Mitten in der Nacht. Ich hab mich schon gewundert –«

»Warum wollten Sie uns sprechen?«, wiederholte Rico Stahl seine Frage von vorhin. Mit einem Lächeln wandte er sich Chili zu. Seine Narbe im Mundwinkel verhinderte, dass es symmetrisch ausfiel. »Beziehungsweise meine verehrte Kollegin?«

Ersan lehnte sich in seinem Stuhl zurück, blickte zur Decke und verschränkte die Arme vor der Brust. »Ich heiße nicht Ersan Gusakh«, sagte er.

Chilis angedeutetes Lächeln erfror auf ihren Lippen, und Rico Stahls Miene wurde steinern. »Wer sind Sie dann?«

Widerwillig zwang sich Ersan Gusakh kurz darauf zu dem »total unsympathischen« Mann ins Auto. Sieben Minuten später waren sie da.

***

Mirko begrüßte Chili mit einem Händedruck, der überraschend weich und flüchtig war, aber doch wie eine alte Bekannte. Wieder trug er sein weißes Kochgewand. »Schön, dass Sie mit Ihren Freunden zu mir kommen.« Seine Freude schien nicht gespielt.

Rico Stahl drängte wortlos nach drinnen und schob Ersan Gusakh vor sich her. Zwei Tische waren besetzt, beide mit Männern. Einer stand an der Bar, ein Bier vor sich. Hinter der Bar bediente die auffallend gut aussehende Frau. Als sie die Neuankömmlinge bemerkte, wandte sie sich ab, als suche sie Schutz oder Deckung.

Chili ließ das Nebenzimmer vom Wirt aufschließen. Es war nicht gemütlich, doch sie waren unter sich. Unaufgefordert servierte Mirko Kaffee, der sehr gut schmeckte. Sie stellte Rico Stahl vor, den »Chef der Mordkommission«, doch sie hütete sich, Ersan Gusakh beim Namen zu nennen. Auch wenn es nicht das geringste Anzeichen dafür gab, dass Mirko und Ersan sich kannten.

»Ein Glück für alle, dass Gusakh tot ist«, gab Mirko noch bekannt, bevor er die Tür schloss.

Rico Stahl und Chili Toledo saßen Ersan Gusakh gegenüber. Ungepolsterte Holzstühle, blanker Holztisch, nackte Glühbirne über ihnen, draußen floss der Verkehr der Kufsteiner Straße vorbei.

»Woher wussten Sie, wo wir uns aufhalten?«, fragte Chili noch einmal.

»Von der Dr. Schwaiger-Pröll«, antwortete Ersan Gusakh auf Chilis Frage. »Ich wusste, dass der Alte ein Verhältnis mit ihr hatte. Und die sagte mir, dass Sie vermutlich zu ihrem Mann gefahren seien.«

Rico Stahl wollte vorläufig nicht näher darauf eingehen. Der Mann wurde immer rätselhafter. Einerseits behauptete er, seinen Vater zu hassen und keinen Kontakt mit ihm gepflegt zu haben. Andererseits wusste er ganz offenkundig eine ganze Menge über ihn, war sozusagen voll auf dem Laufenden.

Adele hatte noch keine amtlichen Auskünfte zu Ersan Gusakh geliefert. In der Kürze der Zeit verständlich, sie musste Henry Gusakhs alias Heiner Grossmanns und Ersan Gusakhs wegen die Rathäuser von Coburg und Rosenheim inklusive Einwohnermeldeamt und alle Kirchengemeinden durchkämmen.

Bevor er auf Gusakh reagieren konnte, nahm ihm der Hagere auf dem Stuhl gegenüber den Wind aus den Segeln. »Ich stamme aus einer Verbindung Gusakhs mit meiner türkischstämmigen Mutter. Sie heißt Leila Hamir. Nur Ihnen gegenüber habe ich mich als Gusakh ausgegeben, um Ihnen meine Situation besser verdeutlichen zu können. Auf Ersan Hamir wären Sie doch nicht angesprungen, stimmt's? Das ist mein wirklicher Name. Gusakh ist allerdings tatsächlich mein Vater. Er und meine Mutter waren ja nie verheiratet, und ich trage ihren Namen. Mit dem des Alten wäre ich nicht glücklich geworden.«

Wie erleichtert beugte er sich vor, legte seine beiden Pranken exakt parallel vor sich auf den Tisch und bewegte die Daumen rauf und runter. Er wirkte wie ein zufriedener Autoverkäufer nach erfolgreicher Bilanz.

Eine riesige Krähe hatte sich aufs Blechsims des offenen Wirtshausfensters gesetzt, krächzte aggressiv herein und nickte in raschen Stößen mit dem Kopf. Chili warf einen schnellen Blick zu ihr, während Rico Stahl dabei war, die Neuigkeit zu verdauen.

»Und was genau können wir für Sie tun?«, fragte er.

Ersan faltete die Pranken übereinander und überlegte. »Ich will Ihnen helfen. Ehrlich, ich will Ihnen helfen. Damit arbeite ich freilich gegen meine eigenen Interessen. Denn ich müsste dem Mörder eigentlich dankbar sein für das, was er getan hat. Er hat den alten Scheißkerl um die Ecke gebracht, und das ist gut so.«

»Und?«, war Chilis Einwand. »Um uns das mitzuteilen, sitzen wir jetzt hier?«

»Reine Zeitvergeudung«, sagte Rico Stahl. Er winkte und erhob sich halb.

Ersan ließ sich nicht beeindrucken. »Haben Sie sich einmal ernsthaft mit dem grässlichen Mord beschäftigt, den Gusakh begangen hat?«

Beide Ermittler blieben stumm.

»Ich will's Ihnen sagen. Haben Sie schon einmal von einem ähnlichen Mord gehört? Dass jemand mit einem Feuerlöscher erschlagen worden ist? Das ist doch absurd. So einer muss krank sein, meinen Sie nicht auch? Der Alte aber hat's getan. Als er noch jung war. Wie viel schlechter und übler muss er gewesen sein, als er jetzt alt war?« Sein Redeschwall wurde wieder von zahlreichen »Ähs« und ausladenden Gesten unterbrochen und begleitet. »Ich bin nicht der Einzige, der froh ist, dass er tot ist.«

Ungeduld beschrieb den Zustand, in den Rico Stahl geraten war, sehr unpräzise. Er war verstimmt. Verärgert. Ungehalten. Sauer auf sich selbst, dass sie sich in solch eine Falle hatten locken lassen. Dieser Mann gab nur heiße Luft von sich, seine Infos würden ihnen null nützen.

Oder doch? Wie aus heiterem Himmel schoss ihm erneut der Gedanke durch den Kopf, der ihn schon verfolgte, seit er vorhin im Präsidium die Details über Henry Gusakhs Mord von Adele erfahren hatte. Dieser Ersan hatte das mit seiner Schilderung noch befeuert.

Da merkte er, wie Leben in den Hageren kam. Er plusterte sich auf wie eine Amsel im Winter, und seine Augen sprühten. »Ich hab doch gesagt, ich will Ihnen helfen«, sagte er betont und ganz ohne »Äh«. »Ich möchte Ihnen die Geschichte Henry Gusakhs erzählen. Dann sparen Sie eine Menge Zeit. Wie gesagt, ganz gegen meine eigentliche Überzeugung.«

Chili hatte aufmerksam zugehört. Sie stand auf, ging um den Tisch herum und legte Ersan eine Hand, so schwer es ging, auf die Schulter. Dann beugte sie sich zu ihm und sagte: »Großartig, wenn jemand so selbstlos ist und der Polizei helfen will. Können wir Ihnen denn wirklich glauben, Herr Hamir? Seien Sie ehrlich. Alles andere wäre …«

Diesen Satz wollte sie nicht vollständig zu Ende sprechen. Warum sollte der Typ lügen? Was hätte er davon? Ihr Gefühl sagte ihr, dass es sich bei seinen Worten um mehr handelte als um bloße Floskeln. Vielleicht näherten sie sich über diesen Ersan ein Stück weit der noch immer wenig greifbaren Figur Henry Gusakhs an. Sie schaute auf und nickte ihrem Chef aufmunternd zu.

Rico Stahl nahm seinen Kaffee und ging in den vorderen Teil des Lokals. An einem der Tische an der Wand saßen sich zwei Männer gegenüber, von denen der eine, dessen Gesicht der Kriminalrat sehen konnte, einen schmalen Backen- und Kinnbart und eine verspiegelte Sonnenbrille trug. Schweißperlen glänzten auf seiner breiten Stirn im Licht der Tischlampe. Der andere Mann hatte breitere Schultern als sein Spezl. Er saß vornübergebeugt da, die Ellenbogen auf dem Tisch. Beide hatten einen Blaumann an und ein Glas mit einer milchigen Flüssigkeit vor sich.

»Das sind Milos und Zlatan«, sagte Mirko, der Wirt, der Rico Stahl gefolgt war. »Sie sind seit Langem Stammgäste, schon als noch der Pächter vor mir das Lokal führte. Gehen Sie ruhig hin, sie tun Ihnen nichts. Sie sehen nur so aus.«

Rico Stahl hatte kein Interesse an dieser Bekanntschaft. Seine Augen suchten Mirkos Frau oder Freundin. Schließlich entdeckte er sie hinter der Bar. Zuerst lugten nur ihre nackten Arme hinter einem Pfeiler hervor. Dann zeigte sie sich ganz. Sie hatte einen spannenden Augenaufschlag und sah verdammt attraktiv aus. Zum Verlieben attraktiv. Er musste an den Toten denken, an …

»Was stöbern Sie hier herum?«, fragte Mirko. Er musste den sechsten Sinn besitzen. »Sind Sie hinter meiner Frau her? Das Problem hatte der Gusakh auch.« Drohend ballte er eine Faust. »Sie haben ja gesehen, was aus ihm geworden ist.« Er war laut geworden.

Rico Stahl zuckte nur mit den Achseln und spitzte die Lippen. Damit stellte er die leere Tasse ab, steckte die Hände in die Taschen und bewegte sich wortlos und langsam auf den Nebenraum zu. Eifersucht, ging es ihm durch den Kopf. Glühende Eifersucht. Wenn Gusakh tatsächlich versucht hatte, diese Frau zu umgarnen … Doch wirkte Mirko wie ein Mörder?

Egal, er durfte diese Möglichkeit nicht außer Acht lassen. Mirko war ebenso verdächtig wie die anderen, die sie bisher auf dem Zettel hatten. Wie Gusakhs Wohnungsnachbarn. Wie Rudolf Wiesböck, der entlassene Haustechniker, und Adam El-Hendy, dessen schwuler Freund. Ersan Hamir, Gusakhs Sohn, wollte mit seiner Geschichte vielleicht nur von sich selbst als Tatverdächtigem ablenken. Ihn mussten sie ebenso im Visier haben wie Greiner, Gusakhs Physiotherapeuten und Prothesentechniker. Selbst Dr. Schwaiger-Pröll, seine Geliebte, ihren Mann und den undurchsichtigen Dr. Faulhaber durften sie keinesfalls von der Liste streichen. Und dieser Ersan hatte nun zusätzlich eine komplett neue Perspektive eröffnet.

Bevor er auftauchte, waren sie auf eine Person der Gegenwart als Mörder fixiert gewesen. Jemanden, den Gusakh beleidigt, verletzt oder sonst wie gekränkt hatte. Doch nun schien sich immer stärker herauszukristallisieren, dass der Grund in der Vergangenheit liegen könnte. Nicht Henry Gusakh war getötet worden, sondern Heiner Grossmann.

Wegen der Sträucher vor dem Fenster konnte Rico Stahl von der Straße kaum etwas erkennen. Nur die Geräusche strömten durch die offene Tür herein. Gegenüber parkte ein roter Audi, der hatte da schon gestanden, als sie hereingekommen waren. Chili hatte wieder am Tisch Platz genommen und sich Ersan Hamir gegenübergesetzt.

»Also, erzählen Sie«, sagte sie gerade.

Er hatte also noch nichts versäumt.

Ersan nickte bedächtig. Er machte einen gefassten, ehrlichen Eindruck. Wie ein braver Schüler hatte er die Arme verschränkt auf den Tisch gelegt. »Aus Gusakhs Leben vor dem Mord muss ich Ihnen nicht groß berichten«, begann er. »Das werden Sie schon selbst recherchiert haben. Er hieß ursprünglich Heiner Grossmann, stammte aus Coburg, der Vater war Besitzer einer Spielwarenfabrik. Heiner besuchte das Gymnasium, hatte Probleme in Physik und …«

Ungeduldig winkte Chili ab. »Ja, ja, das kennen wir«, unterbrach sie. »Wir kennen Einzelheiten des Mordes an der Nachhilfelehrerin Kneißl. Haben Sie was Neues?«

Nun kam Leben in den Sohn, die Augen blitzten, die Arme flogen auseinander, und die Hände bewegten sich. »Soll ich mich kurz fassen, oder möchten Sie ausführlicher …«

Chili sah zu Rico Stahl auf. Der hob die Brauen und breitete die Arme mit den Handflächen nach oben aus. Chili sah Ersan Hamir an und entschied sich für die längere Variante.

»Na gut«, meinte Ersan. Er wirkte jetzt nervös und angespannt. »Dann beginne ich in der Zeit nach dem Mord, will aber trotzdem keinen Roman erzählen. Also … 1985 wird Heiner Grossmann aus der fünfzehnjährigen Haft entlassen. Fortan nennt er sich Henry Gusakh, er wird zukünftig verschweigen, dass er gemordet und diese Freiheitsstrafe verbüßt hat.«

Ersan holte einmal tief Luft und fuhr dann etwas ruhiger fort. »Auf solche Weise erschlich er sich einen Job ausgerechnet bei einem bankähnlichen Institut, der Münchfinanz, im Außendienst. Die Münchfinanz hatte mehrere Filialen, und die Zentrale befand sich in Rosenheim. Und jetzt kommt's.« Bedeutungsvoll sah er nacheinander Chili Toledo und Rico Stahl in die Augen.

Der Kriminalrat rückte sich einen Stuhl zurecht und setzte sich.

»In den nächsten Jahren«, fuhr Ersan fort, »bemerkt er ein seltsames Phänomen an sich. Ihn überfallen Schwindelanfälle, immer häufiger überfallen sie ihn, er stolpert oft und fällt dann hin. Einmal, als er beruflich in Frankfurt zu tun hat und dort die S-Bahn nehmen will, zieht es ihm die Beine weg. Fast wäre er unter die einfahrende Bahn gerutscht, doch eine junge Frau hat ihn zurückgezogen.«

Ersan Hamir hielt kurz inne und erholte sich von den »Ähs«, die er in seiner Aufregung wieder zahlreicher einfließen ließ.

»Und?«

Rico Stahl wurde unruhig. In der Zeit, die der Kerl brauchte, um seine Story loszuwerden, hätte er selbst sie schon dreimal erzählt.

Ersan schlang am Tisch die Arme um sich, als ob er fröstelte. Er hustete dreimal, ohne sich die Hand vor den Mund zu halten. »Die spätere Folge war eine Amputation des rechten Beins vom Knie an abwärts. Er erhielt eine Beinprothese und musste neu laufen lernen.«

Genau. Die arterielle Thrombose, dachte Chili.

»Schnitzel mit Kartoffelsalat«, sagte Mirko, der Wirt. Er hatte eine grüne Schürze über der Hose an und zwei dampfende Teller in der Hand. Eine Selbstgedrehte klemmte hinter seinem Ohr. »Jeder ein Schnitzel. Geht aufs Haus.« Er nickte zufrieden und stellte die Portionen vor Ersan Hamir und Rico Stahl hin, holte einen Satz Besteck aus der Schürzentasche und legte es dazu.

Rico Stahl hoffte, dass er nicht auch noch Senf anbieten würde, und schob schweigend den Teller zu Chili hin.

»Fleischpflanzerl hab ich auch noch«, sagte Mirko und zog sich zurück.

»Das Schnitzel hat keinen Phantomschmerz«, erklärte Ersan mit hintergründigem Lächeln. Er schob den Teller vor Chili hin und leckte sich die trockenen Lippen. »Aber der Gusakh, die alte Sau, der litt seit der Amputation an Phantomschmerz. Es tat höllisch weh, das hat er immer betont.«

Rico Stahl betrachtete den Mann mit zunehmendem Interesse. Trotzdem fiel es ihm schwer, seine Ungeduld zu verbergen. Er schob seinen Stuhl zurück und erhob sich. Er hasste diese Sitzerei, er musste sich bewegen. Wahrscheinlich würden sie jetzt eine tiefenpsychologische Abhandlung über Phantomschmerz vorgesetzt bekommen. Chili warf ihm einen kritischen Blick zu.

»Dieser Phantomschmerz machte dem Gusakh echt schwer zu schaffen«, fuhr Ersan Hamir unerbittlich fort. »Sein Geisterfuß quälte ihn ständig, die Zehen bogen sich auf und verkrampften sich. Am schlimmsten war es nachts oder wenn er die Prothese abgeschnallt hatte. Wenn er die Prothese jedoch wieder anlegte und ein paar Schritte ging …«

»Woher wissen Sie denn das alles?«, unterbrach Chili mit einem raschen Schulterblick zu Rico Stahl. Die Ohrreifen spielten eine nervöse Melodie. »Sie haben doch behauptet, Sie hätten kaum Kontakt zu Ihrem Vater gehabt. Wieso sollen wir Ihnen also Glauben schenken?«

Überlegenes Grinsen. »Das trifft absolut zu. In den letzten Jahren hatte ich kaum Kontakt. Aber wir sprechen von der Zeit ab 1985, als er fünfunddreißig war. Davon hat er mir ausführlich erzählt, und meine Mutter hat es bestätigt. Okay? Sie hat mir auch berichtet, wie er das Problem bewältigt hat. Selbst in den vergangenen Jahren noch, also lange, lange nach der Amputation, weckte er sein Phantombein jeden Morgen nach dem Aufwachen auf. Er hob den Oberschenkelstumpf an und gab ihm – ›wie bei einem Baby‹, hat es meine Mutter beschrieben – mehrere kräftige Klapse und rieb sich kräftig über die Haut. Beim fünften oder sechsten Schlag, sagte meine Mom, sei das Phantombein, angeregt durch die periphere Stimulierung, plötzlich da gewesen. Aufgewacht. Erst dann konnte der Alte die Prothese anlegen und laufen.«

Seine Zuhörer atmeten auf. Aha, jetzt wussten sie alles über Phantomschmerz.

»Und?«, erklärte Chili spitz. »Was lehrt uns das jetzt?«

Der Hagere verstand es, seine aktuelle Dominanz zu bewahren. »Immerhin«, sagte er, »können Sie sich vielleicht vorstellen, warum der Alte so ekelhaft war. Jeden Tag, immer und zu jedermann.« Er machte eine Pause, offensichtlich um Kommentaren oder Fragen Raum zu geben.

Niemand ergriff diese einmalige Chance. Beide behielten ihre Gedanken für sich. Erst jetzt bemerkten Chili Toledo und Rico Stahl, dass sie ihr Schnitzel nicht angerührt hatten. Also hatte Ersan sie doch in seinen Bann gezogen.

»Haben Sie keinen Hunger?« Mirko war unbemerkt dazugetreten. »Soll ich Ihnen das Schnitzel einpacken? Meine Frau brät die besten Schnitzel weit und breit. Schon beim ersten Bissen werden Sie das merken.«

Beim Stichwort »Frau« spürte Rico Stahl Spannung in sich hochkriechen. Er hatte selbst mitbekommen, wie der Wirt bei der leisesten Beobachtung seiner Frau ansprang. Hatte er nicht auch Gusakh Hausverbot erteilt, weil der, wie er meinte, seiner Frau nachstieg?

»Sagt Ihnen der Name Elli Kneißl etwas?«, fragte er Mirko.

12

»Adele?«

»Ja, am Apparat.«

»Antworten Sie nur mit Ja oder Nein. Was die Sache angeht, die im Jahr 1970 in Coburg geschehen ist ...«

»Ja.«

»Haben Sie herausgefunden, ob die ermordete Elli Kneißl Angehörige hat, die noch leben?«

»Nein.«

»Hielten Sie das für wichtig?«

Kurzes Zögern. »Ja.«

»Wollen Sie das bitte tun?«

»Ja.«

***

Für die kommenden Tage war wieder einmal Regen angesagt, ein Tiefdruckgebiet namens Egon würde von Westen her das Voralpenland überziehen. Chili Toledo konnte sich nicht erinnern, je einen so verregneten Sommer erlebt zu haben. Außer damals natürlich, als sie noch hoch im kühlen Norden bei der Flensburger Polizei gearbeitet hatte. Dort kamen grundsätzlich die Regenschauer – und zwar immer mit sehr viel Nass – heftig und fast waagerecht von der Nordsee herüber.

Deshalb wollte sie den heutigen schönen Tag noch genießen. Sie saß auf ihrer Erika und hatte beide Füße auf den Boden gestellt. Die alte Lambretta verlieh ihr inneren Halt, mehr als jedes Wirtshaus oder jede Bank im Park. Manchmal hatte sie sogar das Gefühl, sich besser konzentrieren zu können, wenn sie mit Erika in körperlichem Kontakt war.

Nach dem Treffen bei Mirko hatte sie den Zwang verspürt, nach Hause zu gehen. Sie wollte heiß und kalt duschen und die Klamotten wechseln. Nach dem Tag und den Personen, die ihr der Tag zugeführt hatte, fühlte sie sich, als hätte sie in Schlamm gebadet. In manchen Stunden ihres beruflichen Daseins setzte das sogar ihrem optimistischen Gemüt zu. Mit viel Wasser und mit frischer Kleidung versuchte sie dann, die Situation wieder zu bereinigen. Nicht immer gelang das.

Kathrin Schwaiger-Pröll, Gusakhs Geliebte. Theo Schwaiger, ihr Mann, der von der Beziehung wusste. Mirko, der eifersüchtige Balkanwirt. Und last, but not least Ersan Hamir, der verhinderte Gusakh. Sie alle waren Schlangen, die ihr Gift versprühten, im Schlamm wühlten und dafür sorgten, dass der Fall statt klarer nur verworrener wurde. Niemand wusste vorläufig, welche Rolle sie in dem Drama spielten. Jedoch – es würde sich recht bald zeigen, davon war Chili überzeugt.

Sie war in feuerfarbene Bermudas geschlüpft, hatte einen leichten Pulli drübergezogen, die Haare mit einem Tuch vor dem kommenden Fahrtwind geschützt und kleinere Räder in die Ohren gesteckt.

Wie würden sie Ersans nächtliches Alibi je bestätigen können? Die rätselhaften Frauen, die am Riedergarten um Mitternacht mit ihren Kinderwagen zum Tratschen herumstanden, würden sie wohl kaum mehr ausfindig machen können.

Schwaigers Anwesenheit beim Treffen des Verkehrsausschusses im »Stockhammer« würde sich am ehesten klären lassen. Rico wollte deswegen auch bei den Ratskollegen von diesem Dr. Faulhaber noch einmal nachhaken.

Und die Orthopädin? Es war erstaunlich, wie offen sie über ihre Affäre mit Gusakh sprach und sogar ihren Mann mit eingebunden hatte. Sie wirkte glaubhaft. Trotzdem würde Chili die Freundin, Martina Weiß in Schloßberg, befragen. Für Chili war die Ärztin eh aus dem Schneider. Ihre Konstitution war nicht so, dass sie in der Lage wäre, einen ausgewachsenen Mann mit einem Kirchenmodell aus massivem Holz zu erschlagen.

Chili hatte Rico versprochen, nach Fürstätt zu fahren und sich um Gusakhs Rolle im Tierheim zu kümmern. Zunächst jedoch wollte sie sich den Prothesentechniker vornehmen. Deswegen hatte sie die Lambretta gesattelt, sie war auf dem Weg zur Praxis Greiner in der Frühlingstraße.

Diesen Weg wollte sie, bevor sie ihn begann, mit einem kleinen Juwel schmücken. Von ihrer Wohnung an der Mündung der Innstraße in den Ludwigsplatz bis zum Hinterhof des Max-Josefs-Platzes waren es nur wenige Meter. Chili schüttelte sich und hielt einen Augenblick inne. Sie ließ sich von der sanften Luft streicheln und war froh, im Freien zu sein. Obwohl sich in diesen Stunden im Präsidium und bei Mirko eine Menge Neues ergeben hatte. So waren Rico und Adele aktuell auf der Suche nach Angehörigen der ermordeten Elli Kneißl.

Im Fahren blickte sie auf einen atemberaubenden Rahmen aus Parklandschaft, gepflegten historischen Häusern, dem unverwechselbaren Kirchturm im Hintergrund und dem überwiegend tiefbayerisch blauen Himmel darüber. Dennoch war die ganze Szenerie anders als beispielsweise am Wochenende. Es dauerte eine Weile, bis ihr bewusst wurde, was der Grund dafür war: der Verkehr. Reifen quietschten, Hupen tönten, Motoren heulten, ein ständiges Stop-and-go. Die Hektik der Menschen war greifbar.

Doch sie liebte ihr Rosenheim. Hätte ihr jemand vor Jahren gesagt, dass sie in nicht allzu ferner Zeit »mein Rosenheim« sagen würde, sie hätte ihn ausgelacht. Aber so war es dann wie von selbst gekommen, seit sie hier Dienst tat – sie mochte diese Stadt über alles.

Die Römer, Salzhandel im Mittelalter, Innschifffahrt, Dreißigjähriger Krieg, Saline und Eisenbahn – all dies hatte die Stadt Rosenheim geprägt. Die reizvolle Architektur aus vielen historischen Blütezeiten zeigte liebevoll restaurierte Bürgerhäuser, Plätze und Kirchen. Chili Toledo war, seit sie in der Inn-Stadt lebte, ständig darauf aus, alle Sehenswürdigkeiten zu entdecken und mehr über die Geschichte zu erfahren.

Jetzt fuhr sie gemütlich eine kleine Strecke hinunter und

stellte die Erika auf dem bewachten Parkplatz vorm »Duschlbräu« ab.

Am meisten hatten es ihr die Kirchen angetan. Es gab davon über ein Dutzend in Rosenheim. Als Chili durch die Duschl-Passage Richtung Altstadt streifte, schien ihr der Horizont schier endlos, endlos wie der Himmel, alles in sanfter Klarheit. Wenn sie zwischen dem mächtigen Bergmeister-Haus und dem Stockhammer-Gasthof die Heilig-Geist-Straße hinunterblickte, die zu beiden Seiten von fein herausgeputzten Gebäuden gesäumt war, konnte man zur Linken den Zwiebelturm eines kleinen gotischen Kirchleins erkennen. Dieses Kircherl, die Heilig-Geist-Kirche, war ihr Ziel.

Mitte des 15. Jahrhunderts von einem Rosenheimer Handelsmann als Spitalkirche gestiftet, war sie ein kunsthistorisches Kleinod. Der ursprünglich gotische Bau war später barockisiert worden: Der Turm, zuvor mit einem Spitzhelm ausgerüstet, war mit einer Zwiebel geschmückt worden. Er ragte hoch über dem eigentlichen Sakralbau in den Himmel, war aber etwas zurückgesetzt, was die freie Sicht bremste und der Grund dafür war, dass viele Rosenheimer nicht wussten, dass dieser Turm existierte.

Chili schritt entspannt über den großen, offenen Platz und schaute nach links und rechts. Ihrem polizeilichen Instinkt folgend blickte sie sich um, ob ihr jemand folgte. Da war niemand.

Wie auf einem Gemälde der Ekaterina Zacharova war der Platz von Leben erfüllt. Menschen – lachende, ernste und solche mit leerem Blick – eilten oder bummelten hin und her. Einige hatten ein Eis in der Hand, andere einen Pappbecher, ein paar schoben ihr Fahrrad durch die Fußgängerzone. Ein stetes Gemurmel lag über dem Platz, begleitet von einzelnem lautem Gelächter. Nicht weit weg ertönte markante Klaviermusik aus einem offenen Wohnungsfenster im zweiten Stock. Ein blauer Lieferwagen wurde lärmend vor dem Fischgeschäft entladen. Es roch nach frischem Fisch und warmen Brezen.

Rosenheim war wunderschön, und das Allerschönste war die Stimmung, in die die Stadt einen versetzte.

Diese zauberhafte Stimmung hielt an, als Chili die eiserne Klinke der holzgeschnitzten Tür zum Kirchlein in die Hand nahm, dagegendrückte und ihr ein frischer Luftzug ins Gesicht schlug. Die Stimmung hielt auch noch an, als die Kommissarin die Hände um das Sperrgitter schlang und den Innenraum betrachtete. Das hatte sie schon Dutzende Male getan, doch immer wieder entdeckte sie Neues. Zum x-ten Mal bewunderte sie das Luccabild, das, wie sie gelernt hatte, anders als das Fresko in Seccomalerei auf dem trockenen Putz entstanden war. Der Raum war unbeschreiblich still, so gut wie lautlos.

Wenn man allein und nicht abgelenkt war, merkte man nach einiger Zeit, dass das, was man für Stille gehalten hatte, in Wirklichkeit ein Dschungel aus leisen Geräuschen war. Abgeschwächt, beinahe lautlos, fremdartig, aber doch deutlich. Das Flüstern des Windes an einem gekippten Fenster. Ein seltsames Knarren in den Bänken. Ein Ächzen auf der Empore. Eine verirrte Grille hinterm Altar. Chili hörte das Ticken ihrer alten Armbanduhr, ein Geschenk ihres Vaters.

Übergangslos – das Schrillen ihres Handys. Sie hatte vergessen, es lautlos zu schalten. Verdammt! Obwohl sie allein in der Kirche war, sah sie sich um und genierte sich vor den nicht Anwesenden und dem Geist, der hier herrschte. Egal, wer dran war, sie wollte an diesem Ort kein Gespräch annehmen.

Als sie den plötzlichen Luftzug spürte, der hier nicht hingehörte, war es schon zu spät. Sie schaffte es weder, einen Warnruf ausstoßen, noch, nach ihrer Waffe zu greifen. Vor allem brachte sie keinen Laut mehr über die Lippen – für wen auch? Jemand schlug ihr hart auf den Mund – es fühlte sich an wie ein Handrücken –, und sie prallte mit ihrer gesamten Seite gegen das Sperrgitter. Der Schmerz nahm ihr den Atem.

Sie spürte, wie die Farbe aus ihrer Haut wich. Ein weiterer Schlag donnerte ihr mitten ins Gesicht auf die Nase, sie konnte für den Moment nichts mehr sehen. Chili ruderte mit den

Armen. Dann wurde sie, bevor sie sich umdrehen konnte, gepackt, und etwas wurde ihr mit aller Gewalt über den Kopf gestülpt. Sie hörte heftiges Keuchen. Es war ein Mann. Oder waren es mehrere?

Obgleich die Schmerzgrenze bereits überschritten war, fragte sie sich, wer ein Interesse hatte, sie am helllichten Tag in einer Kirche zu überfallen und so fertigzumachen. Hing es mit ihrer Ermittlung zusammen? Natürlich, sie war sich so gut wie sicher. Als Privatperson war Chili Toledo uninteressant, Feinde hatte sie außerhalb des Berufs keine.

Die Sinne schienen ihr schon zu schwinden, da traf sie ein übler Schlag mit der Handkante in den Nacken, bevor sie hilflos zu Boden sank.

Halblautes Gemurmel. Es war nicht zu verstehen, und sie kannte die Männerstimme nicht. Sie riss die Augen weit auf, doch es war dunkel um sie. Es war nur zu hoffen, dass der übergestülpte Sack – oder was immer es war – der Grund für die Dunkelheit war. Das Gefühl sagte ihr, dass ihr Gesicht selbst nach einer Tausend-Euro-Operation nicht annähernd wie früher aussehen würde.

Voller Angst kauerte sie sich auf den jahrhundertealten Steinfliesen der Kirche gegen das Gitter. Sie wollte ihr Handy hervorziehen, doch dazu kam es nicht mehr. Die Kommissarin der Rosenheimer Mordkommission wurde ohnmächtig.

13

Auch Kriminalrat Rico Stahl liebte diese Stadt. Er kannte wenige Orte auf der Welt, an denen man so frei atmen konnte wie hier. Sich, wie pathetisch es auch immer klingen mochte, so frei fühlen konnte. Er wusste natürlich, dass die Stimmung von einem Augenblick zum anderen komplett umschlagen konnte. Wenn das Verbrechen, dieses Ungetüm, wütend zuschlug und einem alles nahm, was man vorher meinte besessen zu haben und genießen zu können.

An diesem frühen Abend aber, am vorhergesagt letzten Tag mit schönem Wetter, war die Atmosphäre in jeder Hinsicht ausgesprochen freundlich. Ob es so blieb, hing davon ab, wie das Gespräch mit Faulhaber ausgehen würde.

Dr. Markus Faulhaber besaß ein wunderschönes altes Steinhaus, das er mit seiner Ehefrau Birgit und den zwei Kindern – einem Mädchen und einem Jungen im Teenageralter – bewohnte. Das Haus stand im äußeren Bezirk, einem selbstständigen Vorort von Rosenheim mit eigener Gemeindeverwaltung, eigenem Bürgermeister und einer manchmal gut gefüllten Kirche. Es leuchtete friedlich in der tief stehenden Sonne, während die Buchen sich sanft in der Abendbrise regten.

Im Erdgeschoss und im ersten Stock wohnten sie, die Faulhabers, im zweiten Stock hatte er ein Arbeitszimmer. Im kleinen, prächtig bepflanzten Vorgarten stand ein halbes Dutzend Palmen in Holzkübeln, stets eine Attraktion für vorübergehende Passanten. Oft hörte man jemanden sich damit brüsten, was sowieso alle wussten: Rosenheim sei eben die nördlichste Stadt Italiens. Mildes Klima, wenn der Winter vorbei ist – ideal für Palmen. Grad wie im Riedergarten.

Niemand wäre auf die Idee gekommen, von Stephanskirchen als dem nördlichsten Ort Italiens zu sprechen. Obwohl nicht eingemeindet, fühlten sich die meisten Bewohner als Rosenheimer, zumindest entfernt. Sie buchten Abonnements bei den Meisterkonzerten im KuKo, hatten ihre Stammplätze beim Herbstfest, tanzten im Fasching auf dem Rosen- und dem Stadt- und Landball und spielten beim TSV 1860 Rosenheim Fußball oder Tennis.

Dr. Faulhaber öffnete selbst die Tür. Es war halb sieben am Abend oder »auf d' Nacht«, wie es mundartlich hieß. Selbst um diese Uhrzeit war er stilvoll gekleidet. Dunkler Anzug, helles Hemd, Krawatte, dazu edle braune Halbschuhe. Wahrscheinlich noch sein Arbeitsanzug. Sah teuer aus. Wieder fielen Rico Stahl die grauen Haare auf, die so gar nicht zum noch relativ jugendlichen Lebensalter des Lokschuppen-Managers passten.

»Grüß Gott, Herr Kriminalrat. Ich hab Sie schon erwartet.« Er lächelte Rico Stahl an, nicht übertrieben, aber doch sehr direkt. Ein vollkommen anderes Auftreten als bei ihrer ersten Begegnung im Lokschuppen. Rico Stahl konnte sich sehr gut an die arrogante Haltung des Mannes erinnern. So etwas vergaß er nie.

»Grüß Gott, Herr Dr. Faulhaber. Wie gut, dass ich vorher angerufen habe. Sonst wären Sie wahrscheinlich in Ihrem bildschönen Garten gewesen, oder?«, begann er absichtlich schleimig.

Der Chef des Lokschuppens lachte. »Nein, bedaure, für den Garten ist meine Frau zuständig. Sie ist noch unterwegs. Kommen Sie. Wir gehen rauf in mein Arbeitszimmer.« Er machte eine Geste Richtung Treppe, die direkt neben der Eingangstür nach oben führte.

Faulhaber ging voraus.

»Geht es Ihnen gut?« Rico Stahl versuchte, ein Gesprächsklima herzustellen.

»Ja. Danke. Ganz prima. Alles bestens.«

»Ich danke Ihnen, dass Sie so kurzfristig Zeit für mich hatten. »Es macht Ihnen doch sicher nichts aus, wenn ich mich noch einmal nach Ihrem Verbleib in der Tatnacht erkundige?«

Faulhaber zuckte und machte große Augen. Auf seiner Stirn erschienen Fragezeichen. »Tatnacht«, sprach er versonnen. »Warten Sie, wann war die Tat?«

»Na, jetzt aber«, entgegnete Rico Stahl. »Wie viele Menschen aus Ihrem Laden werden denn so ermordet? Bringen Sie bloß nichts durcheinander!«

Wie in Trance sagte Faulhaber: »Okay, ich hab's wieder. Samstag auf Sonntag.« Er legte eine kurze Pause ein und blickte Rico Stahl frontal in die Augen. »Das hab ich Ihnen doch schon gestanden. Da war ich mit Kollegen bei einer Sitzung im ›Stockhammer‹. Haben Sie das nicht überprüft?«

»Ich bin gerade dabei«, meinte Rico Stahl. »Sie kannten Henry Gusakh sicherlich ganz gut.«

»Ja selbstverständlich, er war mein –«

»Und Rudolf Wiesböck, den er entlassen hat?«

Faulhaber blieb auf der obersten Stufe stehen und wandte sich langsam um. »Ob ich den Wiesböck gut kannte?« Er drehte sich wieder in Gehrichtung. »Kommen Sie. Reden wir drinnen.«

Das Arbeitszimmer war ein kleines Ikea-Reich, das erstaunte Rico Stahl. Die Einrichtung passte so gar nicht zu Faulhabers offen zur Schau getragenem Stil. Viel Holz, blasse Farben, alles sehr praktisch. Unpersönlich.

Faulhaber setzte sich hinter seinen Schreibtisch, auf dem nichts als eine übergroße Tischuhr stand, Rico Stahl auf einen der beiden nicht minder eleganten Stühle davor.

»Rudolf Wiesböck war früher in der Technik der Stadtgärtnerei beschäftigt, bevor er zu uns kam. Das ist – lassen Sie mich überlegen – vielleicht fünf, sechs Jahre her. Er war unser Haustechniker. Also eine Art Feuerwehrmann, wenn's irgendwo gebrannt hat. Reparaturen, Neuinstallationen, Ausbesserungen in den Ausstellungsräumen. Er konnte aber auch einen Computer reparieren, mit dem die Angestellte an der Kasse nicht zurechtkam. Mein Eindruck war, dass er so gut wie immer anwesend war, man konnte ihn auch mitten in der Nacht herausklingeln. Ich erinnere mich da an eine Gelegenheit ...«

Warum war dieser Mann plötzlich so gesprächig und zuvorkommend? Bei ihrem ersten Zusammentreffen im Lokschuppen war er übertrieben mundfaul gewesen.

»Sie sagten mir, es sei Sache der Personalabteilung gewesen, ihn zu feuern. Wenn Wiesböck so unentbehrlich war, wie Sie es schildern, warum haben Sie sich dann nicht eingemischt? Hat er silberne Löffel geklaut?«

»Entschuldigung, aber ich wüsste nicht, was Sie das angeht. Was hat das mit dem Mord an Herrn Gusakh zu tun?« Faulhaber erhob sich und stützte die Arme auf die Tischplatte. »Wir beenden dieses Gespräch besser.«

»Hopperla!«, rutschte es Rico Stahl heraus. Er blieb sitzen. »Nur einer beendet dieses Gespräch, und das bin ich. Bei unserem Gespräch im Lokschuppen habe ich Sie gefragt, ob Sie Rudolf Wiesböck einen Mord zutrauen. Aus Rache zum Beispiel. Damals sind Sie ausgewichen. Ich möchte, dass Sie zu dieser Frage Stellung nehmen.« Sein Tonfall wirkte bedrohlich.

Faulhaber faltete die Hände und sah sich selbst zu, wie seine Daumen umeinanderkreisten. »Ja«, sagte er schließlich mit Bestimmtheit.

»Was, ja? Bestätigen Sie mir gerade, dass Sie mir damals ausgewichen sind, oder trauen Sie ihm einen Mord zu?«

»Letzteres«, sagte Faulhaber sehr ruhig. Er beendete das Daumenkreisen und sah seinem Gegenüber in die Augen. »Ich kann mir vorstellen, dass Wiesböck jemanden umbringen kann.«

Der »Mexican Hat Dance«, in schnellerem Tempo als sonst, so erschien es dem Kriminalrat. Als ob sein Mobiltelefon gewusst hätte, dass das Gespräch zwischen den beiden Männern stockte.

»Ja!«, bellte er ins Mikrofon.

»Sind Sie selbst dran, Herr Stahl?«, fragte Adele.

Mei, nicht schon wieder diese dämliche Frage. Ja, wer sollte denn sonst an seinem Handy sein? Er schwieg, und damit hatte sich die Sache auch erledigt.

»Ich wollt nur sagen, Herr Stahl …«

Er spürte, es gab etwas Besonderes. Entweder schon wieder einen Mord, oder sie hatte Gusakhs Mörder persönlich gefunden. Doch nichts dergleichen.

»Die Chili«, hörte er, »die Frau Toledo – sie ist in der Notaufnahme. Sie wurde übel zugerichtet.«

Rico Stahl brach sofort auf, nachdem er Dr. Faulhaber aufgetragen hatte, ihm eine Liste derjenigen Mitarbeiter zu geben, die über Schlüssel zu den Ausstellungsräumen im Lokschuppen verfügten. Und er sollte genauestens prüfen, ob Rudolf Wiesböck seine Schlüssel nach der Entlassung vollständig abgeliefert hatte.

***

Chili Toledo lag schlaflos im Klinikbett und dachte nach. Ihre Gesichtshaut brannte höllisch, die Nase fühlte sich wie eine dicke Knolle an, der Nacken war verdreht, der ganze Oberkörper war ein einziger Muskelkater.

Eine verwischte Ahnung hatte sie schon, woher die Schmerzen kamen, doch eine echte Erinnerung war dieser Schimmer nicht.

Sie war auf dem Weg zur Therapiepraxis Greiner gewesen und hatte noch auf einen Sprung in der Heilig-Geist-Kirche vorbeischauen wollen. Dass sie tatsächlich den Fuß in den Innenraum gesetzt hatte, wusste sie lediglich aus dem kurzen Bericht der Schwester. Kein Fetzen davon war ihr im Gedächtnis geblieben.

»Was ist denn passiert?«, fragte sie die Aufnahmeärztin ein weiteres Mal. »Wissen Sie mehr Einzelheiten?«

Die junge Frau im weißen Mantel strich ihr liebevoll übers Haar. »Was genau passiert ist, können nur Sie selbst wissen«, sagte sie. »Man hat Sie ohnmächtig in der Heilig-Geist-Kirche vorgefunden. ›Eingesammelt‹ wäre die passendere Bezeichnung. Mit einem Kartoffelsack überm Kopf. Ihre Verletzungen kennen Sie ja. Vermutlich wurden Sie zusammengeschlagen. Ist das so abwegig in Ihrer Branche?«

»Ja!«, rief Chili mit fester Stimme.

Die Ärztin – Chili schätzte sie auf höchstens dreißig – sah sie überrascht an. »Haben Sie da nie Angst? Sie sehen ja, was geschehen ist.«

»Ich sagte bereits, dass das eine Ausnahme ist. Ein gewisses Berufsrisiko gehört zu meiner Arbeit.« Kurze Pause, auch im Kopf. Dann tauchte die Frage wieder auf, die sie sich dauernd schon gestellt hatte. »Wie lange?«

Die Ärztin blickte auf sie herunter. »Sie meinen, wie lange Sie schon bei uns sind?«

»Ja. Genau.«

Kurzer Blick auf die Uhr. »Es ist jetzt halb neun in der Früh. Also seit etwa sechzehn Stunden.«

Draußen war es hell. Sie hatte den ganzen Abend und die ganze Nacht in der Klinik verbracht? Allmählich lichtete sich der Nebel in ihrem Kopf. Es musste zwischen dem Mord, dem sie nachging, und dieser Tat ein Zusammenhang bestehen. Sollte der Angriff auf sie eine Warnung sein? Mädel, lass die Finger davon? Kindisch!

Als die Ärztin den Raum verlassen hatte, hatte Chili den Eindruck, als würde sich auch das Gedächtnis etwas aufhellen. Noch einmal versuchte sie, sich vorzustellen, was mit ihr geschehen war. Sie hing mit den Händen an dem Trenngitter in der Kirche, das sie kannte, und jemand schlug auf sie ein. Ihre Knöchel taten vom Klammern weh. Sie war sich sicher, dass es keine Einbildung war. Doch dann verschwamm das Bild wieder von einer Sekunde auf die andere. Als wenn eine Dunstwolke sich auflöste.

Sie hatte das dringende Bedürfnis, mit der Dienststelle zu telefonieren. Rico zu informieren. Doch ihr Handy hatte man entfernt, und ein stationäres Telefon gab es nicht. Sie fühlte sich bevormundet, wie ein Kleinkind wurde sie behandelt. Für eine Minute überlegte sie, wie es wäre, wenn sie sich einfach anziehen und flüchten würde. Nur – das gab es in Romanen, nicht in der Realität, dass jemand so zu spinnen anfing. Sie drückte den Klingelknopf.

Keine zwei Minuten, die Chili Toledo wie eine Stunde vorkamen, dann stand die Schwester an ihrem Bett.

»Sie sagten, man hat mir ins Gesicht geschlagen«, sagte sie. Sie stützte sich mit den Ellenbogen auf.

»Bleiben Sie liegen, um Gottes willen.« Die Schwester zwang ihren Kopf wieder zurück aufs Kissen.

»Und?«, bohrte Chili nach. »Ist die Nase auch beschädigt?«

Die Pflegerin nickte zögernd. »Ja, Sie waren voll Blut. Sicher auch aus der Nase.«

Chili wollte sich an die Nase greifen, doch sie wurde gebremst. »Hände weg von Ihren Wunden«, war die Parole. »Auch wenn sie versorgt sind.«

Na gut, gab sie nach. Wenn man mich auf die Nase gehauen hat, dachte sie, ist auch Blut gespritzt. Und wenn Blut gespritzt ist, besteht eine hohe Wahrscheinlichkeit, dass sich der Täter bekleckert hat. Wenn man das mit ihrem Blut befleckte Kleidungsstück in die Finger bekäme … Ja mei, war ihre Schlussfolgerung, wenn das so einfach wäre.

Am meisten machte ihr Sorge, dass sich noch niemand von der Dienststelle hatte blicken lassen. Rico nicht. Adele nicht. Niemand. Hatte man sie überhaupt verständigt?

***

Rico Stahl war in großer Sorge. Ein einheimischer Besucher der kleinen Kirche in der Heilig-Geist-Straße hatte gestern gegen sechzehn Uhr dreißig eine Frau gefunden, die mit einem über den Kopf gestülpten Sack wie leblos am Boden lag. Sofort hatte der Mann die 112 gewählt, die Unbekannte wurde zur Notaufnahme ins Klinikum gebracht. Dort war die Frau anhand ihres Dienstausweises als Kriminalkommissarin Sabrina Toledo identifiziert worden. Rico Stahl war wenig später verständigt worden. Jedoch hatte man ein kurzfristiges Besuchsverbot ausgesprochen.

Chilis Ausfall wäre ein schwerer Rückschlag für ihre Ermittlungen! Noch gestern Abend war Rico Stahl ins Klinikum gefahren und hatte der Stationsleitung den Ernst der Situation erklärt. Daneben begann er immer stärker zu realisieren, wie er diese Frau liebte. Konnte es sein, dass der Spruch zutraf: Einen Menschen liebt man am meisten dann, wenn er nicht da ist und er einem fehlt?

»Selbstverständlich soll Frau Toledo sich erst einmal erholen …«

»Gut«, sagte der Arzt und wartete ab.

»Doch ich möchte Sie bitten«, sagte Rico Stahl, »mich lückenlos auf dem Laufenden zu halten. Frau Toledo ist keine, die sich gern krankschreiben lässt. Sie war noch nie krank. Sie wird auch jetzt weitermachen wollen.«

Gleich in der Früh rief er auf der Station an und wollte sich mit Chili verbinden lassen.

»Frau Toledo hat keinen Telefonanschluss im Zimmer«, war die Auskunft.

»Dann gehen Sie doch bitte mit diesem Handy, mit dem Sie im Augenblick sprechen, zu ihr.«

Kurzes Getuschel. Eine Männerstimme antwortete ihm. »Tut mir leid, mein Herr, dafür ist es noch zu früh.«

Depp!

Er hatte Chili tatsächlich noch nie krank erlebt. Das war sie auch jetzt nicht. Sie war verletzt und fiel dadurch für kurze Zeit aus.

Er vermisste Chili. Sie fehlte ihm nicht nur als sehr kompetente, wandlungsfähige Ermittlerin. In vielen Handlungen, Reaktionen und sogar in manchen ihrer Berichte konnte er den Einfluss Joe Ottakrings nachvollziehen. Privat wie beruflich war sie das Patenkind seines verehrten Vorgängers, und das war auch gut so. Ja, sie würde ihm fehlen. Nicht nur beruflich.

Leider hatte sie nicht hinterlassen, auf welcher Fährte sie

gewesen war. Was suchte sie in der kleinen, unbedeutenden Kirche? Noch nie war ihm bisher eine Spur von Frömmigkeit an ihr aufgefallen. War sie auf dem Weg zu jemandem gewesen?

In der Kirche hatten die Kollegen des Nachbarkommissariats bereits ganze Arbeit geleistet. Es war weder etwas beschädigt noch entwendet worden. Die Spurensicherung hatte ihre Arbeit getan, die Berichte standen noch aus. Das Ding, das man Chili über den Kopf gestülpt hatte, wurde noch untersucht. Der erste Eindruck war, dass es sich um einen Einzeltäter handelte, der Handschuhe getragen hatte.

Die große Frage blieb vorerst unbeantwortet: Wer hatte Chili so brutal zugerichtet und vor allem, warum?

Rico Stahl ging im Geiste die Liste der Personen durch, mit denen Gusakh senior zu tun gehabt hatte. Mit einem hatten sie noch nicht gesprochen.

***

»Ja, ich habe ihm die Prothese angepasst. Ich habe sie auch hergestellt. Das ist alles schon ein paar Jahre her. Und seither behandle ich Herrn Gusakh.«

»Und wie lange ist das genau her?«

Greiner überlegte. »Er hatte diesen Beinahe-Unfall in Frankfurt. Dort wurde er später auch amputiert. Das ist … warten Sie … das war 2005. Er kam zu mir, und ich habe ihm die Prothese angepasst.«

Die Wände des Therapiezentrums Greiner waren weiß getüncht, an einigen Stellen mit gröberem Putz versehen. Überall – im Warteraum, in den Behandlungsräumen – hingen Reproduktionen und Kopien wild durcheinander, eng nebeneinander, in schlichten Fichtenholzrahmen.

Im Empfang war fast die gesamte Wandfläche von Bildern bedeckt. Bilder aus der Natur, Rosenheimer Stadtansichten, der Chiemsee mit Segelbooten und ohne, das winterliche Voralpenland, romantische Bauernhöfe, Bäuerinnen und junge

Frauen in Tracht. Dann wieder fielen Drucke von Leibl- oder Spitzweg-Bildern auf, solche von Schleich und noch farbenfrohere der Chiemseemaler wie Balwé oder Wopfner.

Rico Stahl fühlte sich an die Fotografien in einem Buch über das historische Inntal erinnert, das in Chilis Bücherschrank stand. Auf einer moosbewachsenen Steinbrücke über einen Bach in Brannenburg war eine Gruppe Künstler zu sehen, auf der Mauer sitzend, alle schauten in die Kamera, die meisten so gekleidet, wie Maler damals meinten sich kleiden zu müssen. Große Hüte, runde Brillen, in feinen, aber abgetragenen Anzügen. Im Hintergrund drei, vier Häuser, die die raue Kargheit des Ortes widerspiegelten, Bauern und Waldarbeiter, die mühsam arbeiteten, um ihr Leben zu bestreiten.

Greiners Praxis erinnerte Rico Stahl an Gusakhs Wohnung. Alles voller Bilder. Als wenn einer vom anderen abgekupfert hätte. Er wendete sich wieder Elias Greiner zu. »Haben Sie Herrn Gusakh schon einmal zu Hause besucht?«

»Nein, warum?«

»Ach, nur so.«

Greiner klopfte mit dem Kaffeelöffel auf den Rand der Tasse, legte ihn auf den Unterteller und blies leise in den schwarzen Kaffee. »Eine Kommissarin hat mich übrigens gestern angerufen. Sie wollte kommen, um mit mir über den Mord an meinem Patienten zu sprechen. Und jetzt sind Sie da?« Er hob die Tasse, trank behutsam und setzte sie behutsam wieder ab.

Das Behutsame war es, was Rio Stahl als Erstes auffiel. Greiner war Mitte bis Ende dreißig, wirkte älter und sah wie ein Bodybuilder aus. Kräftige Muskeln überall, ein strammes T-Shirt, selbst unter der Trainingshose traten die kräftigen Oberschenkel hervor. Rico Stahl hatte den Physiotherapeuten und Prothesentechniker aus einer Behandlung herausgeholt, Greiner hatte sich nicht gewehrt. »Höhere Gewalt« würde er gegenüber seinen Patienten wohl als Grund vorbringen.

»Sie wissen sicher, weshalb ich hier bin?«, fragte Rico Stahl.

Greiner hob die Schultern. Die Muskeln spielten. »Wegen des Mordes an meinem Patienten Gusakh«, sagte er.

»Sie unterhalten sich doch mit Ihren Patienten während der Behandlungen. Hat Ihnen Herr Gusakh etwas berichtet, das mit Gewalt oder diesem Mord in Zusammenhang stehen könnte? Hatte er Feinde?«

Greiner trank die Tasse leer und atmete tief aus. »Er hat mir viel von seinem Beruf erzählt. Sie wissen ja, was er gemacht hat. Auch ein Kunstliebhaber wie ich. Sein Privatleben kenne ich nicht. Ich weiß aber, dass er es sich nicht leicht gemacht hat. Hat sich mit einigen Leuten in Rosenheim angelegt. Mit wem genau, weiß ich nicht. Ach ja, und im Tierschutzverein war er, glaub ich. Jedenfalls hat er immer wieder mal von Hunden gesprochen.«

»War Herr Gusakh Ihnen sympathisch?«

»Ja!«

Rico Stahl sah ihn lange an. »Sie wussten demnach nicht, dass Gusakh nicht sein richtiger Name war? Dass er wegen Mordes verurteilt worden war?«

Auf die Frage hatte er das ganze Gespräch hingeführt. Gusakh hatte diese Seite von sich bestimmt nicht beleuchtet. Greiner musste also total überrascht, ja schockiert sein. Rico Stahl bohrte den Blick mit einer Intensität in sein Gegenüber, dass Greiner sich unwillkürlich darunter wand. Schweißperlen bildeten sich auf seiner Stirn, und die Hände zitterten ein wenig. Er fuhr sich mit der Hand über die Stirn, als ob ihm schwindelig würde, und blies die Backen auf.

»Nein!«, stieß er schließlich aus.

Nun. Diese Reaktion konnte alles bedeuten. Schock oder Angst. Weniger, als sich der Kriminalrat erhofft hatte.

»Ist Ihnen Herr Gusakh jetzt noch immer sympathisch?«

»Was soll die Frage? Das kann ich nicht beantworten.«

»Es macht Ihnen doch sicher nichts aus«, fuhr Rico Stahl fort, »wenn ich mich nach Ihrem Verbleib in der Tatnacht erkundige? So zwischen Mitternacht und zwei Uhr?« Rico

Stahl hatte diese Formulierung richtig lieb gewonnen und würde sie ab sofort öfter anwenden.

Greiner hatte sich hingesetzt. »Aha«, sagte er. »Es war ein Samstag. Wir haben bis zweiundzwanzig Uhr aktiven Betrieb, danach beginnen das Aufräumen, die Tagesabrechnung und so weiter. Das dauert, bis die letzten Patienten aus dem Haus sind, immer so bis halb zwölf.«

Greiner wirkte etwas müde und abgespannt. Aus der übrigen Praxis war kein Laut zu hören. Die Luft im Raum war relativ kühl und roch abgestanden. Rico Stahl hatte ein Halbliterglas Mineralwasser vor sich stehen. »Und danach?«, fragte er unnachgiebig. »Sie haben also so um halb zwölf Ihr Geschäft abgeschlossen. Was passierte dann bis zwei Uhr?«

Wirkte Greiner auf einmal verunsichert? Er schüttelte den Kopf und sagte: »Es war ein Tag wie jeder andere auch. Samstage sind bei uns nicht anders als Montage oder Donnerstage. Normalerweise fahre ich nach der Praxis sofort nach Hause, entspanne mich kurz und geh dann ins Bett. Das werde ich an diesem Samstag auch gemacht haben.« Zustimmend nickte er sich selbst zu.

Dieser kurze Augenblick des Zögerns vor der Antwort und das beinahe unmerkliche Zucken in den Augenwinkeln machten Rico Stahl stutzig.

»Sagen Sie: Und wo waren Sie zwischen vierzehn und sechzehn Uhr? Gestern?«

14

Rico Stahl hatte Greiner über die Maßen aufmerksam zugehört. Selbstverständlich hatte der eine schlüssige Antwort auf die letzte Frage gegeben. Selbstverständlich war er gestern zwischen vierzehn und sechzehn Uhr in der Praxis gewesen.

Dieser Greiner war eine komische Figur, fand Rico Stahl. Er konnte nicht ergründen, welche Rolle der Mann spielte. Freilich, er hatte Henry Gusakhs Schwächen gekannt. Auf Nachfrage hatte er ihn jedoch auch als tierlieb, menschenfreundlich, umgänglich, zart besaitet und empfindlich beschrieben. Etwas, das den bisherigen Ermittlungen widersprach.

Nun gut, sie wollten kein Lebensprofil des Ermordeten entwickeln, sie wollten die Tat aufklären. Doch beim Gedanken an Greiner spürte Rico Stahl eine gewisse innere Unruhe.

Chili musste auf dem Weg zu Greiner gewesen sein, bevor sie die kleine Kirche betreten hatte. Vielleicht, um sich vor dem Besuch noch einmal in aller Ruhe zu konzentrieren. Davon ging Rico Stahl inzwischen aus, doch er wollte sie selbst befragen, Besuchsverbot hin oder her.

Er hatte den Wagen im P4 Mitte geparkt. In seinem Anzug fühlte er sich unter den übrigen Besuchern deplatziert. Als er nun im Parkhaus die acht Haarnadelkurven der vier Stockwerke nach unten kreiste, fühlte er sich wie nach einer lebhaften Herbstfestfahrt.

Nachdem er die Prinzregentenstraße, den Lokschuppen und die Kunsthalle, die Volkshochschule im Hans-Schuster-Haus und die Kastenau passiert hatte, befand er sich hinter der langen Linksschleife auf der südlichen Umgehungsstraße und geriet in den üblichen Verkehrsstrudel. Doch als er über die große Innbrücke mit ihren weit geschwungenen Bögen fuhr, war er froh, dass der Verkehr nicht rascher floss, denn er hatte einen wundervollen Blick nach rechts auf die Alpen. Fast hätte er angehalten, um ihn noch länger zu genießen.

Der Inn war nicht grün, so wie er meist besungen wird, sondern von braungrauer Farbe, und er führte viel Wasser. Die heftigen Regenfälle der vergangenen Wochen hatten ihn anschwellen lassen und Sand und Lehm mitgerissen. Kaum hatte er im Stau und im Schritttempo den Strom überquert, fiel ihm zweierlei ein:

Erstens hatte er übersehen – das gefiel ihm besser als der Begriff »vergessen« –, Greiner danach zu fragen, wann denn Gusakh seinen letzten Termin bei ihm gehabt hatte. Gut, das konnte nachgeholt werden. Und zweitens war er so in Gedanken versunken gewesen, dass er viel zu weit gefahren war. Gleich hinter der Volkshochschule hätte er links in die Chiemseestraße einbiegen sollen.

Wenden konnte er hier nicht. Vielleicht zwanzig Minuten kostete ihn der Umweg bis zum Ende der breiten Straße, um dann von Süden her über Schloßberg zum Klinikum zu gelangen. Um elf Uhr einundfünfzig stellte er den Wagen im Parkhaus ab.

An der Pforte erkundigte er sich nach Chilis Zimmernummer. Er hatte Glück, und eine Jungschwester nahm ihm das Märchen ab, er sei Frau Toledos Bruder. Keine halbe Minute später schlich er leise ins Einbettzimmer. Chili schien zu schlafen. Sie hatte sich vollkommen zugedeckt und eingeigelt.

Er blickte umher. Keine Blumen. Keine Bilder an den Wänden. Auf einem kleinen weißen Tischchen ein aufgeschlagenes Buch, ein leerer Block, ein Stift. Ein Krankenhauszimmer.

Rico Stahl freute sich auf die Wärme ihrer Umarmung. Er trat näher und zog die Bettdecke etwas zur Seite. Nichts. Er zog die Decke noch etwas weiter zur Seite.

Das Bett war leer.

Er klopfte leise an die Tür zur Toilette. Keine Antwort. Er schob die Tür halb auf und spähte umher. Zahnbürste,

Zahnpasta, ein gestreifter Schlafanzug, vermutlich alles von der Verwaltung gestellt. Nur keine Patientin. Nichts.

Wäre sie nur zu irgendeiner Untersuchung abgeholt worden, wäre das Bett nicht so präpariert gewesen. Chili Toledo musste sich aus dem Staub gemacht haben.

***

Was hätte sie tun sollen? Ihre Vergangenheit, was die Zeit in der Kirche betraf, war teilweise ausgelöscht. Doch die Gegenwart war absolut real. Sie wusste genau, dass sie Greiner hatte aufsuchen wollen. Auch ihre Recherche im Tierheim würde unerledigt bleiben. Rico überblickte zwar das Gesamtbild, doch konkrete Ermittlungsarbeit war nicht sein Job. Sie musste den Auftrag, den sie sich selbst erteilt hatte, erledigen. Die kleinen äußeren Verletzungen im Gesicht und am Körper wären dabei kein Hindernis.

Ihr Vater, damals Chef der Flensburger Hafenpolizei, war einmal mit einem Schädelbruch aus dem dortigen Diakonissenkrankenhaus geflohen, um seinem Job nachzugehen. Ihm hatte zwar jede Erinnerung sowohl an die Jagd nach dem Verbrecher als auch an den Sturz von der Brücke, bei der er sich die Verletzung zugezogen hatte, gefehlt. Doch er war erfolgreich gewesen, wie so oft. Er brachte den Verbrecher zur Strecke, trank im Hafen ein Pils, danach meldete er sich im Krankenhaus zurück.

Wie viel leichter hatte sie es da, musste Chili zugeben. Sie hatte sich angekleidet, ein Tuch um ihren Kopf gewickelt und den Hinterausgang genommen.

Sie hatte weder Geld noch Ausweis, doch ein verwegenes Mundwerk. Sie vermochte den Taxifahrer zu überzeugen, wer sie sei und dass sie eine wichtige Mission zu erfüllen habe.

»Kommen Sie, junge Frau«, sagte der Mann mit dem knorrigen schwarzen Schnurrbart und karrte sie in die Frühlingstraße, wo sie ausstieg.

Das Therapiezentrum Greiner war gleich erreicht. Ein Bulle von einem Mann hielt sich wie unschlüssig am Empfang auf. Der linke Arm war komplett tätowiert.

»Ich möchte Herrn Greiner sprechen«, sagte Chili Toledo.

»Bitte schön. Er steht vor Ihnen«, kam es zurück. »Brauchen Sie einen Termin?« Hinter dem Tresen steuerte er auf den Computer zu.

Ihr fiel auf, dass Greiner eine Vorliebe für bayerische Landschaften, Kirchen und Menschen haben musste. Die Wände hingen voll davon.

»Nein, keinen Behandlungstermin.« Sie erklärte es ihm.

»Vor einer guten Stunde war ein Kollege von Ihnen da.« Er kam wieder hinterm Tresen vor, sah sie argwöhnisch an und blies dabei die Backen auf. Sie hatte bisher in keinen Spiegel geschaut. Aber an seiner Stelle hätte auch sie sich selbst wohl für eine flüchtende Verbrecherin gehalten. Ihr Gesicht brannte, die Nase schmerzte. Doch er äußerte sich dazu nicht.

»Kann ich Ihren Ausweis sehen?«

Peng! Sollte sie ihm die Wahrheit sagen? Die wäre unglaubwürdiger als die billigste Ausrede.

Sie zuckte die Achseln. »Sie werden's nicht glauben«, sagte sie. »Einmal in fünf Jahren hab ich den Ausweis nicht dabei. Und grad heute ist dieses eine Mal.« Ein betörendes Lächeln und ein charmantes Klingeln ihres Gehänges sollte …

»Ach, lassen Sie's«, gab er nach. »Wie gesagt, ich hab vor gut einer Stunde schon einem Polizisten Auskunft gegeben. Ihre Fragen haben sich damit eh erübrigt.« Wieder legte sich diese misstrauische Miene auf sein Gesicht. »Wissen Sie denn nicht, dass schon ein Kollege vor Ihnen hier war?«

Er schritt zur Tür, um sie für sie zu öffnen. Dabei blickte er sie prüfend an. »Was haben Sie denn mit Ihrem Gesicht gemacht? Sind Sie in ein Dornengestrüpp geraten?«

***

Kein Ausweis. Kein Geld. Kein Handy. Doch Chili war dahoam. Sie kannte sich in Rosenheim aus. Keine fünfzehn Minuten waren es von der Frühlingstraße zum Präsidium. Wahrscheinlich hatte man im Klinikum wegen ihres Verschwindens schon Alarm ausgelöst. Doch sie fühlte sich rundum okay. Klar, sie war an der einen oder anderen Stelle ein bisschen zerkratzt und verbeult. Aber das war wahrhaftig kein Grund, sie dienstunfähig zu schreiben. Adele würde ihr recht geben. Ohne Einschränkung. Garantiert.

Chili folgte der Frühlingstraße, bis sie auf die Kaiserstraße traf. Hässliche Gegend, dachte sie, nur namenlose Häuser. Trauriger Anblick. Sie war froh, von Weitem schon den grünen Natursteinbau des Präsidiums zu sehen. Wie hingemalt sah er aus. Wie ihr eigenes Zuhause, so fühlte es sich an.

»Grüß Gott, Frau Toledo.« Der Pförtner winkte ihr freundlich, ja freundschaftlich zu. Als wäre ihr Erscheinungsbild eine Selbstverständlichkeit.

»Grüß dich, Chili!«, wurde sie von zwei oder drei Personen auf der Treppe hinauf in die erste Etage begrüßt. »Wie geht's dir? Was ist eigentlich passiert? Bist du nicht im Krankenstand?« Das waren die Fragen, die ihr entgegenprasselten.

Sie warf einen Blick in Ricos Dienstzimmer, die Tür stand halb offen. Wie erwartet war er nicht anwesend. Ausnahmsweise war ihr das recht. Das kritische Vermögen des Kriminalrats, sie anzuhören, würde sie in ihrer Situation nur davon abhalten, sich zu konzentrieren und aufgrund ihrer Empathie zu Schlüssen zu gelangen.

Den ganzen Weg über hatte Chili gerätselt, wie sie der allwissenden Adele ihr Verschwinden im Klinikum erklären konnte. Es dauerte elendig lange, bis auf ihr Klopfen reagiert wurde.

»Herein!«

Chili trat ein.

»Hallo, Frau Kommissarin.« Adele, klein und wenig, wie sie war, sprang auf. »Ich hab grad das Telefonat beendet. Man sucht Sie. Sind Sie gesund?« Sie gab sich selbst die Antwort. »Klaro, sonst wären Sie ja nicht hier.«

Chili atmete tief durch. Es war eine ungeheure Erleichterung, nach Hause zu kommen.

»Erzählen Sie! Was ist passiert?«

Chilis Antwort kam ohne Zögern. »Das wissen Sie doch, Adele! Ich wurde in der Heilig-Geist-Kirche überfallen und ziemlich übel zugerichtet. Aber nicht so übel, dass ich nicht arbeiten könnte. Deshalb bin ich jetzt wieder hier. Wissen Sie, ob der Chef –?«

Adele war, während Chili noch sprach, auf sie zugekommen und legte ihr jetzt die Hände um den Nacken. »Ach Mädchen, ich kenn Sie doch. Alle müssen hier immer den Helden spielen. Und Sie als einzige Frau unter all den Männern ganz besonders. Na ja, gut, das ist jetzt wurscht. Aber wie regeln wir das mit dem Klinikum? Dort sind Sie eindeutig abgängig.«

Kaum hatte Adele diesen Satz zu Ende gesprochen, zog sie ihre Hände zurück und machte an Chili vorbei große Augen zur Tür hin.

Hände in den Anzugtaschen, auf den Füßen wippend, stand dort Rico Stahl. »Ja, wen haben wir denn da«, sagte er bedenklich leise.

»Bist du heute bei dem Greiner gewesen?«, fragte Chili.

»Ja freilich«, kam es zurück. »Du hast ja gekniffen. Das Gespräch mit ihm war recht interessant.« Er verschränkte die Arme hinter dem Rücken. »Sag mal, Chili, dir ist es bestimmt nicht recht, dass man sich Sorgen um dich macht.«

»Wieso?«

»Das haben wir nämlich.« Er sah auffordernd zu Adele. »Wir haben uns Sorgen gemacht. Lass dich anschauen.« Er ging auf sie zu und nahm ihr Gesicht in beide Hände. Es war ihm egal, was sich Adele dabei dachte. »Wie ist das denn passiert? Hast du irgendeine Erinnerung? Irgendetwas erkannt?«

Chili gab zu, dass ihr die Erinnerung daran fehlte. »Ich weiß zwar, dass ich die Tür geöffnet habe und hineingegangen bin, doch dann wurde ich überwältigt. Danach weiß ich nichts. Weder, wer es war, noch, wie viele und vor allem nicht, warum.« Sie sah sich um und fasste Rico an der Hand. »Habt ihr schon Erkenntnisse? Hat die Spusi was gefunden?«

Der Kriminalrat schüttelte traurig den Kopf.

»Das nenne ich Teamarbeit«, warf Adele ein. Sie rückte zwei Stühle zurecht und nahm selbst auf einem dritten Platz. »Übrigens – wollen wir uns nicht kurz setzen? –, ich sollte doch den Ersan Hamir überprüfen. Den Sohn des Gusakh. Ich bin die Geburtenregister durchgegangen. Was glauben Sie? Ist der Halbtürke Gusakhs Sohn?«

Chili streifte Rico kurz mit einem Blick, der ihm zuflüstern sollte: Lass sie doch berichten. Wir sagen nichts. Dann wendete sie sich Adele zu. »Da bin ich aber gespannt, was Sie herausgekriegt haben. Der Mann tut ja sehr geheimnisvoll.«

Rico Stahl würdigte ihre Aussage mit einem flüchtigen Nicken. Seine Gedanken behielt er für sich. Ihre bisherigen Ermittlungen waren wie ein Schiff auf dem Chiemsee, das noch nicht die richtige Brise in den Segeln hatte und daher nicht genügend Fahrt aufnehmen konnte, um Ruderwirkung zu haben, und das nur mit fremder Hilfe vorankam, etwa mit der Kraft des Außenborders. Routinemaßnahmen und Anhörungen – die Ermittlung hatte noch keine Eigendynamik entwickelt.

»Heiner Grossmann, der sich inzwischen ja Henry Gusakh nannte, hatte tatsächlich einen unehelichen Sohn.« Adele richtete sich in ihrem Stuhl auf, um die Bedeutung ihrer Aussage zu betonen.

»Nicht sehr lange nach seinem Gefängnisaufenthalt bekam er eine Stelle als Verkäufer bei der Münchfinanz, damals ein Tochterunternehmen der Deutschen Bank, das Finanzprodukte vertrieb. So kam er nach Rosenheim. Inzwischen hat die Bank die Tochter wieder abgestoßen. Gusakh entwickelte sich zu einem glänzenden Verkäufer. Auf diesem Gebiet muss man wohl ziemlich rücksichtslos vorgehen, um Erfolg zu haben. Hier eine kurze Pressenotiz aus jenen Tagen.«

Sie reichte einen verblassten Artikel aus dem »Oberbayerischen Volksblatt« weiter, aus dem hervorging, dass Henry Gusakh den internen Preis als bester Verkäufer gewonnen hatte.

»Jedenfalls lernt er bei der Münchfinanz die türkischstämmige Kollegin Leila Hamir kennen. Diese Leila muss wohl recht hübsch gewesen sein. Hier – sehen Sie –, die junge Dame im Hintergrund.« Sie tippte mit der Zeigefingerspitze auf das Foto unter dem Pressetext. »Leila bringt im kommenden Jahr – am 7. April 1988 – einen gesunden Jungen zur Welt. Dieser Bub ist heute siebenundzwanzig Jahre alt. Prüfen Sie Ersans Personalausweis – Sie werden sehen, dass das Geburtsdatum übereinstimmt.« Sie machte eine Pause, damit sich das Gesagte setzen konnte, und räusperte sich. »Ersan Hamir ist tatsächlich Henry Gusakhs Sohn.«

Die Identität der Person war für Rico Stahl und Chili so gut wie gesichert gewesen. Adeles offizielle Bestätigung traf nun den Nagel auf den Kopf.

»Danke, Adele. Sehr pfiffig. Das hilft uns sehr.«

Adele blickte Rico Stahl ins Gesicht. Sie wollte offenbar sehen, ob er das Lob ehrlich meinte. Sie hatte so etwas bei ihm nur selten erlebt. Ja, er meinte es ehrlich. Keine Spur von Ironie in seiner Miene. Adele goss sich ein Glas Mineralwasser ein und schob die vor ihr liegenden Papiere zur Seite.

Rico Stahl tat es ihr nach. »Willst du auch ein Wasser?«, fragte er Chili beinahe übertrieben höflich.

Chili winkte ab.

Weil anscheinend niemand sonst etwas zu sagen hatte, versuchte Rico Stahl, eine Zusammenfassung zu geben. »Wir haben einen Mord an einem Mörder«, begann er. »Und der Ermordete war eine undurchsichtige Person. Die einen beschreiben ihn als Schwein, die anderen als umgänglich und sensibel. Er hatte ›verbotene‹ Beziehungen zu Frauen. Wo liegt das Motiv?«

Rico Stahl sprach mit verhaltener Stimme, ein wenig stockend. Er hatte sich einen Stuhl herangezogen und sich rittlings daraufgesetzt.

»Wir haben einen Mord, bei dem nichts einem anderen Mord gleicht. Das kann bedeuten, dass Motiv und Täter auch etwas sind, womit wir noch nie zu tun hatten. In gewisser Weise erinnert mich das an die Situation vom vergangenen Sommer. Dass wir den Fall seinerzeit gelöst haben, lag daran, dass wir uns nicht auf irgendetwas fixiert haben. Das dürfen wir auch jetzt nicht tun.« Er schaute in die kleine Runde. »Ich wiederhole: Falls wir uns in unseren Köpfen auf etwas Bestimmtes festgelegt haben, müssen wir es erst einmal – zumindest vorläufig – über Bord werfen. Uns davon frei machen.«

Chili Toledo hatte sich wieder von ihrem Stuhl erhoben. Rico Stahl merkte, dass sie noch etwas sagen wollte.

»Was spricht eigentlich dagegen, dass wir es mit einem Wahnsinnigen zu tun haben?«, fragte sie. »Dass dieser Mord in einem Zustand geistiger Unzurechnungsfähigkeit ausgeführt worden ist? Einen Menschen in einer geschlossenen Ausstellung mit einem Kirchturmmodell aus Holz zu erschlagen, das kommt mir vor wie ein Ritualmord im Mittelalter.«

Rico Stahl stand ebenfalls auf. Er nickte zwar, als ob er zustimmte. Doch er erwiderte: »Nicht unbedingt. Ausgefallene Bestialität und Wahnsinn gehen nicht notwendigerweise Hand in Hand. Man sieht es am Bespiel des Ermordeten selbst.«

Chili wirkte nicht zufrieden mit seiner Antwort. Sie lehnte sich an den Türpfosten und betrachtete ihn.

Adele stand die Neugierde ins Gesicht geschrieben. Sie sah vom einen zum anderen.

»Du magst schon recht haben, Rico«, meinte Chili. »Ich bin trotzdem nicht überzeugt. Vielleicht sollten wir den Kriminalpsychologen hinzuziehen, den wir im vergangenen Sommer dabeihatten. Wenn ich das richtig in Erinnerung habe, hat er bei dem Fall sehr geholfen.«

Hätte sie vorher nachgedacht, hätte sie diese Bemerkung vermieden. Sie hätte wissen müssen, wie stolz Rico Stahl auf seine Vergangenheit als Profiler und Fallanalytiker war. Gut war allerdings, dass sie ihn durch ihre Unbedachtheit in seinem Ehrgeiz und dem Willen forderte. Wenn er ehrlich war, konnte er nicht leugnen, dass besagter Psychologe an dem glücklichen Abschluss der Ermittlungen im vergangenen Sommer seinen Anteil gehabt hatte. Doch Rico Stahl fand, dass es – wenn überhaupt – noch zu früh war, ihn hinzuzuziehen. Eigentlich scheute er sich überhaupt davor, Parallelen zu ziehen.

»Aha«, bemerkte er zurückhaltend. »Wäre es eventuell möglich, dass du von mir ein Profil des Täters erwartest?«

»… oder der Täterin«, verbesserte Chili.

»Oh nein«, widersprach Rico Stahl. »Bei allen Widersprüchen – es handelt sich eindeutig um einen männlichen Täter. Darauf haben wir uns doch geeinigt, oder?«

Adele hielt es nicht mehr aus. Mit großen Augen und weit offenen Ohren hatte sie den Dialog verfolgt. »Etwas macht mir Angst«, sagte sie leise.

Überrascht blickte Chili auf. »Hopperla«, sagte sie. »Jetzt auf einmal?«

»Nein, die ganze Zeit schon. Die Brutalität der Tat macht mir die ganze Zeit schon Angst. Er wurde mit diesem Kirchenmodell gnadenlos erschlagen. Wie ein Stück Vieh. Alles voll Blut.«

»Der Täter muss einer gewesen sein, der Henry Gusakh für einen Menschen ohne Skrupel gehalten hat. Für ein echtes Ekel. Viele bezeugen, dass er ein Widerling war.«

»Das erklärt meiner Meinung nach nicht, warum er auf diese Weise umgebracht wurde. Mit dieser Kirche. In einer Ausstellung. Da war eiskalte Berechnung dabei.«

»Hass kann die wildesten Phantasien beflügeln«, sagte Chili. »Genau wie Eifersucht.«

Adele schüttelte den Kopf. »Als ich die Bilder der Leiche gesehen habe, hatte ich das Gefühl, dass da mehr war als ein alter Mann, der ermordet wurde.« Sie hob die Schultern. »Man hätte ihn ja erschießen können. Oder ihn auf offener Straße mit einem Prügel überfallen oder ihn erdrosseln. Aber nein. Mit einer Kirche. In einer Kirchenausstellung. Ich kann es nicht näher erklären. Aber dieses Gefühl ist da. Dass der Täter damit etwas sagen wollte. Und dieses Gefühl ist stark.«

Rico Stahl erwachte wie aus Trance. Immer wieder überraschte ihn diese Adele mit ihren Beobachtungen, Überlegungen und Recherchen. Ihm dämmerte, dass sie zuletzt etwas Wichtiges gesagt hatte. Etwas, das auf eine noch unklare Art Gedanken traf, die auch ihm schon durch den Kopf gegangen waren. Er drehte seinen Stuhl um, nahm wieder darauf Platz und schlug die Beine übereinander.

»Machen Sie weiter«, sagte er. »Vielleicht sind Sie auf einem richtigen Weg.«

Chilis Gesichtsausdruck war voller Erstaunen. Es war deutlich aus ihrer Miene zu lesen, was sie dachte. Was ist denn in den Rico gefahren? Der ist doch sonst nicht so offen. Anscheinend war Adele ungewollt in seine Gedankenwelt eingedrungen.

Auch Adele sah ihren Vorgesetzten verwundert an. »Mehr fällt mir auch nicht ein. Es war ein Mord. Doch es war nicht irgendeiner. Dieser Mord erzählt die Geschichte, die dahintersteht.«

Chili konnte nicht anders, als verblüfft durch die Zähne zu pfeifen.

»Der Mörder wollte uns damit etwas mitteilen?«, sagte Rico Stahl.

»So ungefähr. Ich glaube, ja.«

Eine chiffrierte Mitteilung, dachte Rico Stahl. Eine Todesbotschaft, die wir noch nicht entschlüsseln konnten. »Sie könnten recht haben«, schloss er nachdenklich.

Eine Weile saßen sie schweigend.

Dann erhob sich Chili aus ihrem Stuhl, ging hinüber zu Adele und legte ihr schwer eine Hand auf die Schulter. Jetzt erst bemerkte sie, dass die Frau Tränen in den Augen hatte.

Rico Stahl machte ein entschlossenes Gesicht. Als ob er

durch Adeles Mitarbeit neue Kraft gewonnen hätte. »Es ist ein Mann«, sagte er mit fester Stimme. »Wir haben ausschließlich Männer im Visier.«

15

»Und was ist mit der Frau Dr. Schwaiger-Pröll?«, fragte Adele. Sie stand sichtlich in dem Zwiespalt, ob sie sich gegenüber den beiden Kommissaren zurückhalten sollte oder nicht.

Rico Stahl ließ bei dieser Überlegung Chili den Vortritt.

»Kathrin Schwaiger-Prölls Alibi ist glaubhaft«, bestätigte Chili. Zustimmend senkte sie kurz den Kopf. »Sie hätte auch nicht die Kraft, solch ein schweres Ding emporzuwuchten und mit voller Kraft auf das Opfer niedersausen zu lassen. Nein, nein, auch ich gebe dem Kriminalrat recht.«

Rico Stahl nickte Adele aufmunternd zu, als er ihre enttäuschte Miene wahrnahm. Eine Geste, die erkennen ließ, dass er durchaus in der Lage war, sich in ihre Gedankenwelt hineinzuversetzen. Aber er bestärkte Chili. »Das stimmt. Wir haben ihre Aussage geprüft. Sie sagt die Wahrheit.«

Es entstand eine weitere Pause. Chili befürchtete einen abrupten Bruch. Denn sie wusste, dass Rico Stahl manchmal ohne weitere Formalitäten ein Gespräch beendete oder aus dem Raum ging, wenn er das Gefühl hatte, das Thema sei durch.

Aber so war es nicht.

»Schauen wir uns den Mirko einmal an«, fuhr er ungerührt fort. »Der ist auf seine Frau eifersüchtig wie ein Kakadu. Ich hab's am eigenen Leib gemerkt, als ich nur in ihre Nähe kam. Und auf den Gusakh war er total eifersüchtig, das hat er indirekt gleich zu Beginn unseres Gesprächs bekundet. Ich kann mir gut vorstellen, dass er zu einer Gewalttat fähig ist, die Kraft dazu hat er. Auch die Kraft, mit einem Kirchturm zu arbeiten.«

Warum ausgerechnet mit einem Kirchturm? Diese Frage beschäftigte ihn immer stärker. Der Täter wollte damit etwas aussagen, hatte Adele vorgebracht. Es war deutlich zu spüren, wie erregt Rico Stahl war, während er sprach. Es klang, als wäre für ihn der Wirt vom »Balkangrill« der Verdächtige Nummer eins.

»Dann der Theo Schwaiger, der Tierarzt und Stadtrat. Von der Statur her ein Bär. Wohl auch von der psychischen Kraft her. Denn ich weiß nicht, wo er die Stärke hernimmt, einen Liebhaber neben seiner Frau zu dulden. Er wusste von ihrer Liaison und hat sie toleriert. Für mich absolut rätselhaft. Ein klassisches Motiv: unterdrückte Eifersucht. Auch sein Alibi ist nicht wasserdicht. Er war zwar am Abend bei diesem Treff im Gasthof Stockhammer, das ist gesichert. Ich war dort und habe nachgefragt. Doch wo er sich zwischen ein und zwei Uhr aufgehalten hat, das kann er natürlich nicht beweisen. Könnte ich übrigens auch nicht. Nicht einmal seine Frau hat ihm die Anwesenheit bestätigen können.«

»Über die beiden denke ich auch lebhaft nach«, sagte Chili. »Sie könnten sich doch leicht mit einem Alibi gegenseitig stützen, oder? Haben sie aber nicht getan.«

Rico Stahl sah Chili lange und versonnen an. Er musterte sie förmlich. »Sag mal, das mit deinem Gesicht –«

»Ja, ja, ist schon in Ordnung. Nur keine Panik, ihr müsst euch keine Sorgen machen. Sobald wir diesen Fall gelöst haben, such ich notfalls eine ästhetische Chirurgie auf und lass mich wieder verschönern. Ich werde nicht wiederzuerkennen sein.« Chili machte eine Geste, die unmissverständlich andeutete, dass die Diskussion über dieses Thema beendet war. »Wiesböck?«, stellte sie in den Raum.

Rico Stahl hatte noch immer Adeles Überlegung im Hinterkopf. Dass der Mord an Gusakh durch seine Einzigartigkeit auffalle. Einzigartigkeit war nach seiner Erfahrung fast unweigerlich ein wertvoller Hinweis. Je konturloser und gewöhnlicher ein Verbrechen erschien, desto schwieriger war es aufzuklären. Doch was hatten sie in diesem besonderen Fall denn schon Konkretes?

Ein Gedanke begann in seinem Kopf zu reifen. Doch er

durfte nicht unhöflich sein und Chili im Regen stehen lassen. Sie verdiente eine Antwort.

»Ja, der Rudolf Wiesböck«, ging er auf ihre Frage ein. »Adele hat herausgefunden, dass er sich bis spätabends im ›Ocakbasi‹ befand. Das haben wir hinterfragt. Mit Adam El-Hendy, der sich auch dort aufgehalten hat, ist er nach Hause gegangen. Sie haben im Gartenhaus Wein getrunken, und El-Hendy ist dann eingeschlafen. Wiesböck selbst muss die Nacht im Haus verbracht haben. Die Spuren belegen das. Keinesfalls hätte er vor Mitternacht im Lokschuppen sein können, um den Mord vorzubereiten und auszuführen. Dass Wiesböck schwul ist, tut hier nichts zur Sache. Schwul zu sein ist schließlich kein Verbrechen.«

»Trauen wir denn diesem Ersan einen Mord am Vater zu?« Chili nahm ihre Hände in Augenschein und klimperte mit den Fingerspitzen.

»Nein«, erklärte Adele mit Bestimmtheit.

»Na ja«, meinte Rico Stahl. »Ein eindeutiges Alibi hat er nicht. Geht um die Tatzeit herum spazieren und trifft mitten in der Nacht zwei plaudernde Frauen mit Kinderwagen. Aber – wenn ihr mich fragt – ich kann mir nicht vorstellen, dass der spindeldürre Mann seinen Vater mit diesem schweren Gerät erschlägt.«

Danach stellte er sich ans Fenster und sah hinaus. »Coburg?«, fragte er.

»Nein«, antwortete Adele.

Rico Stahl kratzte sich am Kinn. »Alles Hypothesen«, sagte er. »Ich denke da über eine ganz andere Vorgehensweise nach. Ich werde euch auf dem Laufenden halten.«

Als Rico Stahl das Präsidium verließ und sich nach links wandte, musste er die belebte Kaiserstraße hinuntermarschieren, bevor er zum Mittertor kam. Ein fremder Duft wie in einem türkischen Bazar schlug ihm entgegen. Er war ihm keineswegs unangenehm. Seit er etliche Kurzurlaube in Istanbul und im türkischen Inland verbracht hatte, war er mit der heimischen Küche und ihren würzigen Gerüchen vertraut. Ab und zu genehmigte er sich sogar einen Döner an diesem Kiosk in der Kaiserstraße. Doch nicht heute, denn er hatte anderes vor.

Für ihn war der Überfall auf Chili in der Heilig-Geist-Kirche inzwischen ein wichtiger Schlüssel zum Ermittlungserfolg. Wer sonst hätte ausgerechnet Chili ohne ersichtlichen Grund überfallen sollen, wenn nicht Gusakhs Mörder mit diesem Einschüchterungsversuch?

Die Straßen in Rosenheims altem Stadtkern rund um den Max-Josefs- und um den Ludwigsplatz hatten sich gefüllt, es herrschte ziemlicher Trubel. Viele Urlauber und Touristen kamen vom Chiemsee zurück, vom Simssee oder aus den Bergen. Sie wollten noch etwas durch die Läden streifen und sich dann ein Gasthaus oder ein Café suchen.

Es war unglaublich, wie viele Geschäfte es in der Rosenheimer City gab, erst jetzt in der Hochsaison fiel einem das so richtig auf. Allein hundertfünfunddreißig Friseure, hieß es, sollte es geben. In einer Stadt mit etwas mehr als sechzigtausend Einwohnern und dreißig Ortsteilen. Unzählige Mode- und Trachtengeschäfte, Bäckereien und Handyläden beherrschten das Stadtbild. Rosenheim quoll über davon, während man nach Metzgereien, Buchhandlungen, Elektro- und Haushaltswarengeschäften definitiv suchen musste.

Als Rico Stahl in langen Schritten, doch ohne große Eile über den Max-Josefs-Platz ging, fühlte er sich nicht zum ersten Mal etwas deplatziert. Kein Mensch rannte am helllichten Tag im Anzug herum. Alle trugen Jeans, Bermudas, T-Shirts oder lässige Polohemden, die über die Hose fielen. Rico Stahl reckte sich, strich beide Anzugärmel glatt und trat beim »Bergmeister« ein. Wenn schon kein Döner, dann wenigstens ein Eis.

»Zwei Kugeln Eis bitte.«

»Zum Mitnehmen?«

»Ja freilich. In der Waffel. Und ohne Löffelchen. Nicht einpacken.«

»Wie viele Kugeln?«

Rico Stahl atmete durch. Dass Eis zu kaufen so schwer sein musste. »Wie gesagt: zwei. Zwei Kugeln.«

»Und welches Eis?« Die blutjunge Verkäuferin wies auf die halb gefüllten bis fast leeren Wannen hinter der Sichtscheibe.

»Einmal Zitrone, einmal Vanille«, sagte er. Und vorsichtshalber: »In der Waffel. Zwei Kugeln.«

»Macht zwei zwanzig.«

Wenn Rico Stahl mittags in der Münchener Innenstadt zu tun und etwas Zeit hatte, kaufte er sich beim »Schlemmermeyer« am Viktualienmarkt eine Thüringer Rostbratwurst. Früher mit viel scharfem Senf. Seit er sich mit dem Senf einmal den ganzen Anzug versaut hatte, ließ er diese Zutat sein. Mit dem Eis war es das Gleiche. Es tropfte, schmierte und pappte. Jedes Mal also, wenn er von der oberen Kugel schleckte, hielt er die Portion weit von sich weg.

Er verließ die Arkaden und schlenderte gemächlich auf das Portal der Heilig-Geist-Kirche zu. Obwohl nicht gerade religiös, sträubte sich etwas in ihm, das Eis im Kirchenraum zu schlecken. Die leere Waffel überließ er den Rosenheimer City-Vögeln, unter denen es sogar Turmfalken von der Nikolauskirche gab.

Im Inneren war es kühl und schummrig, und es roch ein bisschen muffig, kein Wunder.

Noch immer hatte er den Vanillegeschmack auf der Zunge.

Hier also hatte sich Chili aufgehalten. Am Sperrgitter zusammengesunken hatte man sie vorgefunden. Mit einem Sack über dem Kopf.

Er schaute sich um. Er war tatsächlich allein. Der Herrgott würde ihm ein einziges Handytelefonat in seinem Haus schon verzeihen, oder?

»Adele? Stahl hier. Geht um den Überfall auf Frau Toledo. Ich bin gerade in der Kirche. Wie weit ist eigentlich der Bruni mit seinen Leuten? Gibt es schon Ergebnisse? Mich interessiert vor allem die Auskunft über den Sack.«

»Sack?«

»Mei. Man hat ihr doch einen Sack über den Kopf gestülpt. Diesen Sack, den meine ich.« Er hatte die Stimme erhoben. Er war ungeduldig.

»Nein, hier liegt bezüglich dieser Untersuchung noch nichts vor. Ich nehme an, es liegt an der DNA-Anforderung, das dauert immer etwas. Aber das wissen Sie ja.«

»Bitte machen Sie Dampf.«

Gerade so musste sich Chili hier drinnen aufgehalten haben. Leeres Gotteshaus, geschlossenes Sperrgitter, Stille. Bis der Angreifer kam. Er stellte sich das Geschehen vor …

Woher hatte der gewusst, dass Chili in der Kirche war? Er musste auf jeden Fall gewusst haben, dass sie mit dem Fall betraut war. Hatte er keine Furcht vor Entdeckung? Er war ein ziemliches Risiko eingegangen. Doch so waren manche Menschen eben.

Rico Stahl überlegte, wer von den Verdächtigen dafür in Frage kam. Die Kathrin Schwaiger-Pröll konnte er auch in diesem Fall vergessen. Ihr Mann, der Tierarzt? Ja, der wäre durchaus in der körperlichen Verfassung dazu, ebenso der Greiner und der Wiesböck. Doch Schwaiger, den Stadtrat, hielt er nicht für verwegen genug, um in einer Kirche mitten in der Stadt am Tag … Und den Wiesböck hatten sie vorerst von der Liste gestrichen.

Der Ersan fiel seiner Meinung nach ebenfalls durchs Raster. Er war zu schmächtig und zu sensibel, um den Mord an Henry Gusakh begangen oder auch um eine Polizistin überfallen und kaltgestellt zu haben. Dr. Faulhaber? Nein, der Lokschuppen-Chef kam ganz bestimmt nicht in Frage. Er hatte kein Motiv und war eh zu unpersönlich. Ganz anders der Mirko. Er hatte das Motiv und die Kraft, diesen Mord an Gusakh zu begehen. Immer vorausgesetzt, der Mörder und Chilis Quälgeist waren ein und dieselbe Person.

Blieben also letzten Endes Mirko und Greiner.

Die Kirche! Mit einer Kirche war Gusakh erschlagen

worden, exotisch genug. Und nun war Chili in einer Kirche überfallen worden. War das Zufall oder System? Was hatte der Täter mit diesem Paradigma postulieren wollen? War er besonders fromm? Er verzog den Mund bei der Vorstellung, beim Staatsanwalt eine Durchsuchung zu beantragen, um nach Gebetbüchern in den Häusern oder Wohnungen der Verdächtigen zu suchen.

Der Handyton hallte in dem engen Kirchenraum, dass es eine Pracht war. Sofort sah er auf das Display.

»Adele?«

»Ja, Adele hier.«

»Und?«

»Wegen des Sacks. Ein ganz normaler Sack, wie man ihn im Baumarkt oder bei der Baywa kaufen kann. Oder mitgehen lassen kann, die liegen da stapelweise rum. Die Spusi hat daran Spuren von Haaren und Hautpartikel gefunden. Doch die stammen aller Voraussicht nach von unserer Chili. Das war auch zu erwarten. Was Sie sich erhoffen, nämlich einen Fingerzeig auf den Täter, ist vorerst nicht dabei. Originalton Bruni.«

Rico Stahl spürte wieder diese Ungeduld in sich emporkochen. Er hatte sich tatsächlich mehr erhofft. Noch gab es keinen einzigen brauchbaren Hinweis auf denjenigen, der Chili überfallen hatte.

Und hier, in der Kirche? Neben dem bisschen, was Bruni mit seiner Mannschaft eh schon untersucht und gefunden hatte, gab es offenbar nichts darüber hinaus zu entdecken, sosehr er sich auch bemühte. Er stellte sich vor, wie der Täter heimlich die Tür öffnete, um sich sah, Chili entdeckte, lautlos auf sie zuschlich und sie letzten Endes niederschlug und ihr bis zur Bewusstlosigkeit zusetzte. So musste es sich nach bisherigen Erkenntnissen abgespielt haben.

Er hatte bereits die altertümliche Metallklinke in der Hand, als der nicht ganz neue Gedanke in seinem Kopf konkrete Gestalt anzunehmen begann. »Ich denke da über eine ganz andere Vorgehensweise nach«, hatte er Chili und Adele angekündigt. Ja, in seiner Münchener Zeit als Profiler hatte er sie einige Male angewandt, jedes Mal mit Erfolg. Er verstand nicht recht, weshalb er sich hier in Rosenheim nicht schon früher darauf gestürzt hatte. Wahrscheinlich, weil er gehofft hatte, auch ohne sie zu einem vernünftigen Ermittlungsergebnis zu kommen.

Jetzt wollte er es anpacken, möglichst sofort. Es sprach viel dafür. Der Mord war zu speziell, um nicht von einem ganz bestimmten Tätertyp begangen worden zu sein.

Wie konnte dieses Täterprofil beschaffen sein?

16

Der Himmel an diesem frühen Donnerstagmorgen war grau, nur ab und zu brach die warme Sommersonne durch. Die wenigen Tage Trockenheit schienen endgültig vorbei zu sein, eine Fortsetzung des verregneten, nassen Sommers kündigte sich an. Genau wie die Meteorologen es vorhergesagt hatten.

Sein Ziel, der Gutshof, stand auf einer kleinen Anhöhe, umgeben von hohen Bäumen, die er für Buchen hielt. Weithin nur Wiesen und ein bisschen Wald. Er schnalzte mit der Zunge. Abgelegen, dachte er, aber beachtlich, zu welchem Wohlstand es dieser Kerl gebracht hatte.

Vorsichtig schlich er den kurzen Anstieg hinauf. Da war ein kleiner Garten mit zerzausten Gewächsen. Er verhielt sich achtsam und bewegte sich behutsam, um keine Spuren in der Pflanzerde zu hinterlassen und nichts umzuknicken. Nach wenigen Metern Höhenunterschied spürte er den kalten Ostwind, der vom Inn herüberwehte. Durch das Rauschen der Bäume drangen weitere Geräusche. Das Klirren und Klingen von Windspielen – in seinen Ohren ein Klimpern und Scheppern –, das von irgendwo jenseits des Hauses kam. Lage und Bauart des Gebäudes hatte er in den vergangenen Tagen zweimal ausgekundschaftet. Das Wetter war jeweils gut gewesen.

Das Gut besaß drei Flügel und einen Innenhof. Dort hielt sich der, den er töten wollte, die meiste Zeit auf. Nicht jedoch schon jetzt um halb fünf in der Früh. Er hatte extra diese frühe Stunde gewählt, um nicht in Eile zu geraten, alles in Ruhe und ohne Hast abwickeln zu können und rechtzeitig wieder bei der Arbeit zu sein. Seine Mutter sollte mit ihm zufrieden sein.

Er trug dunkle Jeans und ein dunkles langärmeliges Hemd. Auf dem Kopf hatte er eine dunkle Basecap, neutral und ohne

Aufschrift. Er hatte sich ausgemalt, in diesem Aufzug kaum aufzufallen, sollte ihm jemand über den Weg laufen. Bisher jedoch war er niemandem begegnet.

Flüchtig griff er nach der Waffe. Er hatte sie in einen Stoffbeutel gesteckt, den er in der Hand trug. Ein Rucksack wäre zu lästig gewesen, und sie nur in der Hosentasche oder im Hosenbund zu befestigen, wie sie es im Film tun, war ihm zu riskant erschienen. Er war schließlich keinen täglichen Umgang mit einer Waffe gewohnt.

Der Zugang zum Innenhof von der anderen Seite war frei. Kein Zaun, kein Gebüsch, keine anderen Hindernisse. Drinnen im Haus war alles ruhig. Kein Licht. Auch hier draußen wäre alles sehr still gewesen, hätte nicht der Wind gepfiffen, hätten nicht die Bäume gerauscht und die Klingeln gescheppert. Vielleicht später ein Vorteil, man würde den Schuss von Weitem nicht hören, wenn überhaupt. Er sah sich um. Kein Mensch weit und breit, nicht einmal ein Tier.

Von seinem Platz am Ende des Südflügels konnte er nun den gesamten Innenhof überblicken. Er war in mühevoller Kleinarbeit komplett gepflastert worden. Exotische Pflanzen in Kübeln standen herum, ein vergammelter Rosenstock, zwei, drei Laubbäume, eine traurig gebückte Weide, an der die Windspiele hingen, ein paar Bambusmöbel, ganz hinten ein mit Holzbohlen bedeckter Brunnen, in der Mitte ein runder Tisch. Dort hatte sein Opfer gesessen, als er es vor Tagen zuletzt gesehen hatte.

Der Hauptflügel, in dem sich die Wohnräume befanden, lag rechts. Er war von einem überdachten Gang eingefasst. Auch aus diesem Blickwinkel war alles ruhig. Der Mann, der nur noch kurz zu leben hatte, schlief noch. Ein letztes Mal. Kein Wunder, um Viertel vor fünf.

Die Andeutung eines Lächelns huschte über sein Gesicht. Er sah nach links. Dort war ein Abstellraum mit Fahrrädern, Skiern, Stiefeln, Schubkarren, Gartengeräten. Er wusste, dass er auf einen trainierten Langstreckler treffen würde. Ihn beim

Sport zu erledigen, hatte er ausgeschlossen. Hier in dieser Umgebung war seine Tat weitgehend unauffällig. Er pirschte sich heran und drückte die Klinke der Holztür hinunter. Die Tür war unverschlossen. Wer verrammelte auch schon einen Raum in dieser unberührten Gegend? Er schlüpfte hinein und schloss die Tür.

Bei seinem ersten Besuch war der andere an dem runden Tisch auf dem Stuhl gesessen, auf dem er ihm exakt den Rücken zukehrte. Er hoffte, diesen Gefallen würde er ihm wieder tun. So lange musste er sich gedulden. Durch ein kleines, mit Spinnweben halb verhangenes Fenster hatte er freien Blick nach draußen. Er musste nur noch warten.

Es gab etwas, das ihn störte und seinen Zeitplan auf gewisse Weise durcheinanderbrachte. Er hatte genau verfolgt, was in den Zeitungen alles über den Tod Henry Gusakhs geschrieben worden war. Über den Mord. Seinen Mord. Er hatte die Nachrichten im Radio gehört und die verschiedenen Fernsehprogramme angesehen. Die Polizei begriff nichts. Sie hatten keine Ahnung, in welche Richtung sie forschen mussten.

Nun luden sie gar in der Münchener AZ zu einer Bürgerversammlung ein. Die Polizei wollte über den aktuellen Stand der Dinge im Mordfall Gusakh berichten. Der genaue Termin wurde noch bekannt gegeben, jedenfalls seien alle Bürger eingeladen, sich das anzuhören, und sie durften Fragen stellen. Er überlegte, ob er hingehen sollte, um sich auch auf den neuesten Stand der Ermittlungen bringen zu lassen. Das konnte nie schaden.

Seine Absicht, einerseits keine Spuren zu hinterlassen, andererseits aber falsche Spuren zu setzen, um sie vom eigentlichen Pfad wegzulocken, hatte sich erfüllt. Aber jetzt überkam ihn Ungeduld angesichts ihrer ganzen Unfähigkeit. Sie hatten auch ihn vernommen, doch er hatte es, wie er fand, mühelos geschafft, sie hinters Licht zu führen.

Er saß auf einem verlassenen Hocker in dem Abstellraum

und dachte nach. Noch hatte er genügend Zeit. Er holte die Waffe aus dem Sack, prüfte sie noch einmal und legte sie am Fenstersims ab. Geladen, volles Magazin, entsichert.

Er langte ein zweites Mal in den Stoffbeutel und holte den letzten Brief heraus, den seine Mutter ihm geschrieben hatte. Er war ebenso unvollendet wie die anderen Nachrichten, die er von ihr erhalten hatte. Aber in diesem Brief hatte sie angefangen, von sich selbst zu schreiben. Über die Ereignisse, die dazu geführt hatten, dass sie sich schon mehrfach das Leben nehmen wollte. Er hatte verstanden, dass die Mutter ihre Verbitterung über das damalige entsetzliche Geschehen nie überwunden hatte. Er würde noch einmal töten, um sie zu rächen.

Wie ein herrenloses Schiff treibe ich durch diese Welt. Ich fühle mich wie ein Fliegender Holländer, der dazu verflucht ist, die Schuld eines anderen zu sühnen. So empfinde ich schon seit damals, mein Sohn. Das Alter, habe ich geglaubt, würde den inneren Abstand vergrößern, und die schrecklichen Erinnerungen würden verblassen. Irgendwann ganz verschwinden. Ich sehe ein, dass es nicht so ist. Erst mit seinem Tod kann ich (vielleicht) einen Schlusspunkt setzen. Gott behüte dich, mein Sohn!

Er legte das Papier weg und schloss die Augen. Draußen hörte er den beißenden Morgenwind heulen. Er rief sich die Ereignisse in jener Nacht in Erinnerung, in der er Gusakh, diesen Verbrecher, im Lokschuppen erschlagen hatte. Es war nicht schwierig gewesen, sich einschließen zu lassen und auf ihn zu warten.

Nach kurzer Zeit öffnete er die Augen wieder. Eine Flaggenleitung hatte sich im Innenhof losgerissen und schlug gegen den Mast. Wenig später öffnete sich drüben die Tür, die zu den Wohnräumen führte. Der andere trat heraus. Es war noch nicht einmal sechs, der Mann musste durch das blecherne Geräusch geweckt worden sein.

Die Spannung stieg, doch er spürte keine Unruhe. Je näher

der Zeitpunkt kam, zu dem er handeln musste, desto ruhiger wurde er. Sehr ruhig. Er drängte sich an einem Fahrrad vorbei und öffnete die Tür ein wenig. Drüben hatte der andere die Leitung wieder befestigt und war reingegangen. Eine Minute danach meinte man ein sprudelndes Geräusch zu hören, wenig später lag der Duft von frischem Kaffee in der Luft.

Dann geschah etwas, was er sich in seinen kühnsten Träumen nicht zu wünschen getraut hätte. Der andere kam mit einer Henkeltasse Kaffee wieder heraus, setzte sie am Tisch ab, ging wieder hinein, kam mit einem Notebook unterm Arm wieder heraus, setzte sich exakt auf den Gartenstuhl, der für ihn vorgesehen war, und lehnte sich zurück.

Der Dunkle legte an und zielte. Er hatte den Kopf im Visier. Doch dann überlegte er es sich anders. Er war nicht sehr geübt im Schießen, und die Entfernung war leidlich weit, vielleicht fünfzehn Meter. Blödsinn, nicht die einmalige Chance zu nutzen!

Behutsam öffnete er die Tür. Sie quietschte, das hatte er nicht bedacht. Dort vorn drehte sich der andere nur halbherzig um. Er traute seinem Gehör offensichtlich nicht. Er verwarf den Gedanken und öffnete sein Notebook.

Der erste Schuss war irrsinnig laut. Er traf die Mitte des Hinterkopfs. Er dröhnte und hallte, dass man meinen konnte, er würde die umliegenden Ortschaften – Langenpfunzen, Wernhardsberg, vielleicht noch Deutelhausen – beschallen. Das Echo des Knalls wurde von den Mauern des Dreiseithofs zurückgeworfen. Doch wenn schon, denn schon. Der Dunkle beugte sich vor und wollte gerade sein Opfer von vorn betrachten. Da neigte sich der Körper langsam – unwirklich langsam – zur Seite und blieb irgendwo zwischen oben und unten hängen.

Ein Sonnenstrahl brach durch das Grau und beleuchtete die Szene.

Er hatte Blut erwartet, viel mehr Blut. Doch da war nur das Loch im Hinterkopf und vorn die weggefetzte Nase. Freilich, aus dem Gesicht flutete ein wenig Blut. Die Augen waren geöffnet, mit einem Schimmer Verwunderung darin.

Er spürte ein nervöses Kribbeln im Magen. Nicht dass er Angst gehabt oder Zweifel gefühlt hätte. Doch man mordet nicht jeden Tag.

Er wollte ganz sichergehen und ballerte mit einigem Abstand noch zweimal von hinten in den Oberkörper. Einmal dort, wo er das Herz vermutete, den zweiten Schuss in die andere Körperhälfte, fast symmetrisch. Eine Patrone trat vorn wieder aus. Er hob sie auf und steckte sie ein. Die Leiche sackte langsam – traumhaft langsam – weiter Richtung Boden.

Wie fühlt man sich, wenn man einen Menschen erschossen hat? Die Antwort kannte er jetzt: Ein Gefühl der Befriedigung erfüllte ihn. Ähnlich wie in jener Nacht, als er Gusakh hingerichtet hatte.

Ihm waren sowohl der Mann als auch die Tötungsart egal. Er wollte lediglich seiner Mutter einen Gefallen tun. Damit sie ihren Frieden wiederfand. Er hatte seinen Auftrag erfüllt, und damit basta. Ein letzter Blick auf die Leiche, ein Rundumblick, niemand da. Auf demselben Weg, den er gekommen war, entfernte er sich wieder. Er wollte pünktlich bei der Arbeit sein.

17

»Proaktiv vorzugehen«, erklärte Rico Stahl, »umfasst die Möglichkeit, das Zusammenspiel von Polizei und Medien zu nutzen, um einen Täter in eine Falle zu locken. Proaktiv zu arbeiten war in München eine meiner wichtigsten und erfolgversprechendsten Verfahrensweisen.«

Er hatte vorgebracht, Chili in ihrer Wohnung über seinen Plan informieren zu wollen. Doch sie bestand – aus welchen Gründen auch immer – auf einem neutralen Ort. So landeten sie nach hundertfünfzig Schritten wieder einmal im »Giornale«. Es gelang ihnen, Mirella und Antonio ohne Gewaltanwendung abzuschütteln, und sie setzten sich an einen Tisch im hinteren Drittel. Alle Tische waren zum Essen gedeckt, doch so viel Zeit war nicht, und sie hatten auch keinen Hunger.

»Zwei Cappuccini bitte«, bestellte Chili und nickte dazu. »Der Begriff ist mir geläufig«, sagte sie. »Und wie genau möchtest du mit der proaktiven Methode vorgehen?«

Rico Stahl war davon ausgegangen, dass Chili davon auf der Polizeischule gehört hatte – rein theoretisch, versteht sich –, im Grunde aber eine sehr nebulöse Vorstellung hatte.

»Proaktiv heißt für uns, den Täter zu provozieren, zu locken, die Angst vor Entdeckung zu schüren. Wenn der Täter zum Beispiel erfahren würde, dass ein Zeuge aufgetaucht ist, der ihn beobachtet hat – was meinst du, wie er reagiert?«

»Ah ja, ich verstehe. Du möchtest also von mir, dass ich einen Artikel für die Zeitung verfasse, hab ich recht?«

Rico Stahl lachte leise und fasste sich um den Hals. »Das wäre eine Möglichkeit. Es sollte zunächst nur ein Beispiel sein. Den Täter überfiele dann zwar wahrscheinlich ein Bedrohungsgefühl und er wäre höchst beklommen, doch er bliebe nach wie vor im Verborgenen. Aber er müsste handeln, und dieses panikhafte Handeln produziert oft Fehler.«

»Ihr Kaffee, bitte schön.«

Oh, die Chefin brachte den Kaffee persönlich. Sie fühlten sich geehrt.

Chili wirkte nachdenklich. »An welche Proaktivität hattest du also genau gedacht?«

»Ich dachte eher an eine öffentliche Diskussion über den Fall Gusakh, auch im Zusammenhang mit dem Fall Kneißl. Einen Gedankenaustausch zwischen der Bevölkerung und den Ermittlern. Eine Art Bürgerversammlung, um dort den Mord und vielleicht auch den Überfall darzustellen und zu diskutieren. Die erste Versammlung könnte gleich morgen Abend stattfinden. Ich bin mir ziemlich sicher, dass der Täter eines oder gleich mehrere dieser Treffen besuchen wird. Außerdem glaube ich fest daran, dass das hilfreich für die Beantwortung der Frage sein könnte, ob wir es mit mehr als einem Täter zu tun haben. Unsere Theorie vom Einzeltäter ist ja durch so gut wie nichts gesichert.«

Rico Stahl hatte Chili beobachtet, während er sprach. Er hatte den Eindruck, dass sie das Gesagte erst verdauen musste. Also legte er eine kurze Pause ein.

»Alles klar?«, fragte er dann, einfach um etwas zu sagen. Dabei legte er ihr die Hand auf den Unterarm.

Chili täuschte einen letzten Schluck Kaffee vor, bewusst oder unbewusst. Rico Stahl war sicher, dass ihre Tasse leer war.

»Klingt interessant«, sagte sie. »Und wie finden wir unter all den Besuchern heraus, wer der Täter sein könnte?«

Rico Stahl konnte sich ein amüsiertes Schmunzeln nicht verkneifen. »Du und ich und noch zwei, drei andere aus dem Kommissariat werden verdeckt beobachten. Die gesamte Szenerie wird aus mehreren Perspektiven gefilmt werden. Anschließend werten wir das Material aus und setzen uns mit den Ergebnissen zusammen. Es müsste mit dem Teufel zugehen, wenn da nicht ein recht brauchbares Resultat herauskäme. Meinst du nicht auch?«

Ein Strahlen ging über Chilis Gesicht. »Wäre einen Versuch

wert. Ich versuche mir gerade vorzustellen, dass wir auf dem Video den Mirko entdecken würden. Oder den feinen Herrn Dr. Faulhaber. Was aber, wenn der Täter nicht an unserer Bürgerversammlung teilnimmt? Wenn er die Falle riecht und nicht hingeht?«

Wieder dieses Schmunzeln – nicht hämisch, nur fröhlich und belustigt. »Tja«, sagte Rico Stahl, »das ist unser Risiko. Aber glaube mir, die Chancen stehen sehr hoch. Er wird kommen.«

»Möchten Sie noch einen Kaffee? Einen Cappuccino vielleicht?« So gut wie unbemerkt hatte sich Mirella genähert.

»Ja, gern«, gab Chili zurück.

»Einen noch«, sagte Rico Stahl.

»Wir werden das ganze Manöver natürlich weiterhin in der Presse breittreten lassen«, erklärte er. »Wenn das mit den Meetings genügt, brauchen wir nichts Weiteres. Wenn aber nicht, hätte ich noch das eben erwähnte Ass im Ärmel.« Beinahe gelangweilt folgte er mit den Augen einer Fliege, die unbedingt die weiße Wand durchbrechen wollte.

Chili war ganz bei der Sache. Sie legte heftigen Protest ein. »Nun hab dich nicht so«, rief sie leise. »Sag schon, was du meinst.«

Rico Stahl wendete betont mürrisch den Kopf von der Fliege ab. »Wir verkünden über die Presse und in den Versammlungen, dass es Zeugen für die Tat gibt. Vor allem für den Überfall auf dich. Wir werden das Rad so lange drehen, bis wir sicher sein können, dass der Täter die Botschaft verstanden hat. Damit provozieren wir ihn und zwingen ihn, sich aus der Deckung zu wagen. Wir müssen ihn neugierig und besorgt machen. So sehr, dass er bereit sein wird, Risiken einzugehen. Er muss sich bewegen. Bewegliches Wild ist leichter zu finden als das, das sich still verhält und im Schatten verbirgt.« Er lehnte sich zurück, verschränkte die Arme und lächelte Chili an.

Sie pustete mit aufgeblasenen Wangen die Luft aus den Lungen. »Mann!«, rief sie aus. »Und warum haben wir das nicht gleich gemacht?« Ein Anflug von Spott legte sich auf ihr Gesicht. Sie fasste nach oben und wickelte eine Locke um den Finger. Ungerührt ruhte ihr Blick auf dem Kriminalrat. »Du kümmerst dich also um die Bürgerversammlung. Adele ist noch an dem Kneißl-Fall dran? Dann werde ich mich derweil auf Spurensuche begeben«, sagte sie geheimnisvoll.

Rico Stahl war verblüfft. Irritiert hob er den Kopf. Doch Chili war schon aufgestanden und drehte ihm den Rücken zu.

»Was hast du vor? Welcher Spur willst du denn folgen? Du meinst schon in unserem gemeinsamen Fall, oder?«

Chilis Miene war steinern. »Wirst schon sehen«, sagte sie.

***

Chili hatte mit dem Klinikum ein Arrangement getroffen. Sie wurde noch einmal untersucht, die äußeren Wunden an Kopf und Arm frisch versorgt. Dann ließ man sie eine Erklärung unterschreiben, wonach sie auf eigene Verantwortung entlassen werden wollte, und das war's. Im Gegenzug würde man ihre Dienststelle von dem Schritt benachrichtigen. Sie fühlte sich wie neu. Als hätte man sie auf freien Fuß gesetzt und ihr die Freiheit wiedergeschenkt. Unter dem Eindruck dieser Empfindung begann sie mit der Spurensuche.

Während sie fieberhaft überlegte, irrte sie durch die Stadt, ohne bewusst wahrzunehmen, wo sie sich gerade befand. Sie hatte sich in den Kopf gesetzt, im Gehen nachzudenken, bis sie den Schlüssel fand, der sie weiterführte. Mit der Lambretta hätte sie sich aufs Fahren und den Verkehr konzentrieren müssen. Sie hatte immer schon ein Näschen für Überraschungen gehabt, und das wollte sie nutzen. Vielleicht würde sie in irgendein Ereignis hineinlaufen, das sie auf die Spur von Gusakhs Mörder führte – und damit auch zur Aufklärung des Überfalls auf sie selbst.

Zunächst aber drehte sie sich immer wieder heimlich um. Bevor sie in der Heilig-Geist-Kirche überfallen worden war, musste ihr jemand gefolgt sein. Wie sonst hätte der Kerl von ihrem Ziel wissen können? Konnte gut sein, dass er ihr noch einmal auf den Fersen war.

Hellwach und mit diesem Schatten im Rücken folgte sie einfach ihren Schritten. Sie sah die prachtvollen Bürgerhäuser am Ludwigsplatz, in der Heilig-Geist-Straße und entlang der Münchener Straße und anderswo. Mit halben Blicken registrierte sie die sportlich-elegant gekleideten Leute im Sparkassenviertel, die lässig schlendernden Touristen und die Bettler vor der Nikolauskirche. Sie wunderte sich, wie viele junge Menschen zur normalen Arbeitszeit auf Bänken saßen, aufgeregt mit ihren Geräten telefonierten, darauf herumhackten und -wischten oder auf dem Weg zum Citydome-Kino waren. Viele gingen in schlechter Haltung oder standen gebückt herum und machten ihrer Mitgliedschaft in der Generation »head down« alle Ehre.

Ein einziges Mal nur wurde sie aus ihrer Abwesenheit gerissen. Sie wurde geradezu aufgeweckt. Dann nämlich, als auf der Rückseite des Rathauses gerade eine Szene für »Die Rosenheim-Cops« gedreht wurde. Sie ging näher ran und blieb hinter einem Baumstamm stehen. Aufnahmewagen, Mikrofone, Scheinwerfer, Kameras, Kabel, Komparsen. Der Hintereingang des Rathauses musste als Hauptportal des Polizeipräsidiums herhalten. Davor agierten sie alle. Korbinian Hofer, der Hauptkommissar, sein Kollege Sven Hansen, der Michi, der den beiden als Sklave diente, und – Chili stieß einen leisen Schrei der Überraschung aus – der Polizeidirektor Achtziger, der im Film immer nur in seinem Dienstzimmer auftrat. Fehlte nur noch die Frau Stockl.

Von der Seite her betrat gerade ein schneidiger Soldat vom Heer die Szene. Chili beugte sich etwas vor und sah genauer hin. Es war ein Offizier in grauer Dienstuniform.

Wie sagte man im Bayerischen, wenn ein Mensch auf einmal begreift? Es hat gschnackelt! Und so schnackelte es bei Chili Toledo, als sie jenen Offizier sah, und zwar gewaltig.

Henry Gusakh hatte vor x Jahren seine Geliebte mit einem Feuerlöscher erschlagen. Diese Frau hieß Elli Kneißl. Sie war mit einem Heeresoffizier verheiratet gewesen, der damals bei den Gebirgspionieren in Brannenburg im Inntal stationiert gewesen war. Hatte jemand nachgeforscht, was aus diesem Offizier geworden war? Adele war offenbar an der Sache mit Ellis Angehörigen dran, aber so ein Offizier konnte doch nicht so schwer nachzuverfolgen sein. Elli Kneißl war acht Jahre älter gewesen als Gusakh, als sie starb, also achtundzwanzig. Das war 1970 gewesen. Heute, fünfunddreißig Jahre später, musste ihr Witwer demnach geschätzte fünfundsechzig Jahre alt sein, wahrscheinlich schon in Pension. Es bestand eine gute Chance, dass er noch lebte.

»Der Kneißl, der Kneißl«, murmelte sie, während sie merkte, dass sie einen Wahnsinnsdurst hatte. Klar, sie hatte den ganzen Tag noch kaum etwas zu sich genommen. Und sie verspürte einen kaum unterdrückbaren Heißhunger auf Schokolade.

Wo ist der nächste Kiosk?, überlegte sie. Am Bahnhof. Zu Fuß mindestens zehn Minuten, wenn nicht gar Stunden. Das würde sie nie und nimmer durchhalten. Beim Überqueren der Rathausstraße winkte Chili einem Taxi.

Der Taxifahrer wählte die Strecke über die Brixstraße, dann am Karstadt und am Salingarten vorbei entlang der Münchener Straße. In wenigen Minuten waren sie am Ziel. Das Trinkgeld für die kurze Strecke fiel unwesentlich aus, und der Taxifahrer blieb ganz bei sich, erwiderte Chilis Gruß beim Aussteigen nicht, drückte aufs Gas und sauste bei Dunkelgelb noch gerade über die Kreuzung und die Bahnhofstraße hinunter.

Die Bahnhofshalle war wenig bevölkert. Chili stürzte eine mittlere Flasche Mineralwasser fast in einem Zug hinunter. In der Bäckerei kaufte sie eine Tafel Schokolade, die sie zur Hälfte aß, die andere Hälfte steckte sie ein. Sie zog ihr Handy heraus und ging nach draußen vor die Tür, um zu telefonieren. Das Display war nachtschwarz! Akku leer. Hopperla!, dachte sie. Sollte sie jetzt zurück in die Dienststelle fahren?

Sie eilte quer durch die Halle zurück und betrat die Apotheke. Die Inhaberin winkte ihr zu.

»Hallo, Annette«, begann Chili leicht aufgeregt. Sie deutete auf ihr Handy, erklärte der Apothekerin die Situation und bat darum, telefonieren zu dürfen.

»Du wirst für dich sein wollen, hab ich recht? Du kannst gern mein Büro benutzen.« Mit etwas geweiteten Augen sah sie sich Chili näher an. »He, was hast du denn gemacht?«, fragte sie. »Bist in einen Bagger gelaufen?«

Chili ging nicht darauf ein, nahm jedoch das Angebot dankbar an.

Wenn man gewohnt war, mobil zu telefonieren oder sich von einer Vermittlung verbinden zu lassen, führte das notgedrungen zu einer gewissen Unselbstständigkeit. Es war beinahe wie bei einem Neubeginn. Sosehr Chili sich abmühte, weiterzukommen, sie scheiterte bei jedem neuen Kontakt. Es gelang ihr weder, den Aufenthaltsort von Oberstleutnant Kneißl herauszufinden, noch, Informationen darüber zu erhalten, ob er überhaupt noch lebte.

»Da kann sich ja jeder als Kriminalkommissarin aus Rosenheim ausgeben«, war die einhellige Antwort. »Da darf ich keine Auskunft geben.«

Das ging so weit, dass sie beim x-ten Versuch ihren Dienstausweis zückte und bereit war, ihn vorzuzeigen. Sie schlug sich ans Hirn.

»Na, wie geht's?«, fragte Annette, die Apothekerin, fröhlich unter der Tür.

Chili versuchte ein Lächeln. Es misslang. »Ich geb's auf«, gestand sie betrübt.

Annette war so diskret, nicht nachzuhaken. »Ciao, bis zum nächsten Mal«, rief sie Chili zum Abschied hinterher.

Chili hoffte, dass es ein nächstes Mal nicht geben würde. Sie musste den Weg beschreiten, den sie gleich hätte gehen sollen. Adele musste es richten. Wie so oft.

Es stellte sich heraus, dass die Zielperson zuletzt in Köln Dienst getan hatte und dort auch als Oberstleutnant pensioniert worden war.

»Stellen Sie sich vor«, rief Adele am nächsten Morgen freudig aus. »Er verbringt mit seiner Frau gerade einen Kurzurlaub am Chiemsee. Mit seiner zweiten Frau«, fügte sie erklärend hinzu.

Chili war in aller Frühe in ihrer Wohnung aufgewacht, weil der Regen so gegen das Haus und die Rollos drosch. Alles triefte, und es goss weiter in Strömen, als sie nach einem dürftigen Frühstück im Präsidium angekommen war. Und nun prasselte der Regen noch immer gegen die Scheiben, so stark, dass man laut genug reden musste, um ihn zu übertönen.

Chili jubelte innerlich, als sie Adeles Auskunft hörte. »Das ist praktisch, wenn er sich in der Nähe aufhält«, sagte sie. »Da werden wir ihn ja erreichen können.«

»Herr Kneißl«, schränkte Adele ein, »ist stark gehbehindert. Er hatte zum Ende seiner Dienstzeit einen Unfall. Aber sonst scheint er recht fit zu sein. Ein zurückgezogener Mann mit regelmäßigen Gewohnheiten, so wurde mir berichtet.«

Chili hätte gern die Quelle gewusst, aus der Adele ihre Weisheiten bezog. Doch die sah gerade gespannt zu, wie sich die Bürotür langsam öffnete.

»Wer ist der alte Mann im Nebenraum?«, fragte Rico Stahl kritisch.

Bei Chili funkte es. Sie sah Adele an.

»Das ist Oberstleutnant a. D. Kneißl«, sagte die. »Er wartet auf unsere Kommissarin.«

Rico Stahl musste nicht lange überlegen. Er warf einen schiefen Blick auf Chili. »Hat das etwas mit deiner Spurensuche zu tun?«, fragte er sie.

Chili nickte und schwieg. Sie fühlte sich wie ein Kind, dem man sein Lieblingsspielzeug weggenommen hatte.

18

Zu dem Gespräch mit dem pensionierten Oberstleutnant, das todsicher echt interessant geworden wäre, kam es zunächst nicht. Adele hatte Chili noch zu ihm geführt. Er war artig aufgestanden, hatte sich vorgestellt und ihr die Hand gereicht. Chili fiel sein strubbeliges Haar auf. Er war unrasiert und hatte blutunterlaufene Augen. Gekleidet war er wie ein Herr. Der Rest ging in dem Tumult unter, der draußen auf den Gängen losbrach. Von einem Augenblick auf den anderen, ohne jegliche Vorwarnung, war im Präsidium die Hölle los. Der starke Regen war in Nieselregen übergegangen.

Die nächste Bluttat. Nicht etwa, dass ein gewöhnlicher Mord jemanden in diesem Haus vom Hocker gerissen hätte. Schon allein durch die grauenerregenden Schreckenstaten bei den »Rosenheim-Cops« war man bewandert und abgehärtet. Doch dieser Mord war eine andere Kategorie. Nicht das Wie, sondern das Wer sorgte für Aufruhr.

Es hatte damit begonnen, dass sich eine Frau in der Dienstkleidung einer Postzustellerin an der Pforte der Polizeiinspektion vorstellte und eine Vermisstenmeldung abgeben wollte. Sie wurde zum Stellvertreter gebracht.

»Ich hatte einen Einschreibebrief für den Herrn«, begann sie, »und er war nicht da. Wissen Sie, der bewohnt so einen einsamen Hof droben im Norden, hinter der Hochschule, wenn man die Westerndorfer Straße rausfährt.«

»In Westerndorf-St. Peter?«, fragte der Polizist, der seine Dienstmütze aufbehalten hatte. Er behielt immer seine Dienstmütze auf, wahrscheinlich auch daheim im Wohnzimmer. »In Wernhardsberg?«

»Nein, weiter draußen, nicht ganz in Pfaffenhofen. Am nördlichen Ende meines Zustellungsgebiets. Ein einsamer Hof, den sich der Eigentümer im Lauf der Zeit selbst hergerichtet hat. Er liegt auf einer Anhöhe, man hat einen tollen Blick auf Rosenheim und die Berge.« Sie machte eine vage Handbewegung.

»Wenn's nicht gerade regnet wie verrückt. Die grünen Wiesen ringsum fallen nach Süden und Westen ab. Unten fließt der Angerbach, der ist voller Enten. Glucksende Geräusche gehen von ihm aus. Sehr idyllisch, das alles. Ein Schwarm Saatkrähen hat in einem Baum gekreischt, als ich geläutet hab. Oder waren es Elstern? Ich weiß nicht mehr, ich kenn mich da nicht so aus.« Sie rückte die Dienstmütze auf ihren blonden Haaren zurecht, die in einen Zopf mündeten.

Der stellvertretende Inspektionsleiter der uniformierten Polizei legte den Kopf schief. Er hätte wohl gern gewusst, von wem die Frau überhaupt sprach. Wie der angeblich Vermisste hieß. Doch er kannte sich aus mit solchen Fällen. Er wollte sie nicht unterbrechen und nicht unter Druck setzen. Einfach erzählen lassen. Er war gespannt.

»Das war gestern, also am Donnerstag. Ich hab an der Haustür geläutet und heute wieder. Heute hab ich sehr laut geklopft. Mit einem Besenstiel gegen die Tür gehämmert. Niemand hat sich gerührt. Da ist mir die Sache komisch vorgekommen. Ich hab die Tür gedrückt. Sie war offen. Verstehen Sie? Die Haustür! Ist doch nicht normal, oder? Und zwei Tage nicht zu Hause, das ist noch nie vorgekommen. Er sitzt sonst oft im Innenhof und schreibt manchmal auf seinem Computer, manchmal auch auf Papier. Der Hof ist übrigens mit Kopfstein gepflastert.«

Dem Vize wurde es jetzt doch zu bunt. »Okay, ich fahre mit einem Kollegen raus und schaue mir die Sache einmal an«, sagte er. »Vorher machen wir ein kurzes Protokoll mit Ihnen, das Sie unterschreiben müssen. Da müssen Sie dann auch den Namen Ihres Dichters einsetzen. Auf geht's!«

Die Fundmeldung des Stellvertreters ging in der Mordkommission am Freitagmittag um Viertel vor eins ein. Rico Stahl wurde unmittelbar informiert. Noch bevor er die E-Mail vorgelegt bekam, wusste er, dass etwas passiert war. Als er sie las, wurde er blass. Er rief den Polizisten sofort zurück.

»Gibt es da auch eine Adresse?«, fragte er.

»Am Schustergraben 21a. Wenn Sie die B15 rausfahren, gleich hinter Westerndorf-St. Peter links auf die Staatsstraße 2080 Richtung Deutelhausen und Großkaro, nach knapp einem Kilometer links rein in die Felder. Dort sehen Sie den Hof auf einer Anhöhe liegen. Wer die getötete Person tatsächlich ist, entzieht sich meiner Kenntnis. Ich kann nicht sagen, ob der Tote dort wohnte oder zu Besuch war. Am Briefkasten steht ...« Er schien den Namen notiert zu haben, ihn aber nur schwer entziffern zu können. »E-r-s-a-n, äh, H-a-m-i-r, lese ich hier. Ersan Hamir. Hört sich türkisch an. Der Tote ist allerdings groß und schlank.«

Als ob es in der Türkei nur kleine Dicke gäbe, amüsierte sich Rico Stahl. »Bleiben Sie vor Ort«, ordnete er an. »Und verändern Sie nichts.«

***

Nachdem er sich den Vorgang ausführlich hatte schildern lassen, schickte er die beiden Uniformierten weg. Er wollte mit seinen Gedanken allein sein. Chili sollte in der Zwischenzeit ihre geheimnisvolle Spurensuche weiterführen und sich um diesen pensionierten Oberstleutnant kümmern. Bruni mit seinen Leuten und die Doktorin waren unterwegs. Rico Stahl hatte Wert darauf gelegt, den Tatort erst einmal allein und ungestört in Augenschein zu nehmen.

Der Gutshof hatte drei Flügel. Es war kein typisch bayerischer Hof. Es mussten früher vier Flügel gewesen sein. Entweder war einer abgerissen worden, oder es hatte irgendwann gebrannt. Rico Stahl bewunderte die rundum laufenden Holzbalkone und das Schnitzwerk an den Fenstern und Türen. Alles war sehr gepflegt. Zwischendurch blieb er stehen und lauschte in die Stille. Nur ein Elsternpaar in einer Buche hoch über dem Hof schien sich zu streiten, und ein arbeitender Traktor war draußen auf dem Feld zu hören.

Die Leiche lag im handgepflasterten Innenhof. Der Hof war nicht überdacht. Die zwei Tage Regen hatten dem Leichnam zu schaffen gemacht. Der Mann schien an seinem Rechner gearbeitet zu haben, war von hinten in den Kopf geschossen worden und unkontrolliert vom Stuhl gerutscht. So wie es aussah, war er auf der Stelle tot gewesen. Wenigstens das. Sicher war er von einer Lache eigenen Blutes umgeben gewesen, doch der Regen hatte alles weggeschwemmt.

Rico Stahl zog die Handschuhe an. Der Tote war eindeutig Ersan Hamir. Selbst jetzt im Tod nahm er die Haltung ein, die Rico Stahl als auf eine eigenartige Weise typisch für den Mann in Erinnerung hatte. Er lag seitlich auf dem Gesicht, Augen geöffnet, einen überraschten Ausdruck in der Miene. Er trug ein kariertes Hemd mit langen Ärmeln und eine kurze dunkelblaue Hose. Bis früh am Donnerstag war es noch trocken gewesen.

Erst jetzt stellte Rico Stahl fest, dass auch in Ersans Rücken zwei Einschüsse waren. Einer links, der Richtung Herz getroffen haben musste, ein weiterer etwas weiter rechts. Kaum Blut an den Einschusslöchern zu sehen, auch keine oberflächlichen Schmauchspuren. Die Schüsse schienen demnach nicht aufgesetzt gewesen zu sein. Näheres würde sich ergeben, nachdem Spusi und Rechtsmedizin ihre Untersuchungen abgeschlossen hatten.

Der Computer über ihm auf dem runden Gartentisch zeigte keine Regung. Wahrscheinlich war der Akku leer, und der Regen hatte ein Übriges verrichtet. Daneben lag ein Schreibblock mit Notizen. Leider mit Füller geschrieben, also total verwischt und verschwommen. Der Füller lag daneben, die Kappe abgezogen.

Eine Maus huschte an seinen Füßen vorbei und verschwand hinter einer alten Truhe an der Wand.

Rico Stahl sah sich weiter um. Am Boden herumliegende Projektile konnte er nicht entdecken. Vielleicht hatte die Spusi mehr Erfolg.

Am Haus entlang führte ringsum ein überdachter Arkadengang. Neben der Hintertür lag auf einem Schemel ein Stapel Bücher. An der Wand hingen drei Ferngläser. Wozu benötigte man gleich drei? Eins der Futterale war offen und leer. Er streifte langsam durch das Haus, um sich ein oberflächliches Bild zu verschaffen. Es roch stark nach verbranntem Kaffee. Klar, in der Maschine in der Küche war der Kaffee festgebrannt. Das rote Lämpchen brannte noch. Er ließ es an.

An einem provisorischen Schreibtisch im großen doppelstöckigen Wohnzimmer mit offen liegenden Dachbalken blieb er stehen und betrachtete ein Blatt Papier auf der braunen Holztischplatte. Weil das Licht schlecht war, nahm er es in die Hand und ging damit zu einem der Fenster.

Es war ein Gedicht über einen Vogel. Eine Elster. Man konnte den Versen entnehmen, dass die Elster sehr intelligent war und Paare sich lebenslang treu waren. Ganz unten auf dem Blatt stand ein Wochentag. Montag. Kein Datum, keine Zahl. Nur Montag.

Rico Stahl legte das Papier zurück auf den Schreibtisch. Irgendwann an einem vergangenen Montag hatte Ersan demnach ein Gedicht geschrieben. Am Donnerstag wollte die Post ein Einschreiben abgeben. Und da öffnete er nicht auf das Läuten. Die Tür war und blieb unverschlossen …

Der Kerl war ihm sympathisch gewesen. Er hatte ihn auch nie für den Mörder seines Vaters gehalten. Und nun war er selbst ermordet worden. Rico Stahl stieß einen tiefen Seufzer aus.

19

Wie Rico Stahl gleich zu Beginn angedeutet hatte, sollte es keine lange Sitzung werden. Alle drei wirkten entschlossen und energiegeladen, als sie sich am Nachmittag im kleinen Besprechungsraum einfanden.

Chili berichtete nur kurz, dass ihr der Oberstleutnant abhandengekommen war. Ihm war der Trubel im Präsidium schlichtweg zu viel gewesen. Er habe üble Kopfschmerzen bekommen, hatte er zusätzlich begründet. Dann sei er hinkend, aber mit geradem Rücken die Treppe hinabgeschritten. Chili hatte die Telefonnummer seines Feriendomizils und würde sich bei ihm melden. Aktuell bestand keine Dringlichkeit, denn für den Überfall auf Chili kam er kaum in Frage, und für den Mord an Ersan Hamir hatte er das bestmögliche Alibi.

Sie verteilten die Aufgaben und diskutierten, was zuerst getan werden musste. Die Frage, ob sie mit zusätzlichem Personal arbeiten sollten, wurde zunächst zurückgestellt.

»Sind Sie da nicht überfordert?«, stellte Adele in den Raum. »Ich wette, der Präsident wird jetzt bald auf der Matte stehen.«

Rico Stahl hob den Daumen. »Mit Sicherheit, Adele. Ihn beschäftigen natürlich noch andere Dinge als unsere schnöde Aufklärungsarbeit. Wichtigere. Zum Beispiel die Öffentlichkeit. Wir müssen damit rechnen, dass diese zweite Tat innerhalb kurzer Zeit enormes Aufsehen in den Massenmedien erregt. Was wir da bisher erlebt haben, dürfte erst der Anfang sein. Die Menschen haben Angst. Henry Gusakh war ein sehr bekannter Mann. Und wenn so einer umgebracht wird, beziehen die Leute das auf sich. ›Was dem passieren kann, kann auch mir oder meiner Familie passieren.‹ Wenn dann der Nächste umgebracht wird, kann Panik entstehen. Da kommt unsere geplante Bürgerversammlung gerade recht.«

Er sah von der einen zur anderen. »Doch wir wollen uns

gedulden, bis die Ergebnisse vom Tatort vorliegen. Nach meinem ersten Augenschein müsste das relativ rasch der Fall sein.«

Nach exakt einer Stunde und fünf Minuten war die Sitzung beendet. Rico Stahl sprach noch eine Weile mit Adele. Dann ging er mit Chili hinaus. Er vermied es, sich unterzuhaken oder sie auf andere Weise zu berühren.

Wobei er sich nicht sicher war, ob die Mitarbeiter ihr Verhältnis nicht schon ahnten. Kriminaler haben ein feines Gespür für so etwas. Sie kamen überein, morgen, am Samstag, mittags um halb eins, eine Pressekonferenz abzuhalten. Wer zu solcher Zeit antanzte, war auch ernsthaft interessiert.

Rico Stahl blieb noch bis zum Abend im Präsidium. Die Bürgerversammlung musste erst einmal verschoben werden. Als er in die laue, aber windige Sommerluft hinaustrat, überkam ihn eine gewisse Ratlosigkeit. Hatten sie es mit einem Serientäter zu tun? Der Zusammenhang zwischen den beiden Mordfällen war eindeutig. Aber wo lag das Motiv? Mord aus Eifersucht konnten sie wohl endgültig ausschließen. Das würde zumindest Mirko entlasten. Also Rache?

Wer hatte gewusst, dass Ersan Hamir Henry Gusakhs Sohn war?

Anstatt nach Hause zu gehen, holte er den Wagen vom geheimen Ort und fuhr gemächlich auf der Autobahn nach Süden. Dort winkten die gezackten Zweitausender des Zahmen und Wilden Kaisers aus Österreich herüber. Mittendrin waren noch kleine Schneefelder zu sehen, die der Sommer übersehen haben musste. Bald tauchte auf der rechten Seite das gelbe Gemäuer des Karmelitenklosters Reisach auf. Es war eingerahmt von den Bergen des Inntals – dem Heuberg, dem Kranzhorn, der Hochries im Hintergrund auf der einen Seite, dem Brünnstein, dem Riesenkopf, dem Petersberg und dem Wildbarren auf der anderen. Er nahm die Ausfahrt Oberaudorf und stellte das Fahrzeug auf dem Parkplatz vor der Klosterkirche ab.

Sein Hang zu Sakralem überkam ihn. Über ihm der hohe

Barockturm des Gotteshauses, vor ihm das Kirchenportal, rechts von ihm der Eingang zum Kloster, das, wie er wusste, aus der Mitte des 18. Jahrhunderts stammte. Das Kircheninnere kannte er, er hatte einmal an einer Führung teilgenommen. Doch war es immer wieder interessant, den Eindruck zu vertiefen.

In der ersten Bank dicht am Sperrgitter nahm er Platz und ließ den Blick kreisen. Die großen Reliefbilder aus Holz an den Seitenaltären faszinierten ihn jedes Mal. Sie waren in ihrer Art einmalig. Am faszinierendsten aber fand er die Ruhe, die dieser Innenraum ausstrahlte.

Verdammt! Was hatte es zu bedeuten, dass Henry Gusakh mit einem Kirchenmodell erschlagen worden war? Und Chili war in einer Kirche überfallen worden. Es gab zwar immer noch keinen konkreten Anhaltspunkt dafür, dass ein Zusammenhang zwischen diesen beiden Taten bestand. Aber falls doch – wollte der Täter damit sagen, dass ihm nichts heilig war? Oder dass den Opfern nichts heilig sei?

Nach kurzem Aufenthalt entschloss er sich, einen Spaziergang zu machen. Der Klostergasthof Waller war nicht weit, und dazwischen gab es Feldwege, Wiesen und zum Inn hin gewandt abfallende kleine Waldstücke. Auf dem Weg dorthin der Zweig einer Latschenkiefer über seinem Kopf. Alte Wassertropfen glänzten an jeder Nadel. Er warf einen Blick zum Himmel. Er war hellgrau. Nein, das Wetter würde halten, wenigstens heute würde es nicht mehr regnen. Um ihn herum Grün, Braun, Grau und üppige Vegetation, die der Regen genährt hatte.

Auf seine Umgebung konnte und wollte er sich nicht konzentrieren. Er setzte die diversen Puzzlesteine, die die Ermittlungen zutage gefördert hatten, im Geist wieder und wieder zusammen, ohne dass sich ein stimmiges Bild ergab. Die Tatsache, dass nun auch Gusakhs Sohn ermordet worden war, warf ihre gesamten bisherigen Eifersuchtstheorien über den Haufen. Auch dass es sich um einen Racheakt wegen des Mordes an Elli Kneißl handelte, wurde eher unwahrscheinlich.

Es sei denn, jemand glaubte an Erbschuld. Wen mussten sie noch einmal befragen, um die Konturen zu schärfen?

Um solche Dinge kreisten Rico Stahls Gedanken, als er das kleine Sträßchen entlangging, das ihn nach einer scharfen Rechtskurve zum Gasthaus führen würde. Ihm war warm geworden, die Anzugjacke heizte auf, wenn er sich bewegte. Er zog sie aus, legte sie ordentlich über den Arm und spazierte im offenen Hemd weiter. Das bayerische Wirtshaus würde ihn schon nicht ablehnen.

Als er nach der Kurve die Straße überqueren wollte, schoss von hinten ein Fahrrad auf ihn zu und gab ein nervtötendes Klingeln von sich. Das Rad bewegte sich etwa mit der Geschwindigkeit eines trainierten Joggers. Er versuchte, zur Seite zu springen, doch es erwischte ihn voll. Auf dem Fahrrad saß ein Mann in schwarzer Motorradkleidung und mit Sturzhelm, das Visier heruntergeklappt. Nach dem Sturz lag er über Rico Stahl, und er war schwer. Der Kriminalrat war einigermaßen fassungslos.

Zuerst stöhnte der Mann, dann klappte er das Visier hoch. Das gab ein altes Gesicht frei, voller Falten und mit Hängebacken. »Ja, können Sie denn nicht aufpassen?«, fragte er mit vorgeschobenem Unterkiefer. »Ich fahr hier gemütlich ums Eck, und da kommen Sie angelaufen und rumpeln mich um, mitten auf der Fahrstraße.«

Rico Stahl versuchte, sich unter dem Koloss mit Fahrrad vorzuwühlen. Sein Schrecken hatte nachgelassen, denn im Grunde hatte der Mann ja recht. Auf der Straße hatte er Vorfahrt vor einem Fußgänger. Oder so ähnlich. Trotzdem.

»Sie sind verpflichtet«, setzte er einen Konter an, »auf schwächere Verkehrsteilnehmer Rücksicht zu nehmen und mit – ach was, hören wir damit auf. Kommen Sie, sind Sie verletzt?«

Zwei Minuten später hatte Rico Stahl festgestellt, dass es sich um ein Elektrofahrrad handelte und der Alte gehbehindert war. Beide sammelten sich wieder, erhoben sich und klopften sich ab. Sie waren unversehrt.

Der Fremde glotzte Rico Stahl in einer Mischung aus Verunsicherung und Zögern an, schwankte ein, zwei Sekunden, dann sagte er: »Kommen Sie, da vorn ist eine Wirtschaft, ich geb einen aus.« Er erwartete keinen Widerspruch, sondern setzte sich auf sein Gefährt, trat ein paar Runden aus eigener Kraft, schaltete den Motor zu und gab Gas. Ein Stück weiter vorn hielt er an.

Das Klosterwirtshaus Waller lag friedlich im Abendlicht, als Rico Stahl ankam. Der Duft nach reschem Schweinsbraten mit Soß umwehte ihn, im kleinen Garten hinter dem voll besetzten Biergarten standen die Büsche in Blüte, und das fröhliche Geplauder der Gäste fegte jede Missstimmung weg.

Seinen Unfallgegner hatte Rico Stahl nur flüchtig betrachtet, doch irgendwie war ihm das Gesicht bekannt vorgekommen. Irgendwann war er diesem Mann schon einmal begegnet, und zwar vor nicht allzu langer Zeit. Auf dieses Gefühl konnte er sich verlassen, es hatte ihn noch nie getrogen.

»Sagen Sie, kennen wir uns nicht?«, fragte er, während er nach einem freien Tisch schielte und der Fremde neben ihm herhumpelte. Gleichzeitig schielte er auf die Uhr. Er war noch mit Chili verabredet.

»Kommt mir auch so vor«, sagte der andere beiläufig. Er hatte seinen Blick anderswo.

»Hallo, schön, dass Sie hier sind«, rief Maria, die Wirtin, quer durch den Garten. Ihre tiefe Stimme stand in einem komischen Gegensatz zu ihrer zarten Erscheinung, die in einem feschen Dirndl steckte. Maria winkte sie zu einem Tisch, der gerade frei wurde. Sie gaben sich die Hand.

Kaffee und Marillenknödel für Rico Stahl, ein Bier und einen Schweizer Wurstsalat für den Herrn. Maria gab ihre Bestellungen weiter und setzte sich zu ihnen. »Hat Ihnen der Kriminalrat schon die Geschichte unseres Hauses erzählt?«, fragte sie.

Der Mann sah sein Unfallopfer streng an. »Nein«, sagte er. Sein Blick wanderte. »Hat er nicht.«

»Wollen Sie sie hören?«

Rico Stahl gab sich Mühe, die Augen nicht zu verdrehen. Er hatte die Story schon x-mal vernommen. Maria erzählte sie jedem Neuankömmling.

Der andere nickte unlustig. Alle paar Sekunden schaute er zur Tür, als lauerte er auf die Kellnerin. Er schien Hunger oder Durst zu haben. Oder beides.

»Also … hören Sie zu.« Maria blieb unerbittlich. Aus zweihundertsiebzig Jahren Wirtshausgeschichte kannte sie die originellsten Anekdoten und hatte sie wohl schon ebenso oft wiedergegeben.

Rico Stahl hing, während die Wirtin erzählte, seinen eigenen Gedanken nach. Zumindest bis der Wurstsalat kam und der Mann sich wie ausgehungert darauf stürzte. Das stoppte sogar Marias Redefluss.

»Sie sind doch der Kriminaler«, sagte er unvermittelt mit vollen Backen. »Kneißl«, stellte er sich vor.

Wie Schuppen fiel es Rico Stahl von den Augen. Natürlich! Er hatte diesen Mann im Präsidium gesehen, kurz bevor die Meldung vom zweiten Mord hereinkam. Chili hatte mit ihm sprechen wollen. Nun wusste er, warum er ihm so bekannt vorkam. Seltsamer Zufall, dachte er. Von nun an verfolgte er jede Bewegung des alten Mannes mit gesteigertem Interesse.

»Warum haben Sie das Gespräch mit meiner Kollegin nicht abgewartet?«, fragte Rico Stahl ungerührt.

»Warum wollen Sie das wissen?«

»Weil ich zusammen mit meiner Kollegin in zwei Mordfällen ermittle«, sagte er.

Es stellte sich heraus, dass sich Michael Kneißl mit seiner Frau in einer Urlaubswohnung in Gstadt am Chiemsee aufhielt.

Rico Stahl nickte zufrieden. »Halten Sie sich zu unserer Verfügung«, ordnete er an. »Und reisen Sie nicht ab! Wir werden Sie noch brauchen.« Er hielt kurz inne und musterte den Mann.

»Es geht auch um den Unfall. Sie sind mit Ihrem Elektrofahrrad in mich reingefahren. Ich gehe nicht davon aus, dass das bleibende Folgen hat. Aber auch dafür ist Ihr Bleiben nötig. So schwer wird Ihnen das am schönen Chiemsee nicht fallen.«

»Bei diesem Wetter?«, klagte Kneißl.

»Besitzen Sie ein Handy?« Mit dieser Frage schloss der Kriminalrat den Dialog. Die Befragung würde er Chili überlassen.

Nein, Michael Kneißl besaß kein Handy.

»Also, bis bald.« Rico Stahl bezahlte und ging. Er freute sich auf Chili.

***

Am nächsten Morgen saß Chili Toledo wie immer an ihrem runden, weiß gedeckten Frühstückstisch im Wohnzimmer. Es war sehr früh am Tag, und die Stofflamellen, die das grelle Morgenlicht schmeichelhaft milde machten, waren noch halb geschlossen. Sie trank Kaffee und selbst gepressten Orangensaft und dachte noch einmal kurz über das Gespräch mit Rico am Abend zuvor nach. Mit geringem Appetit aß sie auch eine Kleinigkeit.

»Wie läuft es denn nun mit deiner Spurensuche?«, hatte er gefragt. »Was genau suchst du?«

Dass Männer nicht verstehen konnten, wenn Frauen einmal etwas selbstständig unternehmen wollten. Und es dann auch durchführten.

Nun hatte es das Schicksal gewollt, dass der betagte Oberstleutnant Kneißl ihn mit dem Fahrrad über den Haufen gefahren und die beiden Herren diesen Unfall im Wirtshaus gefeiert hatten. Es blieb Chili also nichts anderes übrig, als ihm reinen Wein einzuschenken.

Ihre Eigenmächtigkeit schien ihn nicht zu überraschen, im Gegenteil, er lobte sie sogar für ihre Idee. Sie hatte den Eindruck, er meinte es ehrlich.

»Dieser Kneißl, mein Unfallgegner«, hatte er unter Kopfschütteln bestätigt, »war also tatsächlich der Ehemann der Frau, die von Henry Gusakh ermordet worden ist. Und du hattest ihn schon vor mir gefunden. Gratuliere!«

Hastig schob Chili hinterher, dass auch Adele nicht unbeteiligt am Erfolg dieser Personensuche gewesen war. »Und dir läuft dieser Herr so mir nichts, dir nichts über den Weg. Und überlässt dir zu guter Letzt auch noch seine Urlaubsadresse. Ich fass es nicht!«

Sie hatte noch ein Glas Wein getrunken und ihm einen Grapefruitsaft zubereitet. Sie hatten sich über dieses und jenes unterhalten, um aus der Welt des Verbrechens einmal auszubrechen. Dann hatte er sie ihn den Arm genommen, sie hatten sich geküsst, und er war gegangen. Draußen wäre er fast noch über den weißen Labrador gestolpert, der neben der Terrasse herumgraste.

Chili wurde etwas wehmütig, wenn sie daran dachte. Sie fühlte sich wie unter einem bleiernen Schleier. Wieder einmal hatte sie mit dem schrecklichen Gedanken einer privaten Trennung von Rico gespielt. Wobei sie sich noch nicht einmal als wirkliches Paar fühlten, es war mehr eine Spielerei. Im Dienst zusammen, immer zusammen. Ob das vom Glück gesegnet war?

Offenbar hatte sich diese Melancholie bis in ihr Unterbewusstsein hindurchgewurstelt, denn in der Nacht hatte sie einen sonderbaren Traum gehabt. Dieser Traum war so durchdringend gewesen, dass sie sich noch immer zerschlagen fühlte.

Sie spielten Tennis auf der Holzterrasse, Chili Toledo gegen Rico Stahl. Mit Netz, Grundlinie, Seitenaus und allem Drum und Dran. Die Terrasse war natürlich viel zu winzig, doch im Traum kam ihr das nicht seltsam vor. Ebenso wenig, dass sie Tennis spielten. Im richtigen Leben hatte sie noch nie einen Schläger angerührt. Adele war dabei und Kneißl. Und der weiße Labrador, dessen Namen sie selbst im Traum nicht kannte. Es war ein schöner, lauer Sommertag. Die Frauen trugen weiße Kleider, Rico und Kneißl hatten kurze Hosen an und waren beide sehr klein. Erst jetzt merkte Chili, dass sie selbst auch nicht größer war.

Sie waren ausgelassen und lachten viel. Rico hatte einen Schläger mit türkisfarbener Bespannung, sie mit dunkelroter. Einmal drosch sie voll auf den Ball und traf punktgenau. Er sauste weit über Rico hinweg, rollte in die Einfahrt, über die Straße und immer weiter und weiter. Chili rannte dem Ball nach, bis er eine Böschung außerhalb der Stadt erreichte und verschwand. Sie folgte ihm ins Dickicht. Als sie den Ball endlich gefunden hatte, hatte sie sich verlaufen.

Immer tiefer verirrte sie sich im Gebüsch, immer dichter wurde das Unterholz. Irgendwann öffnete es sich, und sie trat ins Freie. Es war wieder lau und klar. Doch die Landschaft war verschwunden. Auch ihr Haus mit der Wohnung war verschwunden, einfach alles. Es war wie ein ungemaltes Bild. Außer Kneißl, der plötzlich von der Seite ins Bild trat. Jetzt war er viel größer und sah bedrohlich aus. Weit und breit keine Spur von Rico und Adele. Einzig und allein der bösartige Kneißl. Sie begann zu weinen und schluchzte laut. Da trat Kneißl auf sie zu und nahm sie in den Arm. Es war furchterregend, sie war unfähig, sich zu wehren. Doch Kneißl sagte nur: »Du musst dein Leben ändern, sonst gehst du drauf.«

Jetzt war sie total gerädert. Schlechte Vorzeichen für das, was sie heute vorhatten. Sie wollten sich noch einmal diejenigen ehrbaren Bürger Rosenheims vornehmen, die sie zum engeren Kreis der Verdächtigen zählten, bevor sie den Termin für die Bürgerversammlung festlegten. Möglicherweise, um sie nach den jüngsten Entwicklungen endgültig auszuschließen. Dr. Schwaiger-Pröll rechneten sie nicht zu diesen Verdächtigen, Rico tendierte noch immer zu ihrem Mann. Eifersucht ist ein starkes Motiv, führte er an. Auch Mirko hatte er aus demselben Grund in sein Herz geschlossen. Dann das berufliche Umfeld des Mordopfers Henry Gusakh, durch das in der Person von Faulhaber auch noch eine Beziehung zum Stadtrat

Schwaiger bestand. Nur was hatte das alles mit Ersan Hamir zu tun?

Was Chili Toledo nicht ahnen konnte: In wenigen Stunden sollten all ihre bisherigen Vermutungen und Ermittlungsergebnisse gnadenlos über den Haufen geworfen werden.

20

Einigermaßen überrascht war der Oberstleutnant außer Dienst Michael Kneißl schon gewesen, als ihn am späten Abend zwei Polizeibeamte in Uniform am Chiemsee aufgesucht und für den heutigen Tag ins Polizeipräsidium nach Rosenheim beordert hatten. Er müsse in einem Mordfall aussagen. Auf seine Frage, in welchem Fall und was seine Rolle sei, hatten sie ausweichend bis ablehnend geantwortet. Er ahnte es natürlich, vermutete aber, dass sie selbst keine Ahnung hatten.

Er schlief schlecht und rasierte sich nicht, damit er etwas heruntergekommen aussah. Das tat er dann auch. Als er in den Spiegel schaute, sprachen tiefe Schatten unter den Augen, oben eingefallene Wangen und unten Hängebacken Bände. Entgegen allen Gepflogenheiten duschte er nicht und legte ein penetrantes Rasierwasser auf. Er überließ den kleinen Seat seiner Frau und holte sein E-Bike aus dem früheren Stall des aufgemotzten Bauernhauses direkt am See, in dem sie ihren Urlaub verbrachten. Noch am Vorabend war er die Straßenkarte durchgegangen und hatte sich zu diesem Schritt entschlossen. Siebenundzwanzig Komma vier Kilometer, hatte er errechnet. Bei einem Fünfundzwanziger-Schnitt also eine gute Stunde. Für einen gut sechzigjährigen Haudegen wie ihn überhaupt kein Problem. Lächerlich. Doch der ausgiebige Blick zum Himmel erforderte großen Mut.

In der Nacht hatte es wohl geregnet, der Asphalt war nass und rutschig, und der tiefdunkle Himmel verhieß nichts Gutes. Kneißl packte ein Regencape in die Gepäcktasche. Er folgte der Staatsstraße 2095, zuerst nördlich nach Weisham, dann nach Westen. In Bad Endorf hielt er an, um einen Kaffee zu trinken, danach kam starker Wind auf. In Prutting zog er das Cape über und stellte sich unter, denn es schüttete aus Kübeln. Im Osten glänzte der Simssee herüber.

Die Wellen des Chiemsees waren noch ganz zahm gewesen, als er in Gstadt losfuhr. Über den Simssee aber peitschte der Wind und wühlte ihn auf. Jetzt im Segelboot auf diesen Wellen, stellte er sich vor, das wär die Wucht. Von Schwabering ging es, als der Regen vorbei war, flott bergab bis Prutting. Dort entschied er, dass er es nicht rechtzeitig schaffen würde. Er überlegte, im Präsidium anzurufen, ließ es aber sein. Ohne ihn würde die Veranstaltung eh nicht stattfinden. Sein ganzes Berufsleben über war er pflichtbewusst und pünktlich gewesen. Dagegen war er seit seiner Pensionierung viel lockerer geworden, was seine Frau sehr schätzte.

An Wolkering und Högering vorbei ging es zügig Richtung Schloßberg. Beim letzten Hügel abwärts zum Inn Richtung Innenstadt erwischte er sich dabei, dass er bei vierzig Stundenkilometern einen alten Schlager pfiff, etwas von Udo Jürgens. Eine gute Viertelstunde später bog er in die Kaiserstraße ein.

Zufällig war das elektrische Schiebetor zum Innenhof des Präsidiums gerade aufgefahren. Er nahm einen kurzen Anlauf und huschte hinein. Einen sichereren Parkplatz für sein E-Bike würde er in ganz Rosenheim nicht finden.

Oberstleutnant Kneißls Erscheinungsbild vor der Polizei war wie von ihm gewünscht. Müde, etwas abgerissen, übel riechend und verschwitzt.

Entsprechend abschätzig und kritisch war der Blick, mit dem die Kommissarin ihn empfing. Sie erklärte ihm, dass sie ihn wegen des Mordes an Elli anhören wollten.

»Hat sich denn nach all den Jahren etwas Neues ergeben?«, fragte er einleitend.

»Indirekt«, antwortete sie.

Darauf schilderte sie ihm kurz die beiden Morde, die sich innerhalb kurzer Zeit ereignet hatten. Sie fasste sich kurz, sparte sich Details und gab nur das Nötigste preis, um Kneißl grob ins Bild zu setzen.

»Und was hat das mit dem Mord an meiner Frau vor Jahren zu tun?«, fragte er berechtigterweise.

Chili Toledo hatte die Frage erwartet, von einem logisch denkenden Menschen musste sie ja gestellt werden. »Nun, der Mörder Ihrer Frau ist ermordet worden«, platzte es aus ihr heraus. »Und kurz danach sein Sohn. Die ganze Sippe Gusakh ist ausgelöscht worden. Wenn das kein Zusammenhang ist, Herr Kneißl.«

Kneißl schlug sich an die Stirn. »Gusakh ist also tatsächlich Heiner Grossmann, dieser elende Mörder? Er wurde ermordet?«

Er schwieg eine Weile, und es schien, als würde er in Tränen ausbrechen. Dann aber fing er sich wieder und sandte einen Blick zum Himmel. »Da hat sicher meine Elli dort oben ihre Finger im Spiel.«

Er sah Chili unverhohlen ins Gesicht. Seine Augen waren klar und strahlten etwas Erhabenes aus. »Sie müssen wissen, meine Frau war sehr fromm. Deshalb wird sie auch im Himmel sein. Andererseits wird sie unter den Umständen ihres Todes einen gewissen Rachegedanken nicht vermeiden können.« Er senkte den Blick und faltete die Hände. »Jaja, meine Elli. Auge um Auge, Zahn um Zahn. Zweites Buch Mose, Kapitel 21.«

Sichtbar berührte der grausame Mord an Elli den Offizier noch immer sehr tief. Freilich, der Täter war gefasst worden und für viele Jahre ins Gefängnis gewandert. Dass diesen aber jetzt selbst ein grausames Schicksal ereilt hatte, musste Kneißl eine große Befriedigung verschaffen. Sicher hatte er Grossmann alias Gusakh schon damals die Todesstrafe an den Hals gewünscht.

Bevor Chili etwas erwidern konnte, machte der Mann tatsächlich große Augen und sagte wie beiläufig: »Dann ist mein dringendster Wunsch von damals doch wirklich in Erfüllung gegangen. Todesstrafe für den Mörder!« Er rollte die Augen und legte die Hände aneinander. »Und was wollen Sie jetzt von mir wissen? Was ist meine Rolle in dem Spiel?«

Aus Oberstleutnant Kneißls weiterer Anhörung sollten sich vollkommen neue Fakten ergeben, die alles bisher Ermittelte zu bloßer Makulatur werden lassen sollten.

***

Holz- und Hochschulstadt Rosenheim. Als Rico Stahl das Ortsschild passierte, hatte er einen festen Plan für den Tag und drei Termine in der Stadt. Den ersten mit dem Verleger der örtlichen Rosenheimer Presse und des Rundfunks, den zweiten mit dem Leiter des Fernsehens und schließlich – gegen Mittag – mit dem Leiter des Kultur- und Kongresszentrums. Thema war in allen Fällen die geplante Bürgerversammlung. Locker hatte er bereits einen Zeitpunkt mit dem KuKo absprechen können, am kommenden Mittwoch um neunzehn Uhr dreißig im kleinen Saal. Nun galt es noch, die Einzelheiten zu besprechen. Und zwar so, dass nichts über den wahren Hintergrund an die Öffentlichkeit drang.

Wenn man mit dem Auto und offenen Augen durch die Vororte fuhr, sanft verzögert von roten Ampeln und Staus, glich eine Mittelstadt der anderen. Tankstellen, Autohaus, eine Apotheke, die nicht dazuzugehören schien, ein, zwei Möbelhäuser, der eine oder andere Imbiss, ein leerer Platz mit gebrauchten Autos und Wohnwagen.

Rico Stahl saß in seinem Automobil, hatte ein Seitenfenster heruntergefahren, atmete die milde Morgenluft und war froh, sich bald wieder zu Fuß in seinem Rosenheim bewegen zu können. Kurz hinter der Mangfallbrücke überholte er einen Trupp Schal und Fahnen schwingender Eishockeyfans eines fremden Vereins, der heute gegen die Starbulls spielte. Sie waren wohl schon am Vortag eingefallen, um sich ausgiebig vorbereiten zu können.

Wenig später war er am Ziel. Er stellte den Wagen ab und ging zu Fuß die zweihundertfünfzig Meter zum Medienhaus des Verlags. Er musste kaum warten, dann kam der Verleger und bat ihn in sein Büro. Er war ein gut aussehender, lockerer Vierzigjähriger mit Halbglatze und attraktivem dunklem Bartwuchs. Sie kannten sich von früheren Begegnungen, er und Oliver Bösl.

»Wir wollen die Bürger über die beiden Mordfälle informieren«, erklärte Rico Stahl. »Die Bevölkerung ist aufgewühlt.«

»Das kann man wohl sagen«, pflichtete Bösl bei. »Haben Sie denn schon eine Spur zu dem Täter? Was wollen Sie tun?«

»Oder zu den Tätern. Plural, auch das ist möglich«, gab Rico Stahl zurück. »Wir wollen auf breiter Front vorgehen. Ohne vorgefasste Meinungen, aber konsequent. Die Bürger sollen erfahren, wie der Stand unserer Ermittlungen ist –«

»Reicht da nicht eine Pressekonferenz?«, wurde er unterbrochen. »So war es doch immer. Wir würden den Inhalt selbstverständlich wieder ausführlich in die Zeitung setzen.«

Rico Stahl war über diese Gegenfrage erfreut. Ein Zeichen dafür, dass der wahre Grund für die Bürgerversammlung verschleiert geblieben war und bleiben würde. Er klärte Bösl über seine Absicht auf, alle interessierten Bürger der Stadt erreichen zu wollen. »›Dein Freund und Helfer‹, das soll nicht nur ein Schlagwort sein. Bitte helfen Sie uns dabei, indem Sie die Versammlung groß ankündigen werden. Text und Fotos werden wir natürlich rechtzeitig und ausgiebig liefern.«

Als er zehn Minuten später die Marmortreppen zum Ausgang hinunterstieg, hatte er die Zusage des Verlegers. Rico Stahl hatte nicht den Eindruck, dass Bösl vollkommen überzeugt war, doch er würde mit seinen Medien mit im Boot sein. Kaum hatte er die Füße wieder auf den Kopfstein der Hafnerstraße gesetzt, ertönte in seiner Tasche der neue Klingelton des Handys. Den »Mexican Hat Dance« hatte er nicht mehr hören können.

»Ja. Stahl.«

»Chili hier.«

Er hatte wieder einmal versäumt, auf das Display zu schauen.

»Ich habe gerade die Pressekonferenz für heute Mittag erst

mal abgesagt. Kannst du sofort kommen?«, fragte sie, hörbar etwas außer Atem. »Lass alles liegen und stehen und komm her.«

Sehr ungewöhnlich, gar nicht ihre Art. »Was gibt's denn so Dringendes? Wo bist du?«

***

Chili Toledo hatte Michael Kneißl eine Pause gegeben. Duschen wollte er nicht, doch als sie ihm anbot, sich doch bitte frisch zu machen, tat er das. Als er wiederkam, sah er etwas weniger zerknittert aus. Auch die Duftspur war weniger intensiv, und er ging nicht mehr so gebeugt wie vorher.

Der Oberstleutnant außer Dienst schaute aus dem Fenster. Was er sah, schien ihn nicht zu interessieren, denn sein Blick war leer. Erst nach einiger Zeit war wieder Leben in seiner Miene erkennbar.

»Sie wollten Ihre Geschichte fortsetzen«, erinnerte Chili ihn.

Kneißl wendete sich ihr zu, diesmal erschien er aufgeschlossener. Wie mochte es in Wirklichkeit in ihm drinnen aussehen? Geordnet und sauber? Oder verbarg sich darunter ein Gewusel an Gefühlen, Stimmungen und Unsicherheit? Er musste sprechen, sie hatte Rico alarmiert.

Wenigstens runzelte er jetzt die Stirn und richtete den Oberkörper auf. Fast unbemerkt linste er Richtung Fenster zu der großen Tafel hinüber, an die Fotos von Männern und Frauen geheftet waren. Im Zentrum der ermordete Gusakh, darunter sein Sohn, drum herum Gesichter und Gestalten, die ihm fremd waren.

»Gleich kommt mein Kollege«, sagte Chili. »Würden Sie dann bitte noch einmal wiederholen, was Sie mir vorhin erzählt haben?« Ihr Tonfall entsprach nicht der Schärfe ihrer Frage.

Kneißl blickte Chili aus großen Augen an. »Wieso denn das?«

»Kriminalrat Rico Stahl ist der Chef unserer Mordkommission, Sie haben ihn ja schon kennengelernt. Er soll sich Ihre Aussage selbst anhören. Denn das wird den Gang unserer Ermittlungen total auf den Kopf stellen, verstehen Sie? Sie sind doch Offizier und haben so etwas wie Ehre im Blut. Wir sind praktisch Kollegen. Also, bitte tun Sie uns allen den Gefallen.«

In diesem Augenblick öffnete sich die Tür weit. Rico Stahl musterte die Anwesenden und schloss die Tür wieder geräuschlos hinter sich. Sein Blick blieb an dem Alten haften, der etwas zerknirscht, wie ihm schien, vor Chili saß.

Kneißl schaute unsicher zu ihm auf. Keinerlei Zeichen des Wiedererkennens.

»Wir kennen uns ja, nicht wahr, Herr Kneißl?« Rico Stahl hatte die Lage sofort sondiert und sprach betont locker und wie beiläufig. »Ich bin Ihr Unfallopfer aus Oberaudorf, Sie erinnern sich?« Er konnte nachvollziehen, dass er in dieser völlig anderen Umgebung und im Geschäftsanzug für Kneißl ein ganz anderer sein musste. »Schön, dass Sie uns besuchen.«

An Chili gewandt fragte er: »Was gibt's denn so aufsehenerregend Neues?«

Chili setzte ihn kurz ins Bild. »Herrn Kneißls verstorbene Frau …«

»… ermordete Frau«, widersprach Kneißl.

»Herrn Kneißls frühere Frau Elli hat eine Schwester. Diese Schwester ist nicht lange nach Ellis Tod nach Spanien ausgewandert. Herr Kneißl hat seither ununterbrochen den Kontakt zu ihr gehalten. Er weiß …«

»… dass Ellis grausamer Tod sie unglaublich getroffen hat«, sprang Kneißl jetzt ein. »Vielleicht noch mehr als mich, so unwahrscheinlich das klingt. Wobei – Elli hatte schließlich jahrelang einen Liebhaber. Ihren späteren Mörder. Das hat meine Liebe zu ihr verständlicherweise nachträglich gewaltig gedämpft.« Er wendete sich kurz ab.

Rico Stahl hatte den Eindruck, Kneißl müsse mit den Tränen kämpfen. Doch Sekunden später hatte er sich wieder im Griff.

»Die Bilder haben Ellis Schwester ihr ganzes Leben lang verfolgt. Es war unsäglich. Sie hätte alles dafür getan, den Tod ungeschehen zu machen. Das geht natürlich nicht.« Kneißl war lebendig geworden, richtiggehend aufgeblüht.

Chili hatte unbemerkt den Raum verlassen. Nun kam sie mit drei Pappbechern von draußen wieder zurück. Sie verteilte den Kaffee.

Rico Stahl begann zu ahnen, in welche Richtung dieses Gespräch führen könnte. Das wäre eine Bombe! Doch er schwieg. Er wollte den Mann nicht ablenken.

»Sie fasste eine Idee. Sie wollte ihre Schwester rächen. Ich habe sie vor gut einem Jahr einmal in Spanien besucht. Das Thema kam wieder auf Ellis Ermordung, sie hat mir ihr Herz ausgeschüttet, die Gedanken sind nur so aus ihr herausgesprudelt. Und …«, er zwinkerte Chili zu, »… diese Gedanken führten zielsicher immer zu dem einen Ausweg.«

Sein Tonfall machte deutlich, dass er eine Antwort erwartete. Doch die beiden blieben stoisch ruhig.

»Richtig«, sagte Kneißl selbst, »Rache. Rache war das Schlagwort, um das sich alles drehte. Dazu bedurfte es aber einiger Kenntnisse.«

Kneißl nahm den ersten Schluck Kaffee. Er schien zu schmecken, denn er kippte den ganzen Becherinhalt auf einmal hinunter. »Vor allem musste sie den Mörder finden. Nach so vielen Jahren dürfte das schwerfallen, habe ich ihr gleich von Beginn an versucht einzureden. Doch sie ließ sich nicht überzeugen und davon abhalten, sie blieb stur. Und als sich schließlich auch ihr Sohn noch einschaltete und auf ihrer Seite stand, hatte ich mit meiner Bremswirkung keine Chance mehr.«

Rico Stahl schwante, was kam. Doch auch er konnte noch nicht das wahre Ausmaß der Fakten ahnen, die ihre bisherigen Ermittlungsergebnisse widersinnig, ja sogar lächerlich machen sollten.

»Von einem Tag auf den anderen hat sich Ellis Schwester

entschlossen, nach Deutschland zurückzukehren. Nach Rosenheim, um genau zu sein. Die Tatsache, dass sie krank war, hat ihren Entschluss noch beschleunigt. Sie müssen wissen, die medizinische Versorgung in Spanien entspricht nicht unserem Standard.«

Mit einem Schlag legte Michael Kneißl seine Gesprächigkeit ab. Als ob ihm ein Schreck in die Glieder gefahren wäre.

Rico Stahl nahm an, dass Kneißl bewusst wurde, dass er an einem kritischen Punkt angekommen war. Er war dabei, seine Schwägerin ans Messer zu liefern. Doch jetzt war es zu spät, etwas daran zu ändern.

Kneißl schwieg weiter.

»Herr Kneißl«, sagte Chili. Sie stand knapp vor ihm und sah ihn ohne Erbarmen an. »Es handelt sich um einen Mordfall. Um einen Doppelmord sogar. Wenn Sie uns etwas verschweigen, machen Sie sich strafbar. Sie sind zur Amtshilfe verpflichtet. Also reden Sie.«

»Wie heißt Ihre Schwägerin?«, fragte Rico Stahl dazwischen. »Sie heißt ja nicht Kneißl, oder?« Er wusste, dass das eine dumme Frage war. Es war ein Versuch, den Zeugen aus der Reserve zu locken.

Eine ganze Zeit verstrich mit Schweigen. Dann erhob Kneißl etwas dünn die Stimme: »Kann ich noch einen Kaffee haben? Bitte?«

War sie seine Bedienung? Doch dann besann Chili sich. »Wieder schwarz, so wie vorhin?«, fragte sie.

»Bisschen Zucker vielleicht diesmal.«

Wenig später umschloss Kneißl den Becher mit der hohlen Hand. Er war sichtbar unentschlossen und sinnierte. Drehte das Gefäß hin und her. »Brahms«, gab er schließlich preis. »Ellis Schwester war einmal verheiratet, sie war immer stolz auf diesen Namen. Luise Brahms.«

21

Luise Brahms. Es existierten zwei entsprechende Adressen in Rosenheim, förderte Adele zutage. L. Brahms in der Austraße 21 und Luise Brahms, Färberstraße 2.

L. Brahms stellte sich als Ludwig heraus. Ludwig Brahms war ein Finanz- und Versicherungsmakler, dessen Büro nur einen Steinwurf vom Präsidium entfernt in einer kleinen Wohnung in der Nähe der Loretowiese lag. Er war ein geschniegelter Mann Mitte zwanzig. Die Unterredung mit ihm war rasch zu Ende. Eine Luise Brahms kannte er nicht. So suchten beide Ermittler gemeinsam die Adresse der Luise Brahms auf. Unangemeldet.

Chili glaubte sich im falschen Film. Die Färberstraße 2 war sozusagen das Hinterhaus ihrer eigenen Wohnung im weiten Hofkomplex. Von ihrer Haustür oder Terrasse aus konnte Chili auf den Balkon der Luise Brahms blicken. Jetzt konnte sie sich auch erinnern, wie die Frau aussah, sie hatte sie öfters gesehen. Sechzig bis siebzig, schwer zu schätzen, mittelgroß mit Brille, sie hatte sie grauhaarig in Erinnerung.

»Das ist ja der Hammer«, meinte Rico Stahl kopfschüttelnd.

Sie gingen beide um das Haus herum. Am Balkon der Wohnung blieben sie abrupt einen Moment lang stehen und betrachteten das Inventar – Sommerausrüstung mit Sonnenschirm –, bevor sie mit kurzen, behutsamen Schritten weitergingen. Die Balkontür war angelehnt, also schien Luise Brahms zu Hause zu sein.

Zwei Meter vor ihnen watschelten, ziemlich vertraut, Seite an Seite mit wackelnden Köpfen und munter schwingenden Schwanzfedern zwei Enten. Das Gefieder des Erpels schimmerte blauschwarz im milchigen Schein des Tageslichts. Vor lauter Turteln und Aneinanderschmiegen nahmen sie lieber die Mühsal der Bodenhaftung in Kauf, als die himmlische Erfindung ihrer Flügel zu nutzen.

An der Einfahrt zur Tiefgarage vorbei führte eine vierstufige Treppe zur Haustür. Das Klingelschild deutete auf die Wohnung im Erdgeschoss des zweistöckigen Hauses hin.

»Du führst das Gespräch«, bestimmte Rico Stahl. »Von Frau zu Frau sozusagen.«

In Situationen wie dieser – vor verschlossenen Türen, hinter denen unbekannte Menschen lebten – kamen sich beide vor, als sammelten sie für das Rote Kreuz, für die Nachbarschaftshilfe oder die Zeugen Jehovas. Auch sie sammelten – Informationen. In denen es um viel, um Lebenswichtiges ging.

»Wir müssen davon ausgehen, dass Kneißl seine Schwägerin bereits eingeweiht hat«, flüsterte Rico Stahl Chili zu, bevor sie schellte. »Wir sollten uns aber unwissend stellen.« Chili nickte und drückte den Knopf.

Ein Gong ertönte im Inneren, ein wohlklingender Gong. Hinter ihnen auf der Straße hupte ein Autofahrer einen Radfahrer nieder. Ja, die Radler in Rosenheim waren ein lästiges Volk.

Während sie auf eine Reaktion aus der Wohnung warteten, dachte Rico Stahl darüber nach, in welcher Rolle sie die Frau anhören würden. Als Zeugin? Oder war es eher die Vernehmung einer Beschuldigten? Nach Kneißls Andeutungen und Schilderungen drängten sich nicht von ungefähr die Befürchtung und der Verdacht auf, dass die Schwester der ermordeten Elli Kneißl deren Mörder aus später Rache um die Ecke gebracht hatte.

Frauen aber hatten sie angesichts der Methode ausgeschlossen. Es sei denn, diese Frau hinter der Tür ihrer Wohnung erwiese sich als eine Walküre aus dem Fitnessstudio. Doch Chili kannte sie und hatte sie ganz anders beschrieben. Es bliebe die Frage, was ihre Rolle in diesem Drama war. Denn dass sie mit der Tat zu tun haben musste, stand für ihn außer Frage. Kam aus Spanien zurück, siedelte sich in Rosenheim an, bald darauf der Mord.

»Ja bitte?« Nach dem dritten Läuten war die Tür zur Nummer 2 geöffnet worden. Rico Stahl musste schmunzeln. Eine schmächtige Frau mit dunklen Augen, grau, mit Buchhalterbrille, weiße Borsten am Kinn, in einem Kleid aus längst vergangener Zeit, stand schwer atmend vor ihnen und hielt sich an einem Stock fest. Unwillkürlich musste Rico Stahl an Gusakhs Spazierstock denken. Er warf einen Seitenblick zu Chili. Er konnte so etwas wie Mitleid in ihren Augen lesen.

Dazu kam, dass Chili diese Frau schon seit Längerem kannte. Nun, »kannte« wäre zu viel gesagt, sie hatte sie verschiedentlich auf dem Balkon hantieren gesehen, und einmal hatten sie sich im Innenhof gegrüßt. Aus nächster Nähe kamen ihr das Gesicht und die Gestalt jedoch fremd vor. Sie trat einen Schritt auf die Frau zu, stellte sich vor und hielt den Ausweis hoch. »Und dies ist mein Kollege Rico Stahl.«

»Brahms«, kam leise und kaum verständlich die Erwiderung. »Kriminalpolizei? Mordkommission? Was wollen Sie?« Und nach näherer Betrachtung: »Wir kennen uns doch, nicht wahr?«

Chili ging nicht darauf ein. Sie wollte den nötigen Abstand wahren. »Lesen Sie keine Zeitung?«, fragte sie die Frau. »Hören Sie keine Nachrichten?«

»Ach so, wegen des Mordes an diesem, äh, Lokschuppen-Menschen. Sind Sie deshalb hier? Und warum gerade bei mir?«

An dem kurzen Aufleuchten in ihren Augen meinte Rico Stahl zu erkennen, dass sie hier genau richtig waren. Ohne um Erlaubnis zu fragen, ging er durch die offen stehende Tür in die Wohnung voran. Ein einladender Geruch nach Kaffee schwebte ihnen entgegen.

Die alte Frau winkte abwehrend mit ihrem Stock. Chili drückte ihn sanft nach unten und gab ein Zeichen, dass das okay sei. Beide folgten Rico Stahl ins Wohnzimmer. Es war überraschend gemütlich eingerichtet, mit Bildern an der Wand, zwei Stehlampen brannten, die Balkontür war angelehnt.

»Genau wegen dieses Mordes sind wir bei Ihnen.« Chili

behielt die Wortführerschaft. »Wissen Sie, wer Henry Gusakh war?«

Sie setzten sich auf Stoffsessel um einen gläsernen, säuberlich abgestaubten Couchtisch herum. Frau Brahms nahm den Platz ein, den sie offensichtlich innegehabt hatte, bevor der Besuch auftauchte, und stocherte mit einem Löffelchen in einer leeren Tasse herum. In der Ecke zum Balkon war ein Flechtkorb mit Hundebett eingerichtet, überladen mit Spielzeug. Es musste sich um einen größeren Hund handeln, der gegenwärtig unsichtbar blieb.

»Henry was? Äh, wer?«

Rico Stahl riss der Geduldsfaden. »Welche Schauspielschule haben Sie denn besucht?«, rief er ihr zu. Er war dabei aufgesprungen. »Machen Sie uns nichts vor! Sie wissen genau, wer der Tote war.«

Es folgte eine halbe Minute Stille. »Darf ich Ihnen einen Kaffee anbieten?«, brach Frau Brahms das Schweigen. »Ganz neue Maschine.« Ihr Arm wies in die Richtung, in der sich die Küche befinden musste.

»Lenken Sie nicht ab, liebe Frau«, schaltete sich Chili wieder ein. »Und lügen Sie uns nicht an. Wir haben unbegrenzte Mittel, die Wahrheit herauszufinden. Und das werden wir tun.«

»Und zwar sehr schnell«, ergänzte Rico Stahl, immer noch im Stehen.

»Wollen Sie sich nicht setzen?«, forderte die Frau ihn seelenruhig auf. Nicht die leiseste Spur von Nervosität war ihr anzumerken.

»Henry Gusakh hat damals Ihre Schwester Elli getötet«, kam Chili nun aus der Deckung. »Damals hieß er noch Heiner Grossmann. Grossmann alias Gusakh hat das mit fünfzehn Jahren Gefängnis gebüßt. Seither hatte er sich nichts mehr zuschulden kommen lassen.« Sie hielt kurz inne und schaute Frau Brahms in die Augen. »Das soll natürlich in keiner Weise das Verbrechen rechtfertigen.«

Der alten Frau wurde die Sache langsam unheimlich. Unruhig rutschte sie auf ihrem Sessel umher. »Wollen Sie wirklich keinen –?«

In diese Kerbe schlug Rico Stahl. Hoch und drohend stand er über ihr. Seine Donnerstimme rollte durch den Raum. »Verdammt, selbstverständlich haben Sie Henry Gusakh verfolgt. Über all die Jahre, von Spanien aus, und nun sind Sie sogar nach Deutschland zurückgekehrt. Weil Sie wussten, dass Grossmann sich unter anderem Namen in Rosenheim angesiedelt hatte. Wir wollen es deutlicher ausdrücken.« Er stoppte und gab mit einem Zeichen das Wort an Chili weiter.

»Sie haben Gusakhs Tod auf dem Gewissen.« Auch sie hatte sich rasch erhoben und ihre Tonlage der von Rico angepasst. »Haben Sie ihn selbst erschlagen? Hass und Zorn verleihen unmenschliche Kräfte. Todsicher wissen Sie ja, wie er erschlagen wurde.«

Die Frau saß nun mit gesenktem Kopf am Tisch, die Arme aufgestützt.

Rico Stahl atmete tief ein, behielt die Luft eine Weile in den Lungen und nahm plötzlich den verschwindenden Duft nach frischen Waffeln oder Crêpes auf. Auch die scheinbar geringste Handlung – das hatte er im Lauf seiner vielen Jahre als Fallanalyst und als Fahnder gelernt – offenbarte einen Blick auf den gesamten Charakter eines Menschen. Ganz gleich, was die Person für sich behielt, wegen Belastung und Druck nicht fähig war auszudrücken oder schlichtweg leugnete.

In diesem Zustand befand sich Luise Brahms. Die zwei Riesen beklemmend über ihr, die drohenden Stimmen, die psychische Spannung, die seit dem Mord auf ihrer Seele lasten musste – die gebrechliche Frau würde unter dieser Last zusammenbrechen.

Unvermittelt sah sie auf. Mit einem traurigen Lächeln blickte sie durch den Raum, auf die leere Tasse, von einem zum anderen. Wie auf Kommando ließ sich Chili nieder, Rico Stahl folgte ihrem Beispiel.

Nach einem weiteren Moment des Schweigens sagte Chili: »Was ist in jener Nacht von Samstag auf Sonntag im Lokschuppen passiert? Sie müssen doch eine Helferin gehabt haben, Frau Brahms.«

»Oder einen Helfer«, ergänzte Rico Stahl der Vollständigkeit halber. Er faltete die Hände, beugte sich vertraulich nach vorn und fragte Luise Brahms mit unerwartet sanfter Stimme: »Wie heißt eigentlich Ihr Sohn, Frau Brahms? Und wo können wir ihn finden? In ganz Rosenheim gibt es neben Ihnen nur einen einzigen Menschen mit diesem Namen. Und der ist mit Bestimmtheit nicht Ihr Sohn. Wie heißt er, und wo lebt er?«

Allein die Vorstellung vom durchgestylten Ludwig Brahms als Sohn dieser Frau brachte Chilis Ohrenräder zum Klirren.

Es war Luise Brahms unschwer anzumerken, wie sehr sie hin und her gerissen war. Rico Stahl traute dieser Frau persönlich weder zu, Henry Gusakh erschlagen noch Ersan Hamir erschossen zu haben. Schon gleich nicht, Chili in der Kirche überfallen zu haben. Doch der Täter musste aus ihrem engsten Dunstkreis kommen.

Es blieb nur der Sohn.

»Also gut«, sagte er entschlossen und ohne jede Rücksicht, »Frau Luise Brahms, Sie sind vorläufig festgenommen wegen des dringenden Verdachts, Henry Gusakh und dessen Sohn ermordet zu haben.« Nach einer kurzen Pause, in der die Frau blass wurde, zusammenzuckte und zu zittern anfing, setzte er noch ein Sahnehäubchen drauf: »Es sei denn, Sie kaufen sich frei, indem Sie uns den wahren Täter nennen.«

Luise Brahms' Aufmerksamkeit wurde durch ein Geräusch vor der Haustür abgelenkt. Das Geräusch entwickelte sich von einem undefinierbaren Ächzen über leises Quietschen, dumpfes Knurren, begleitet von Scharren und Kratzen, zu einem abschließend ungeduldigen, ja zornigen Bellen eines Hundes.

»Schnuckibär, mein Schnuckibär, Mama ist schon da!« Frau Brahms stieß sich an ihrem Krückstock ab und schnellte hoch.

Im Nu war sie an der Tür. »Komm rein, mein Schnuckibär, gell, du hast Hunger?«

Chili staunte nicht schlecht. Der Schnuckibär entpuppte sich als der weiße Labrador, der es liebte, um ihre Terrasse zu streichen. Hier in ihrer Wohnung umkreiste Schnuckibär sie ekstatisch mit dem Schwanz wedelnd.

Rico Stahl bewegte etwas anderes. Als sie zwei Minuten später in den kleinen Flur traten, zog Luise Brahms ihn am Arm. Er beugte sich zu ihr.

»Greiner«, sagte sie leise und blinzelte ihm zu. »Elias Greiner heißt mein Sohn. Gott steh ihm bei.«

Draußen hingen gespenstisch graue Stratuswolken tief über der Stadt. Das Wetter hatte sich rapide verschlechtert.

22

Die angekündigte Schlechtwetterfront zog langsam, fast stumpfsinnig über Rosenheim hinweg. Dicke konturlose Schwaden hingen in der Luft, oft beinahe bis zum Boden, und krochen in alles, was ihren Weg kreuzte. Straßen und Pflaster waren von glitschig glänzendem Niederschlag überzogen. Bis Rico Stahl und Chili Toledo die Färberstraße verlassen hatten und beinahe überhastet unter den Arkaden Zuflucht suchen konnten, waren ihre Schultern mit Tröpfchen übersät. Bei jedem Atemzug drang Feuchtigkeit in ihre Lungen.

Lautlos glitt ein Reisebus vorn an der Kaiserstraße aus einer so dichten Nebelwand, dass man kaum die Silhouette des Fahrers erkannte, der ausgestiegen war, um seine wartenden Passagiere zu begrüßen. Es war seltsam, denn etwas später, als die Sonne schüchtern durch die Nässe drang, hatte auch sie keinen Einfluss auf die Temperaturen. Es blieb widerlich und kühl.

***

»Elias«, sprach die Mutter am Telefon. Sie war aufgeregt und schnaufte tief. Im Hintergrund das fordernde Quietschen ihres Schnuckibär. »Elias, du musst aufpassen. Die Polizei bringt dich in Verbindung mit unserem Projekt.«

»Mit dem Mord?«, kam es wie aus der Pistole geschossen zurück.

»Ja freilich. Sie waren bei mir, ein Mann und eine Frau. Sie sind gerade in Eile aufgebrochen. Ich glaube, sie wissen eine ganze Menge. Ich konnte es nicht verhindern. Pass auf, mein Sohn!«

Elias Greiner stieg das Blut in den Kopf. Noch Sekunden vorher hatte er sich absolut sicher gefühlt. Sein gestählter Körper wurde schweißnass.

»Entschuldigen Sie«, sprach er den Patienten an, der auf dem Bauch vor ihm auf der Liege lag. »Ich muss mal kurz weg.«

Er verzog sich sofort in sein Praxisbüro und wechselte die Kleidung. Nun trug er Jeans, ein Polohemd und gelbe Sneakers. Er atmete schwer, als er sich zum Schuheanziehen auf den kleinen Holzhocker setzte, den er sonst zum Fensterputzen benutzte. In diesen panischen Augenblicken zogen die letzten Wochen seines Lebens vor seinem geistigen Auge vorbei. Dabei wurde er sehr ruhig, und das wunderte ihn.

Er hatte es für Mutter getan. Hatte sich am Samstag in die Ausstellung einschließen lassen. Es amüsierte ihn noch jetzt, dass er sich für alle Fälle etwas zu essen und eine Flasche Mineralwasser mitgenommen hatte. Er hatte durch seine vorherigen Recherchen gewusst, dass Gusakh jede Nacht einen Rundgang zu machen pflegte. Gusakh hatte Tante Elli mit dem Feuerlöscher erschlagen. Ihn auf dieselbe Weise zu töten, das wollte Greiner nicht riskieren. Die Gleichartigkeit wäre zu offensichtlich gewesen. Doch Mutter wollte, dass er auf eine ähnliche Art hinüberbefördert werden sollte.

Er hatte sich dieses Kirchenmodell zurechtgestellt, sich damit hinter der Ansammlung anderer Kirchen versteckt und gewartet. Der Rest war ein Kinderspiel. Gusakh hatte keine Zeit gehabt, sich zu wehren, er war behindert, auch zu überrascht und nicht geistesgegenwärtig genug.

Ein anderes Bild schob sich darüber. Greiner stand auf, trat unter das Fenster und blickte hinaus auf ein weites Stück fahlen Himmels.

Es war sein eigener Entschluss gewesen, auch den Sohn zu töten. Der alte Gusakh selbst hatte ihm von Ersan, dessen türkischstämmiger Mutter und seinem Leben berichtet. Jeder langjährige Patient erzählte im Lauf zahlreicher Behandlungen seine Lebensgeschichte, zusammenhängend auf einen Schlag oder nach und nach. Er hätte ein Buch über all diese Biografien schreiben können.

Ersan Hamir. Seiner Mutter sagte Greiner davon nichts.

Er wollte sie, soweit es ging, heraushalten. Hinauszufahren, in den Hof einzudringen, zu warten und den Kerl zu töten würde ihm keinerlei Schwierigkeiten bereiten. Sein größtes Problem war gewesen, sich die Waffe zu beschaffen. Doch in Innsbruck gab es einen Markt dafür. Rosenheim, das Zentrum der Drogendealer, Innsbruck das des Waffenhandels. Alles war gut gelaufen.

Ebenso problemlos, hatte er gehofft, würden auch die beiden Tötungen verlaufen. Er hatte nicht im Entferntesten damit gerechnet, dass die Polizei ihm auf die Schliche kommen würde. Um sie auf eine falsche Fährte zu führen, hatte er der Kommissarin diesen Mordsschrecken eingejagt, nachdem er sie auf einem Motorroller entdeckt und sie dann zu Fuß verfolgt hatte. Es war riskanter gewesen, sie mitten am Tag in der kleinen Kirche zu überfallen, als die beiden Morde zusammen.

Alles kein Problem.

Doch nun waren sie bei Mutter aufgetaucht. Er glaubte nicht, dass sie den Polizisten Genaueres erzählt hatte, aber sie würden herausfinden, wer ihr Sohn war. Er musste untertauchen. Also sagte er vorn an der Rezeption kurz Bescheid, dass er auf die Schnelle etwas besorgen müsse. Doch mit der Türklinke in der Hand stockte er.

In diesem Augenblick traf die Polizei ohne Sirene und Blaulicht ein. Es waren zwei Streifenwagen. Der vordere war mit vermummten Gestalten besetzt, die umherschauend aus dem Auto schlüpften und geduckt mit vorgehaltener Waffe auf ihn zuhetzten.

Greiner stand vor der Glastür zu seiner Praxis und machte keinerlei Anstalten, zu fliehen. Er war sehr ruhig und blieb auch sehr ruhig, als eine Minute später Rico Stahl und Chili Toledo eintrafen. Bei Gericht wegen Fluchtgefahr einen sofortigen Haftbefehl zu erwirken, war ihnen nicht schwergefallen.

***

Der Prozess dauerte nicht länger als vier Tage. Es bedurfte nur weniger Beweise, Elias Greiner gestand beide Taten.

Greiners Mutter, Luise Brahms, saß zunächst im Zuschauerraum. Sie weinte. Jemand hielt ihr die Hand. Als sie am nächsten Tag nicht bei Gericht erschien und man nach ihr schickte, lag sie zu Hause im Bett und redete wirres Zeug. Der weiße Labrador saß am Kopfende und hechelte.

Luise Brahms kam in die Psychiatrie.

Greiner saß reglos auf der Anklagebank aus hellbraunem Holz, als der Staatsanwalt die Strafe beantragte. Dieser ließ sich Zeit, ging beide Bluttaten durch, die nach Greiners Bekenntnissen offen wie ein Buch dalagen, und kürzte ab, so gut es ging. Die Verteidigung war machtlos.

Elias Greiner hatte das letzte Wort. Er verneigte sich kurz, die Hände hatte er ineinandergelegt. Dann sagte er: »Ich liebe meine Mutter. Und Mutter hat den Kerl gehasst. Er hat ihre Schwester brutal ermordet, brutaler geht es nicht. Deshalb hat er den Tod verdient. Dass Gusakh einen Sohn hatte, hat er mir selbst erzählt. Ich habe auch ihn getötet, damit der Name ein für alle Mal vom Erdboden verschwindet. Er hieß zwar anders, aber er war Gusakhs Fleisch und Blut. Meine Mutter wusste davon nichts. Alles ist mein Werk. Ich bin froh, es getan zu haben. Ich liebe meine Mutter.«

Rosenheim atmete auf. Seine Straßen waren wieder sauber.

Hannsdieter Loy
SPIEL DES TODES
Broschur, 224 Seiten
ISBN 978-3-89705-785-2

»Ein kurzweiliges Lese-Vergnügen, mittendrin Bayerns James Bond.« Münchner Merkur

www.emons-verlag.de

Hannsdieter Loy
SAKRAMENTISCH
Broschur, 208 Seiten
ISBN 978-3-89705-897-2

»Mit seinem trockenen Humor und einem augenzwinkernden Blick auf Land, Leute und typisch menschliche Eigenheiten reichert Loy seine kriminalistische Handlung mit dem rechten Quäntchen Heimatkolorit an. Eine angenehme Groteske, die gesellschaftliche, private und urbayerische Situationen gekonnt karikiert.« Oberbayerisches Volksblatt

Hannsdieter Loy
JENSEITS DER ALPEN
Broschur, 208 Seiten
ISBN 978-3-95451-164-8

»Nichts für schwache Nerven, aber bester Lesestoff für eingefleischte Krimi-Fans.« Oberbayerisches Volksblatt

»Wieder ein starker und harter Kriminalroman, dessen häufige Wendungen die Spannung zusätzlich verstärken. Trotzdem blitzt immer wieder der Humor auf, den man bei diesem Autor so schätzt.« Rosenheimer Journal

www.emons-verlag.de

Hannsdieter Loy
FRIEDHOFGASSE 13
Broschur, 192 Seiten
ISBN 978-3-95451-463-2

»Loys schräger, nicht unblutiger Oberbayern-Krimi ist mit ironischem Unterton erzählt. Unterhaltsame Krimikost mit viel Lokalkolorit.« ekz

Hannsdieter Loy
Kirchwies
Landkrimi
emons:

HANNSDIETER LOY
HUNDE, BERGE, HIMMELREICH
URLAUBSKRIMI
emons: